—————— 阅读之前 没有真相

午夜文库

破冰游戏
Shiver

［英］艾莉·雷诺兹 著
乔迪 译

新 星 出 版 社　NEW STAR PRESS

献给我的父亲和母亲，他们的一生都献给了雪山。

序　言

又到了一年中的这个日子，冰川融化露出尸体的日子。

巨大的冰块结成一条冰冻的河流，流速太缓，肉眼都不可见。晶莹剔透的深渊里，刚遇难的新人与之前的遇难者擦肩而过，有的在上面能看见，有的沉在中间看不见，也不知道下一个遇难者会是谁。

等他们再次被人发现，可能要过上数年甚至数十年。意大利附近的一座冰山最近上了头版头条，因为里面居然发现了第一次世界大战时期的士兵尸体。那些尸体已经变成了干尸，却还戴着头盔，拿着步枪。

然而，埋进去的人终有一天会得见天日，所以我每天早上都看当地新闻。

等一具尸体。

1

"有人吗?"我的声音回荡在这个混凝土构成的空间中。

熟悉的红白相间的缆车停在车站,但操控间里却空无一人。太阳已经从阿尔卑斯山上落了下去,天空一片玫红,却没有一丝阳光照进来。人都去哪儿了?

冷风刮痛我的脸颊,我往夹克里缩了缩。现在不是滑雪季,滑雪场还得一个月才能开放,我也没指望其他缆车能开,但我本以为这个能开的。不然我们怎么上到山顶上?难不成我把日期看错了?

我把滑雪包扔在站台上,掏出手机又看了一眼邮件。很久没见啦,你想上山聚聚,一起过个周末吗?十一月七日星期五下午五点,我们在勒罗切雪场,魔鬼山帕罗拉玛全景酒店(Panorama building, glacier du Diable, Le Rocher)缆车处见。落款:C. x

C 代表柯蒂斯(Curtis),要是别人邀请我,我可能早就把邮件删了,更不会给他回信。

"嘿!米拉!"

布伦特从台阶下大步走上来。他比我小两岁,今年得三十一岁了吧,却还有一股大男孩的劲儿——黑发松软地耷拉下来,两个小酒窝——尽管看起来很疲倦。

他兜头给了我一个熊抱,我也紧紧回抱住他。那些寒冷的夜晚，我是在他床上度过的。这么多年我都没联系过他，我觉得很过意不去。但那件事发生之后……好吧，反正他也没联系我。

尖利峰顶在他的身后若隐若现，天色越发暗沉下来。我到底要不要上去？现在还不太晚，我还能找个借口跳回车里，直接开回我在谢菲尔德的家。

有人在我们身后清了清嗓子，我们分开，看到了柯蒂斯高大的身影，还有他的一头金发。

不知怎么，我依旧期待着柯蒂斯还能像我上次见到他时一样，悲痛欲绝。但很显然他没有。十年过去了，他似乎走了出来，要么就是把那些旧事都压在了心里。

柯蒂斯轻轻地抱了抱我。"米拉，见到你很高兴。"

"我也是。"我从前就不敢看他的眼睛，他那时候真是太帅了——现在也是。但现在，我发现自己更加不敢了。

柯蒂斯和布伦特握了握手，跟布伦特比，柯蒂斯的皮肤显得十分白皙。当然，他们俩都带了雪板。没有雪板，我们根本就不可能上得了山。我们几个都穿了牛仔裤，但看见他们俩滑雪服下露出衬衫领子的时候，我还是觉得很好笑。

"希望没人指望我穿什么礼服过来。"我说。

柯蒂斯上下打量了我两眼。"你这样挺好。"

我咽了口唾沫。他的眼睛如从前一般湛蓝，却让我回忆起那个我不想记起的人。在他的眼睛里，我找不到他之前待我的温暖，但我是因为他才会回到这个我发誓再也不会踏足的地方的。我已经开始后悔了。

"还有谁来？"布伦特问。

他为什么要看我？

"不知道。"我说。

柯蒂斯大笑道:"你不知道?"

脚步声传来,是希瑟。那又是谁,戴尔?不可能——难不成他俩还在一起呢?

戴尔之前乱七八糟的头发现在剪了个时尚的发型,耳洞也没了。他脚上那双雪鞋看起来根本不能滑雪。我猜肯定是希瑟给他买的。不过至少她让他带了滑雪板。

希瑟穿了条裙子,一条亮闪闪的黑裙子,还穿了条紧身打底裤和一双过膝靴。就算外面套了滑雪外套也一定会冻死的吧。她过来抱我的时候,一股发胶的气味迎面而来。

"米拉,很高兴见到你。"她来之前一定喝了点酒,不然我怎么从她这句话里听到了几分真诚呢。她脚下靴子的跟有将近八厘米,所以她看起来比我高了差不多三厘米,可能就是因为这个,她才穿这双鞋吧。

她晃了晃手上的戒指。

"你们俩结婚了?"我说,"恭喜恭喜。"

"都三年了。"她的泰恩赛德①口音比之前重多了。

布伦特和柯蒂斯拍了拍戴尔的背。

"兄弟,求婚可花了不少心思吧?"布伦特说。他的伦敦口音好像也比之前重了。

"其实,是我求的婚。"希瑟大声说。

缆车轿厢的门吱吱呀呀地开了。一位缆车操作员走到我们身后,鞋底蹭在地上发出沙沙声响,黑色的工作帽压得很低。他核对了我们的名字,抬手让我们进去。

其他人一个个坐进轿厢。

---

①英格兰东北部的一个地区。——译者注

"没别人了？"我问，想拖延下时间。

操作员似乎也觉得没有别人了。他身上有些什么地方总让我觉得很熟悉。

所有人都坐进了缆车，我也只能不情愿地上去了。

"还能有谁？"柯蒂斯说。

"也是。"我说。总有一些人来了又走，但我们几个人是从一开始就在一起的，现在只有我们五个了。

或者说，只有我们五个还能站着。

一阵浓烈的内疚感袭来。她再也不能行走了。

操作员关上轿厢的门，我使劲扭头想看看他长什么样子，但我还没能看清楚，他就转头走向站台，一头扎进操控间里。

缆车突然启动。所有人都和我一样透过有机玻璃盯着窗外，盯着我们脚下的冷杉树顶。看着我们向山顶那微弱的灯光飞去，看着脚下的泥土和草地，我有种异样感，这地方之前一直白雪皑皑。我盯着下面看，想找找有没有土拨鼠，但没找到，这些小东西可能在冬眠。我们翻过一座悬崖，小小的勒罗切村就从我们的视野里消失了。

悬在这样的半空之中，窗外风景划过，我觉得怪异极了。我们不是在上山，而是踏上了一条时光倒流之旅。况且我并不知道自己是否做好了面对过去的准备。

可已经太晚了，缆车已经转进了中转站。我们拖着行李走了出去。这里很冷，我们要去的地方更冷。一面法国国旗在寒风中飘扬，这个地方已经荒废了。半山处，山脚下的黄土绿草通通变成了白色——那是雪线之所在。

"我本以为现在这时候雪能下到山谷里的。"布伦特说。

柯蒂斯点头道："全球气候变暖嘛。"

冬季里，这里是雪场的最中心，四面八方都有缆椅和牵引车，但今天，只有轿厢缆车还在运行。U 型池以前就在那间小屋旁边，而现在，那条长长的 U 型池变成了一条泥泞的沟渠。但在我的脑海里，我依然能看到原来的白色墙壁。那是当时欧洲最后的 U 型池，也是那个冬天我们来这里的原因。

天哪，那些回忆令我浑身都是鸡皮疙瘩。我依旧能准确地想起那时年轻的我们是如何跌跌撞撞，吵吵笑笑。我们五个人。

还有两个，现在不在。

一股冷风把我的头发吹打到脸上。我把滑雪夹克的拉链拉到下巴，追上了其他人。

缆车把我们带到了这个海拔差不多三千五百米的地方。魔鬼山是法国海拔最高的雪场之一。闪亮亮的橙色轿厢挂在缆索上，好像圣诞节的装饰小球。柯蒂斯走进最近一间开着门的轿厢。

希瑟拉住戴尔的手说："我们自己坐一间。"

"别了吧，"戴尔说，"能坐得下。"

柯蒂斯抬手，说："反正有的是空间。"

希瑟看起来半信半疑。我明白她的意思。理论上，每个轿厢能装下六个人，但我们还有行李。要是把人和行李都算上就有点挤了，更别说她还带了个超大的行李箱。

布伦特弯腰钻进轿厢。"小米拉，你可以坐在我腿上。把你的滑雪包给我。"

"戴尔可以坐在你腿上，"我说，"我坐这儿。"

最后，希瑟坐在了戴尔的腿上，戴尔坐在柯蒂斯旁边。我和布伦特面对面坐着，旁边挤了一堆行李包。戴尔不把头发弄成奇形怪状的样子看起来很奇怪。他的肤色十分北欧，以前总让我想起维京人，而现在，他看起来像个游戏节目主持人。

我们快速穿过高原，下面一片荒芜。我已经忘了这个地方居然有这么大。夏天的时候会有旅行者来这里徒步，沿着弯曲的山路一路向上。沿途一定美极了，会有大片大片阿尔卑斯山上的花。但今天，我们只能看到零零星星褐色的草和石砾。没有生命的迹象，连只鸟都没有。一片荒芜。

死寂。

不，他们一定在冬眠，在等待。

就像山顶上的某些东西一样。我吞咽了一下，把自己从这些思绪中拉出来。

柯蒂斯的膝盖撞到了我的膝盖。缆车隆隆驶过一座高压线塔。他看上去异常安静，但我能理解。如果这事对我来说很难，那对他来说一定更难。

邀请函里并没提到我们来这里的原因，但其实原因显而易见。就在收到邮件之前的一天，新闻里报道：

英国单板滑手失踪十年，今日于庭审后宣告死亡。

其实，我们几个都不想来这儿，但我们怎么可能拒绝呢？他想纪念一下是很正常的事情。

现在，我们的脚下是雪，在暮色中泛着紫丁香色的光。远处上面是高耸的悬崖，也是勒罗切① 这个名字的由来。帕罗拉玛全景酒店立在山顶，那是一幢矮胖的黑色建筑，与周边环境融为一体。

"米拉，你是怎么办到的？"布伦特说。

"办到什么？"我问。

"通到山顶的VIP票，私人缆车，还有这些有的没的。真能

---

① Roche，法语中是悬崖、岩石的意思。

耐。"

我盯着他问:"你什么意思?"

"现在不是旺季,景区都关门了。这些肯定不便宜吧。"

"你为什么会觉得是我组织的?是柯蒂斯组织的,好吗?"

柯蒂斯看了我一眼,像是听到了什么好笑的话。"什么?"

他们在闹些什么?我们都拿出手机。我上一次把手机带进这里的时候,第一圈就把手机屏幕摔坏了,我屁股上留着个难看的手机形状的瘀青。那之后,我再也不把手机带上来了。

我给他们看了我收到的邮件,布伦特也给我看了他的。他收到的邀请函跟我的一模一样,只有落款不同。他的落款是个 M,还有个附言:我手机丢了,发邮件联系我吧。

"我的也是。"柯蒂斯给我们看了他的——与布伦特的一模一样。

我从来看不懂柯蒂斯。这到底是他的主意,还是他开的玩笑?

缆车隆隆走过另一座高压线塔,我的耳膜发胀。地势从这里开始陡峭起来,我们已经开始爬上这座高高的山峰了。

我转向戴尔和希瑟问:"你们的邀请函上怎么写的?"

戴尔犹豫了一下。

"跟你们的一样。"希瑟说。

"落款是 M 还是 C?"布伦特说。

"嗯,是 M。"希瑟瞟了我一眼。

为什么我觉得她在说谎呢?"我能看看吗?"

"不好意思,"希瑟说,"我删了。但的确跟他们的都一样。"

2

我并不清楚我究竟期待在山顶看见什么。音乐，蜡烛，或是托着香槟酒的侍者？

可山顶什么都没有。站台上灯光昏暗，看起来年久失修，操控间也空无一人。我们把行李拖出来。汽笛声高高扬起，缆车转动着停下来。这缆车一定是从下面操作的，可以节省人力成本，下面的人从我们头顶的摄像头里看到我们上来了，就停下了车。但我并没有搞清是谁邀请了我们，这让我觉得有些奇怪。希瑟眉头紧皱，显然她也是这么想的。

布伦特看向我问："东西要放在这儿吗？"

"别问我。"我说。

他把包放了下来，我也犹豫着放下了我的。反正这里又没人偷。

台阶是金属的，一个个格子更方便踩了雪的靴子抓地。我爬到顶上的时候已经气喘吁吁了。这里空气稀薄，我走过双层大门，走进帕罗拉玛全景酒店。里面一股腐朽的木头味儿。有那么一会儿，我甚至觉得自己得闭上双眼，因为这样的气味比其他所有的东西都能代表忘却的那些冬日。

柯蒂斯按了个开关，铺着木板的走廊亮了起来。一般情况下，这里会有一群滑雪爱好者和滑手熙熙攘攘。他们会走过储物柜，走到通往雪山的大门。但今晚，这里出奇地寂静。

柯蒂斯把双手拢在嘴边围成一个喇叭状："有人吗？"

布伦特又看了我一眼，戴尔也看着我。我又想到了那些邀请函。是不是他们几个之中有人安排了这一切？不，现在还看不出来。布伦特说得对，现在是淡季，雪场都关了。来这里待一个周末肯定得花上几千块。多亏我一直在网上关注柯蒂斯，我知道他现在自己过，而且过得不错。肯定是他。但为什么搞得这么神神秘秘的？其他人有份参与吗，还是他故意让其他人觉得是我邀请了他们？

"里面肯定有人，"柯蒂斯说，"我们进去看看。"

我们四散开来，好像在主题游乐园里撒欢的孩子。这地方就是个迷宫。酒店大楼是方圆数英里内唯一的建筑，占地面积很大，提供各种服务——山区救援，总控室，所有游客和工作人员需要的东西可能都在这里。我知道上面有餐厅和厕所，但我知道的也就仅限于餐厅和厕所了。哦对了，我还在其中某个小卧室里住过一晚——那也算是法国最高的青年旅社了。

我沿着走廊向下走，一路按亮电灯开关。走廊里有很多个房间，有些门开了，有些没有。这个开了。哦天哪，这肯定是我当初住过的那间房。房间里潮湿和发霉的味道勾起了我的回忆：布伦特躺在床垫上，我在他身上，他的大手抓着我的屁股。我盯着这张窄窄的单人床看了一会儿，然后走出去，把门牢牢关上。

隔壁是一个装床品的橱柜，粗糙的白毛巾和一堆旧床单堆在松木架子上，散发着廉价洗衣粉的臭气。再往前走，一股食物的味道飘过来。果然是厨房。两个平底锅放在一个巨大的炉子上。我掀开盖子，一锅里炖着肉，另一锅是土豆泥。还热着呢，可能是我们的晚饭。可餐厅的工作人员哪儿去了？

我瞄到一个卫生间，小心翼翼地推开门，发现里面空无一人，一片漆黑。卫生间后面是个餐厅，也一样黑洞洞。虽然壁炉并未点燃，但朽木的臭气已经冲得我连连咳嗽。我曾在这里待过好几个小时，躲着屋外的暴风雪，握着装满热咖啡的马克杯取暖。但现在，桌子上光秃秃的什么都没有。我转向另一条走廊，其他人肯定是上楼了，因为我听不到他们的声音。

往前走，还有很多储物间和更多上了锁的门。电灯亮起的时间很短，偶尔会有一盏在我按亮下一个开关之前就灭掉，让我陷入一片黑暗，不得不摸着墙壁艰难前进。这种安静令人毛骨悚然。这时如果有人从哪扇门后面冒出来，我一定会被吓出心脏病的。

熟悉的场景终于映入眼帘：通往雪山的大门。晚上这个时间外面是不会有人的，门很可能已经锁了，但万一没有呢？我太想呼吸一次那冰冷的空气。实在是过去太久了。

门开了。冷风从缝隙里呼啸进来，鬼哭狼嚎似的无休无止。我猛地把门关上，站在那里喘着粗气。我就知道若是回来一定会出问题。这里有太多门我宁愿永不打开。

米拉，你可争点气。

好的，我可以的。只要我能喝上两口，绝对没问题。

楼上有个多功能厅用来举办婚礼之类的活动。对于勒罗切这类小雪场来说，这算是个挣钱的好营生。我只在照片上见过这个地方，但其他人肯定都在那里，因为我已经走过这里的每个地方，都没有人。

前面就是楼梯，顶上是一扇厚重的防火门，另一边的空气似乎更冷。空气中有股淡淡的味道，闻起来很熟悉。是什么，希瑟的香水吗？可能是。

右侧门里传来声音。

"停！"前面的牌子上写道，"游戏已经开始。手机必须放在篮子里。"

我深吸一口气。游戏？可能是某种测试，可能是关于滑雪的，或是看看我们对彼此还了解多少吧。算是让我们能开口谈论往事的契机。这绝对是柯蒂斯的风格，用这种方式告诉我们接下来要做些什么，不想让外界的信息干扰他的计划。我掏出手机放进篮子。除非……

提示牌又一次吸引了我的注意力。游戏已经开始。我也曾经说过这句话，是对——不，这句话太平常了，绝对不可能意有所指。我把手机放在篮子里其他四部手机的上面，然后进去了。

多功能厅从山上伸出来，厚厚的白色地毯映衬着外面的白雪，里面的白色家具和银器一定贵得离谱。缎面软垫的椅子，玻璃黄铬的桌子。这间屋子里的豪华装饰与下面质朴的装修风格形成鲜明对比。两个地方甚至闻起来都不一样。这里没有木头的腐朽气息，取而代之的是新鲜油漆的气味。

整个后墙都是窗子，白天鹅绒的窗帘用一条丝带系了起来。若是白天，窗外景色一定十分壮丽，但现在，外面一片漆黑，没有一丝光亮。眼下的情况很诡异，但除此之外，这里还是办婚礼的好场所。

前提是不要去想这座山峰究竟吞噬了多少人的生命。

以及，山里到底还有多少具尸体。

别想这个。

这里太冷了，冷到我能看到自己嘴里呼出的白气，空气也很潮湿。这间屋子可能已经好几个月都没用过了。其他人都在喝东西。旁边的银盘上放了一瓶啤酒——克伦堡凯旋1664。我拿起酒瓶,瓶子冰凉。我之前很喜欢小瓶子的法式啤酒,口味香甜,泡沫绵密。自从我上次来这里之后,就再没喝过了。

还是只有我们五个人。工作人员肯定在走廊里呢。柯蒂斯一直朝着门望去。他究竟安排了些什么节目?

希瑟的指尖搭在我小臂上,法式美甲清晰可见。"你看见那个游戏了吗?"

"哪个游戏?"

她拉着我走过地毯,走到一个放在矮桌上的高木箱前面。木箱边上放着钢笔,几个奶油白的信封,质地很好,还有几张卡片。有一张印着字的层压板,上面写着:破冰游戏。字体华丽,是那种你会在葬礼上看到的字体。

哦,还有婚礼上,我飞快地提醒自己。

写下一个秘密,天知地知你自己知的那种,放进箱子里。然后,一个个抽出信封,每个人猜手里的秘密是谁的。

我又看了一眼柯蒂斯,觉得他安排这么多环节实在十分好笑,明明我们之前只要一起大喝一顿就足够开心了。柯蒂斯起身,大步走过我身边,走到窗前,擦了擦玻璃上的水珠,努力往外看去。他的动作十分流畅,总是让我觉得他实在像个体操运动员,过去如此,从来如此。直到现在,他依旧优雅,魅力十足。

我得喝点酒才能接近他,所以我转头去找布伦特,然后被他手里的啤酒瓶吓了一跳。他之前从不喝酒的。

"最近滑雪了吗?"我问。

"一年一次吧,"他说,"我也就一年能滑一次了。不过我滑滑板的次数还是不少的。"

"难怪你的鞋磨成这样。"

他脚上的DC①已经穿坏了，一只脚指头露出来，我都能看到他的袜子。DC之前是他的赞助商，但他现在脚上这双很可能是他自己买的。他居然对这个品牌如此忠诚，我还挺感动，不过转念一想，这就是布伦特。

那年冬天他才二十一岁，是个精力旺盛的瘦削少年。现在他看起来胖了一点，不过也可能是衣服太大。但他的身材依旧保持得很好，穿牛仔裤也依旧露出半个屁股。

他的父亲是印度人，所以他肤色有些深，轮廓也深邃。开始滑雪之前，他一直是名模特，也取得了一些成绩。我时不时会在网上搜他的消息，但他的"照片墙"上并未透露出太多信息。我很想问他有没有女朋友，有没有孩子，但我没有——怕可能引起误会。其实，我只想知道他现在过得很好罢了。

"所以真不是你邀请我来的？"布伦特问。

"不是，"我说，"我告诉过你了。"

柯蒂斯的眼神对上我的眼神。隔了一整个屋子，他在看我……他看起来有些困惑，可能是在思考工作人员都在哪里吧。

"你还滑雪吗？"布伦特问，很显然是想找个安全的话题。

"从这里离开后就没有了。"我回答。

"真的，一次都没有？"

"工作太忙了。"我能看出他很惊讶。想当年，我满脑子都想着滑雪，我还总想着等我再长大点就能滑得更好呢。

但真相是，我现在怕极了滑雪。我害怕因为滑雪而变成现在这样的我自己，也害怕我会因为滑雪毁掉更多的生命。一旦我穿上滑雪服，什么都不重要了。

---

①美国潮牌，涵盖了专业滑板鞋、服装、滑雪产品等系列产品。

布伦特不知道我做了些什么，他什么都不知道。他们都不知道。
　　而我也不打算让他们知道。

3

希瑟拍了拍手吸引我们的注意:"破冰时间到。"

"啊,我要饿死了。"布伦特说。

"我也是,"我说,"我在厨房里找到两个砂锅。"

希瑟撇了撇嘴。"这个游戏挺有意思的。我们可以一会儿去吃。"

她是一直都这么讨厌呢,还是结婚了之后变得更讨厌了?她把剩下的酒倒进嘴里,可能只是醉了吧。

布伦特嘟囔了几句,但希瑟已经开始分发卡片、钢笔和信封了。我又看了柯蒂斯一眼,但他没看我。他的目光扫过屋里所有人。

"应该写些什么?"布伦特问。

"爆点儿猛料,写点儿我们都不知道的。"希瑟说。

我的喉咙有点发干。我喝光手里的啤酒,但酒精对缓解这种干涩没有一点作用。我了解得很,十年前离开这里的时候我已经尝试过了。

我咬着笔头,搜肠刮肚地想写点有意思的事情,还想听走廊里柯蒂斯的声音。他正拿着手机贴在耳边。柯蒂斯就是会做这样的事情,让我们都把手机交上去,他自己不交。他是在跟女朋友打电话吗?他看见我看过去,关上了门。

我低头看自己的卡片，但我又冷又饿，根本没法思考。最后我只写下：我有只叫"腐鱼"①的猫。

布伦特不知道去哪儿了。我把这张卡片装进信封，把信封塞进箱子顶部的开口。不知柯蒂斯从哪儿弄来这东西的，除了颜色之外，它的风格与房间里的其他装饰一点都不协调。箱子是用劣质胶合板糊的，粘得很不牢固，油漆上得也很粗糙，看起来像是我爷爷才会做的东西。

我想去卫生间。女卫生间在走廊的第一扇门后，水龙头里的水冰冷刺骨，让人不由得担心管道会不会被冻上。

回到多功能厅，布伦特已经拿出一大袋薯片。我抓了一把。

我看向布伦特的滑雪夹克问道："Burton还赞助你这些吗，还是你得自己买？"

他嘎吱嘎吱嚼着薯片说："我有折扣。"

"不错了。我出来这一趟，身上这些装备都是自己买的。"我舔了舔手指上沾的盐。十年前，我把我所有的滑雪装备都给了住在街对面的一个法国女孩，她比我更应得到这些东西。

柯蒂斯打完了电话，又回到窗边，背对着我们。他在看些什么？窗外明明什么都没有。

戴尔进来，手里又拿了好几瓶啤酒。布伦特和我一人拿了一瓶。

"准备好了吗？"希瑟问。

"马上。"柯蒂斯还是没过来。

希瑟看起来就要爆炸了。我忍着笑。柯蒂斯这么做好像就是为了激怒她。

---

①原文为Stalefish，单板滑雪术语，意为后手绕过后腿后部，抓住固定器间的滑板后刃。

"看见工作人员了吗?"我问戴尔。

"没有,"他说,"我觉得这上面只有我们。"

"看起来是这样。"布伦特同意。

"厨房里的吃的还热着呢。"我提醒他们。

"对,我看见了,"戴尔说,"我猜他们可能觉得我们能自己弄,就只在早上派了个人上来帮我们做个早餐罢了。可能是这样。"

"把一堆客人扔在上面没人管?我不知道他们还能允许这种事发生。"我说。

"节省成本呗。"戴尔说。

布伦特点头:"对这样的小滑雪场来说,与三峡谷那种大雪场抢生意肯定挺难的。"

"那游戏是怎么回事?"我问,"也是工作人员安排的?"

没有人能回答。我能看出来,他们还是觉得我跟这事有关系。

"我来吧?"柯蒂斯一回来,希瑟就开口张罗。她也没等我们回复,径自打开了箱子底部的盖子,拿起最上面一个信封撕开了。

我们几个人都把椅子拉近了点。她怎么这么兴奋?她觉得卡片上能写些什么?

"我都读出来,这样我们就可以来猜是谁写的了,可以吧?"

她太紧张了,不只是喝醉那么简单。我怀疑她嗑药了。但话又说回来,柯蒂斯似乎也很紧张。他坐得笔直,眼睛一直盯着房间里的动静。

我手都木了,把手塞进大腿下面,但缎面椅套与屋子里其他东西一样,冰冰凉。

希瑟读出卡片上写的字,脸都红了。"我曾经跟布伦特睡过。"

她飞快地瞥了她丈夫一眼，有些紧张，像是害怕他认为这是她写的似的。但戴尔在看我，布伦特和柯蒂斯也在看我。

"不是我写的。"布伦特说。

我们都笑了。

只有希瑟没有笑。"我说过我们先都读完，然后再猜是谁写的。"

她这是想教柯蒂斯做事啊，真是自不量力。

"也不是我写的。"我说。

大家又笑了。希瑟怒瞪着我。

戴尔举起手说："别看我呀。"

大家笑得更欢快了。

肯定是哪个男生写的，就是想开个玩笑罢了。很有可能是柯蒂斯呢。

希瑟已经撕开了下一个信封，但犹豫了一下。我心里一紧。她跟布伦特之间会不会有什么往事？就算有，她也不会广而告之的。那年冬天，她跟戴尔很早就开始谈恋爱了。

她清了清嗓子，又读道："我跟布伦特睡过。"这次声音更大。

笑声又一次响起，这次更加欢快。但只有我、布伦特和柯蒂斯笑了，戴尔没有笑。

柯蒂斯拍着布伦特的肩膀。"难怪你没能参加奥运会，原来是因为休息得不够呀！"

看着柯蒂斯开心起来，我心情也好了些。他的破冰之举成效不错，尽管屋里很冷，但我们之间确实热络了起来——无论是尴尬了自己还是娱乐了大家，都是好事。看到希瑟局促不安的样子，我很开心。从戴尔脸上的表情看，无论布伦特跟他妻子之间是否有什么，他应该都不知道。

布伦特和希瑟对视一眼。布伦特眉头皱起，仿佛在说：你在搞什么？布伦特认为这张纸条是希瑟写的！希瑟轻轻摇了摇头。这是什么意思？不要现在讨论，还是否认这纸条是她写的？

我想不明白。如果布伦特认为这张纸条是希瑟写的，难不成他真的跟希瑟睡过？

我伸长脖子去看上面的字迹，但我也认不出来。那个冬天我们并没写过什么东西。希瑟手里的这张卡片书写整齐，都是大写字母，是那种如果你不想让别人认出笔迹时会采用的写法。这就是个玩笑，肯定是。有人提前计划好，要开个柯蒂斯或者布伦特的玩笑活跃下气氛而已，他们俩从来都不怎么对付。但布伦特看起来真的很惊讶。

我可以再坚持说这两张都不是我写的，但我觉得还是等等，看下面的纸条上都写了些什么。

希瑟撕开第三个信封，看了一眼上面的字，屏住呼吸。"我跟萨斯琪娅睡过。"

这次没有人笑了，这张纸条上的内容越了界。

尽管我们之间并不是那么和谐，但我依然无法想象为什么会有人写这些。据我所知，这里只有一个人曾经跟萨斯琪娅睡过，我也不觉得会有别人知道这件事。我小心翼翼不去看布伦特，也不看柯蒂斯。

希瑟瞄着她丈夫，很显然是想知道这张是不是戴尔写的。如果我的假设成立，也就是柯蒂斯与布伦特写了前两张，那这张肯定是戴尔写的。但他到底为什么要写这个？

希瑟撕开了下一个信封。她肯定觉得不会有更糟的了。

但上面的内容显然更加出乎她的意料。她眨眨眼，抬起头，神色震惊。"我知道萨斯琪娅在哪儿。"

柯蒂斯一把从她手里抢过卡片，仔仔细细地看着，面色凝重。"谁在开玩笑？"

没有人回答。

"在座有人真的写了这些东西吗？"

所有人面面相觑，大家一起摇头。

我心中不安起来。我瞥了一眼窗子，外面一片漆黑。这里只有我们，只有我们五个人。方圆几英里都空无一人。我得知道到底是不是柯蒂斯邀请我们来这儿的。但如果不是他……

我看向门口，回想着那条长长的、漆黑的走廊。外面有没有人……

布伦特打破了沉默。"我们看看最后一张吧。"

希瑟撕开信封，脸色瞬间苍白。卡片从她颤抖的指尖掉在地上。

我捡起来，上面写着："是我杀了萨斯琪娅。"

4

十年前

  一个女孩从 U 型池上高高飞起，淡金色头发从头盔下飘出来。她很棒，最后转体一周半——540°，然后在我面前停下，溅了我一身雪。

  我知道她是谁，萨斯琪娅·斯巴克斯。她在去年的英国滑雪锦标赛中赢了我，她第三，我第四。

  今年，我一定要打败她。

  我的一头长发也是金色，比她深一点，在人群中也挺显眼。如果我能认出她，她应该也能认出我。不过就算她认出我，她也没表示出来。她只是把右脚从雪板上解下来，滑到索道那里。

  我解下背包，几步跟上她。我听别人说起过她，他们叫她"冰上女郎"。

  我的缆车卡在我裤兜里，于是把屁股靠向扫描仪，等着它响过之后再走过十字转门。这条索道很简陋，塑料的 T 形杆从看起来很旧的缆绳上垂下来，在风中飘摇。我抓住离我最近的一根 T 形杆拉到大腿底下夹住，一边上去一边看其他人做动作。

  勒罗切布满悬崖峭壁，谷深坡陡，度假者会觉得徒步十分艰难，但专业滑冰运动员和滑雪运动员却将其奉为天堂。

勒罗切吸引人的地方还不止于此，雪场里的U型池尤其吸引人。单板滑雪的U型池就相当于滑板里的坡道，一条长长的白色雪道顺着山坡向下。这条雪道是按照奥运会标准建的，有一百五十米长，两边的雪墙有六米高，看起来漂亮极了。

滑手们在雪道中来回穿梭，从陡峭雪墙上飞出来做出那些疯狂的动作。他们头上戴着帽子、头盔和护目镜，很难分辨出谁是谁。但明天是勒罗切公开赛，肯定会有些有名的滑手参加。

我要是早点儿来就好了。这期滑雪季是从十二月五日开始的，已经是两周之前了。但那时我还在工作。我得保证我存够能过冬的钱，这样我才能专心致志地训练。要是晚上我还去哪个酒吧兼职，我肯定不会进前三的。我得抓紧时间。

萨斯琪娅已经又一次上到山顶了。不知她是整个赛季都会在勒罗切还是只来参加公开赛。她滑下去，又做了一次540°转体，落地稳得很。

我第一次见到U型池的时候，近乎垂直的斜坡角度让我望而生畏。要在这上面做动作简直不可能。但如果你对雪道好，雪道也会对你好。正确的落地姿势会让落地动作丝般顺滑，你几乎感觉不到。但冰面也硬得很，所以要是搞砸了，结果也会很糟糕。

穿滑雪鞋的时候，我浑身上下都充满恐惧，皮质滑雪手套里的掌心湿漉漉的。我比之前更紧张，因为我的雪板是新的——一块 Magic Pipemaster 157，这是我有史以来第一个赞助商。

一般来说，我第一次都会放松一些，找找雪道的感觉，但我想打赢萨斯琪娅，所以最后一个动作也得试试540°转体。我从上面滑下来又滑上去，把速度攒够，然后猛然开始加速。我冲下去，又冲上去，冲向空中。

我的前手摸到了雪板边缘，紧紧抓住、转身。我从冰上高高飞起，脑海里空荡而纯净，什么也看不见，什么也听不见，只有感觉还在运转。在起跳弧线的最高点，珍贵的失重感瞬间消失，重力将我拉向地面。这就是我半年打三份工，还在健身房里挥汗如雨的原因。

我落回地面，信心满满，打算再来一次。我从一边墙上滑下去，再从另一边滑上来，像钟摆一样。最后一次，我用力旋向空中，转体540°——刚刚好。脱雪板时我的手指都在抖。我爱这块板子，我要永远留着它，挂在墙上给我的孙子孙女们看。

萨斯琪娅正往上走，缆车人太多了，于是我也跟着她走上去。茫茫雪原闪着刺眼的光，阿尔卑斯山上洁白的冬天与城里灰蒙蒙的冬日太不一样了。我的眼睛还在适应。

这一次，她最后连着做了两个540°转体，我吓得胃里直抖。我总是想着哪天等我找到赞助商了，我就躺平，自己开心就好。我那时可太天真了。现在真是压力倍增，因为我得维护我的形象呀，我可不能让赞助商失望。

我一边穿雪板一边在脑海里想象着转体的动作。我得在第一次腾空时飞高一点，给第二次转体留点空间。这样准能行。

妈的，我刚在所有人面前表演了个倒栽葱，他们都在底下吃午饭呢，就看着我脸朝下摔了下来。小雪花飘了起来，我擦了把护目镜，赶紧又上去。膝盖一抽一抽地疼，而我压根儿不敢想萨斯琪娅到底看没看见。

我必须得成功。能否进入前三名是职业选手和业余选手的区别，而职业选手意味着整年都可以训练。我跟萨斯琪娅不一样，我家并不富裕，但我这辈子就想滑雪，其他什么都不想干。

我又试了一次。又失败了。我的右手撞了一下，胳膊疼得不行。起身的时候，我觉得看到萨斯琪娅在嘲笑我。我又试了四次，最后一次不知怎么就成功了。但萨斯琪娅又做了个转体720°，在冰面上高高旋起，转了两圈。

阳光照在 U 型池上。每次我成功做某个动作，萨斯琪娅都比我更胜一筹。我已经把自己推到极限了，要是今天摔坏了哪里赶不上明天的开幕式，我就完蛋了。

下午三点左右，我的水瓶又空了。我已经折腾到中转站打过一次水了，于是我跟上次一样，把雪板放在底下一堆五颜六色的板子中间，慢慢向中转站跑过去。

回来的时候，我看见一家人，妈妈爸爸带了个小孩子。他们显然是来滑雪的，但现在却站在断崖边吵个不停。我瞥了一眼就知道他们为什么吵架了——崖边的雪堆上挂着一只蓝色小手套。

我又看了他们一眼。爸爸胸前还挂着一个小婴儿，小婴儿浑身上下裹得严严实实，免得被风吹到，只露了个粉嘟嘟的小脸蛋，还有一只小手，小手上没戴手套。他肯定是坐缆车时把手套掉下去了。勒罗切就不是个适合一家子来玩耍的雪场，这还是我第一次看到有一家人来度假。他们肯定是本地人。

我看了看两边的悬崖，没有我平时跳跃的高度高，我平时跳得比这高得多。再说，《雪线》杂志上说了，不超过二十英尺的都算不上悬崖。但要是下去帮忙捡肯定会占用我的训练时间。我回头看了看雪道，萨斯琪娅还在训练。我又转头看了看这个小婴儿和他没戴手套的小手。还没等我反应过来，我就已经把水瓶塞进运动内衣里跑过去了。我纵身跳下，那妈妈一下子用手捂住了嘴。

在半空中我突然意识到，我之前跳过峭壁时都穿着雪板。落地一定疼死了……

我从空中直接掉下来，下面隐隐约约能看见碎石沙砾和大块的岩石。落地时，我缩着肩膀打了个滚，身上沾满了雪。我摘掉护目镜，看到这家人目瞪口呆地站在崖上盯着我。手套在哪儿呢？

我爬起来，膝盖一阵剧痛。是旧伤，时不时就会疼一下，更别说今天还摔了几次。我捡起手套，那对父母正站在上面鼓掌。我用尽全力把手套向上扔去。爸爸接住手套，大声对我说着谢谢，然后和妈妈一起带着孩子离开了。好的，现在我得想办法爬上去。

在深雪里跋涉了一大圈之后，我终于回到了雪道上，气喘吁吁，浑身是汗。而所有这一切就为了一只该死的婴儿手套。

保暖内衣已经粘在身上了，水瓶里的水也喝了一半，但至少我的雪板还在。萨斯琪娅就坐在那儿，晒着太阳。她依然没有跟我打招呼，但我拿起板子的时候，她也抓起她的板子，走向上山索道。我急忙跟在她后面，试图重新集中注意力。

上去之后，一个穿着薄荷绿夹克的人做了个完美的转体。妈的！那还是个女孩！滑雪者的性别大部分都可以从滑行姿势中判断出来，女性滑雪者通常来说力量更小，动作更谨慎。但这个人像个男生一样，做动作时全情投入。我怎么可能做到这样呢！她最好别是个英国人。

我开始给自己打气。现在我需要担心的只有萨斯琪娅。我穿雪板时，她进来了。见鬼！她刚连着做了两个720°转体。我觉得我做不到。

加油！赞助商要是知道你是这么个胆小鬼，一定会撤掉赞助的！

我深吸口气开始了，但脚下的板子太迟钝了，根本没有反应，我控制不了它。最后一次我最多能做一个转体，勉勉强强是个 360°。

我没控制住自己，向下的速度飞快，板子边缘锵在地上。我撞上个人，把他迎面撞倒在地。

好极了。我刚刚撞倒的是柯蒂斯·斯巴克斯，英国 U 型池三届冠军，萨斯琪娅的哥哥。"太不好意思了！"

他扶着我起来问："没关系，你没事吧？"

"没事，你呢？我刚才的力道还挺大的。"

他像是听到了什么好笑的话似的，回答："我还活着呢。"

几年来，我一直暗恋着这个家伙。他不仅英俊潇洒，还才华横溢。有一次，记者问他为什么没能取得上届冬奥会的参赛资格，他直接看向采访者的眼睛说："因为我做得还不够好。"他没有提到他在预选赛前不久做过一次大手术，也没找借口。他总是这样，严于律己。我喜欢这样的他。

我摘下护目镜检查自己的板子。

"嘿，我在去年的英国锦标赛上看见你了。"

"我也看见你了。"我告诉他。

他看我的样子让我一阵脸红，我又低下头检查板子。"我的鞋套松了，你有螺丝刀吗？"

"我看看。"柯蒂斯蹲下身查看我的雪板，一双大手抓住我的鞋套。他头发的颜色比她妹妹的更深一些，头发也短，皮肤呈金色，眼周因为常戴护目镜而苍白一些。

"嘿！萨斯琪娅！"他大喊。

她站在那，看着我们。

"我的螺丝刀你拿哪儿去了？"他问。

萨斯琪娅走过来，拿着一个紫色塑料手柄的大螺丝刀。

我接过来说:"谢谢。"

她把霓虹粉的护目镜推到头盔上,什么也没说。她的眼睛可真漂亮。我看过她的照片,但真人更漂亮,眼睛更蓝——比她哥哥的还要蓝。

我紧了紧鞋套,使足全身力气不想再让它松开。刚才我就该在上面跟谁借个螺丝刀的。

"要我帮忙吗?"柯蒂斯说。

"我看起来像是胳膊有什么问题吗?"还没等我反应过来这句话就冲出了口。太不礼貌了,我知道。但要是我连自己的鞋套都紧不了,我还能在这儿待着?

柯蒂斯挤出一丝微笑,看着我上上下下地忙活。"我倒没看出来有什么问题。"

我的面颊火烧一般。我把螺丝刀递了回去,突然瞄见他裤子上小腿处有个口子。"哦天哪!我把你的裤子刮坏了。"

他笑得更开怀了些。"嘿,别担心这个,又不是我花钱买的,你怎么往我身上摔都无所谓。"

这家伙这句话是在调情,还是在调侃,还当着他妹妹的面?

"有点奇怪,"我说,"这是我鞋套今天第二次开了。"当着他,我不由自主地开始讲话。

他的笑容收敛了几分。"真的?"他转向他妹妹。

为什么他要这时候看他妹妹,还用一种奇怪的眼神?

萨斯琪娅正顺着她肩上的头发。"肯定是因为天气暖了,板子热胀冷缩了。"

"你今天可真是跟我妹妹不相上下,"柯蒂斯说,依然看着萨斯琪娅,"我之前都不知道她还能做得了这些动作。"

萨斯琪娅的脸色沉了下来。也许我跟她之间的差距也没有我

28

想得那么远。

　　她向我伸出手："你好，我是萨斯琪娅。"

　　"我是米拉。"

　　她咧嘴笑了笑。"我知道。你今天晚上有空吗？明天开幕式，光影酒吧今天晚上有个聚会。"

　　我犹豫了一瞬说："比赛前我一般不出去玩。"

　　萨斯琪娅歪了歪头问："为什么，你害怕？"

　　我心里骂了几句。"不，我去。"

5

现在

多功能厅里冻得要死，我们传看着这些写着"秘密"的纸条。纸条都是用大写字母写的，干净整齐，字体一模一样。

"怎么回事？"柯蒂斯的声音很平静，却让人不寒而栗。

我们几个人一片茫然。戴尔捏紧拳头又松开，布伦特紧紧攥着酒瓶子细长的部分，希瑟的眼睛东瞟西看。

无论是谁在背后捣鬼，现在我都觉得柯蒂斯的嫌疑最小。他平静外表下的怒火可装不出来，而且他也绝不可能那样说他妹妹。

柯蒂斯一把抓起箱子猛地晃了几下。他很可能也想把我们拎起来晃晃，看能不能晃出答案来。

箱子里确实有什么东西在响。柯蒂斯把手伸进底部的缝隙敲了敲。"这个底是假的。"他把箱子倒过来，透过上面窄长的缝隙往里看。"我们刚写的信封确实还在里面。"

我们都惊呆了，一句话也说不出，都围过去看。

我把箱子从柯蒂斯手里拿过来往里看。中间有一层木板把箱子隔成两半，我们的信封都在上面那半，还能看见，下面那半已经空了。箱子一直放在屋子里，我们中有谁能把这些卡片放进去又不让其他人注意呢?还是说,这些卡片早就放进去了?

"我看看。"布伦特说。

我把箱子递给他。布伦特狠狠地踩了它一脚。箱子碎了。

"你干什么?"柯蒂斯嘟囔了一句。

柯蒂斯是对的。我敢打赌,我们写在卡片上的东西没有一句是希瑟念出来的那些。

希瑟从地上捡起一封信,打开念道:"我晕血。"

没人听她说话。

柯蒂斯双目炯炯。"肯定有人捣鬼。谁干的?"

他深深地看向我们,每个人都瑟缩了一下。

我一直不想让自己再去假设是他发出的邀请,部分是出于自尊吧。我接到邀请时有点受宠若惊——我以为这代表些什么,或者说,我希望这代表些什么。但如果这事不是柯蒂斯组织的,又是谁呢?

布伦特起身说:"去他的,我得喝一杯。"然后摔门出去了。

希瑟的脸颊已经红了。我回头再单独找她问布伦特的事,我得知道。如果她真跟布伦特睡过,是在她和戴尔在一起之前,还是之后?是在布伦特跟我睡过之前,还是之后?

戴尔把希瑟带到窗前,两人小声商量着些什么。戴尔在问她布伦特的事情吗?很有可能。

在我的印象里,希瑟不像是能精心策划这种事的人。前三个秘密看起来像是故意让她难堪的,还是只有我会这么想?她之前告诉我谁邀请她的时候,我就觉得她说谎了。

我嘬了一口啤酒,想喝点更带劲的东西,还想蹦迪。柯蒂斯就在我身后。这家伙,他要是想,脚步能轻得跟猫一样。

"米拉,这事跟你有关系吗?"

"没有，"我说，"当然没关系。"

他看起来并不信我说的。

"你的邀请函是怎么回事？"我问，"你什么时候接到邀请的？"

"大概两周之前吧。"

"我也是。"这份邀请没提前太长时间，但我推了其他所有的安排。因为我以为是你邀请的我。我们可能十年都没说过话了，但我无法放弃再见他一面的机会。

"是短信发给你的，还是邮件？"我问。

"邮件。"

"发件人地址是哪里？"当时他和布伦特给我看邀请函的时候，我就应该看看。

柯蒂斯看向屋子另一头的戴尔和希瑟。"好像是什么 M．安德森，是个 Gmail 邮箱。"

"我没有 Gmail 邮箱。我收到的邮件发件人是 C．斯巴克斯，也是个 Gmail 邮箱。"

我回邮件的时候措辞了好久。我应该提到萨斯琪娅吗？我应该对他说节哀吗？我还想过要不要给他打电话。虽然邮件里并没有电话，但他的个人网站上有几个联系方式。但最后我还是退缩了。要是非得尬聊的话，还是面对面容易一些。

好主意！我写道，我会去的。接到你的来信我很开心。你最近忙什么呢？

那边很快回了信息。很高兴你能过来。到时候见。

我很失望，但又觉得他是不是太忙了，而且男生就是话少，哪个男生不是惜字如金的？

我一口干了手里的啤酒。柯蒂斯与布伦特不同，岁月在他身上还是留下了些许痕迹。他胡子刮得干干净净，下巴中间的凹痕清晰可见。而且他最近一定出国了，皮肤晒得黝黑。他深金色的头发比以前长了一点，但很适合他。他穿了一件海军蓝的"斯巴克斯"夹克，袖子上有白色绳边。从网上的照片看，他家人这些天穿的都是这个牌子。

或者说，他家剩下的人。

"你跟他们还有联系吗？"柯蒂斯问。

"没有。"我说。

"布伦特也没联系？"

他只是出于礼貌问一下，还是有什么别的意图？"没有。"我说。

我想问他的事情太多了。我想问他滑雪的时间多不多，问他住在哪儿，问他有没有女朋友。我盯着他的脸，想在他脸上寻一丝旧日的温情，哪怕只是一丝表情，告诉我他不恨我。

但柯蒂斯完全一副公事公办的表情。"那年冬天之后，你跟谁都没联系过？"

"没有。"那件事发生之后，我最终还是开车远离了这里，把狂风暴雪远远甩在身后。我把他们从我Facebook的通讯录里删掉，从我手机通讯录里删掉，也从我的生活中删掉。而现在我感到很内疚，我想要弥补。"但我还挺经常在网上发消息的。我现在是个私人教练，我开了博客，还有个人网站。"

不过，就算他真的搜过我的名字，他也没让我看出来。"是吗？"

"你也没联系过他们？"

"没有。"

柯蒂斯在商业上无疑与他在滑雪方面一样有天赋。七八年前,他创立了户外品牌"斯巴克斯滑雪",这个牌子现在已经很成功了。而且,我也喜欢他做的那些事。每年夏天他都会在瑞士举办自由式单板夏令营,让贫困家庭的孩子有机会与前途无量的年轻滑手一起训练。他还为气候变化做宣传,努力保护雪山,让子孙后代也能享受滑雪的快乐。

与此同时在房间的另一边,戴尔大声说了句什么。他看到我们都在看他,就压低了声音。希瑟摇摇头,全身都写满了抗拒。这一幕让我感到不舒服,如果戴尔敢动手,我就立马过去。

布伦特拿着一瓶杰克丹尼①和一些杯子回来。

我拿了个杯子。"真不错,酒能暖身。"

布伦特给我倒了一杯,手微微颤抖。我喝了一口,辣得龇牙咧嘴。天哪,这酒可真烈。

戴尔和希瑟还在吵,戴尔明显生气了,而希瑟的声音听起来很悲伤。

"来一杯吗,柯蒂斯?"布伦特问。

"不了,谢谢。你最近做什么工作呢?"柯蒂斯问。

布伦特给自己倒了一大杯,一口喝了下去。"给别人砌砖。"

我不知道我想听到什么答案,但肯定不是这个。

"我家里就是干这个的。"布伦特一定是看到了我们的表情。

这时候我才看出点苗头来,他肩膀比之前宽了,手也粗糙了,背也有一点点驼。

我想起他的奥林匹克梦,心里突然绞着疼。

对于大多数滑手来说,声名这东西转瞬即逝。巅峰时期,你千人瞩目,万人褒扬,甚至被捧上神坛奉为英雄,但只要犯一个

---

①美国知名威士忌品牌。

错误，就会万劫不复。腾空的时机太快或太慢，要不要踩上一个选手留下的雪辙，一个小小的判断失误，或者仅仅是因为运气不好，都会让你摔下神坛。这赌注太大了，大到要是考虑这些我们根本不会选择滑雪，除非我们自己找死。

所有人都会摔下来，但似乎布伦特摔得比我们都惨。他曾是Burton的宠儿，他的脸被印在Smash[①]运动饮料的包装上。这些年我一直关注着排名榜，希望能看到他榜上有名。但他不见了，就像我一样。我本以为他肯定是受了什么重伤，但现在我无法确定。他不滑雪的原因可能跟我有关吗？如果是，我觉得我无法承受。

我还没从布伦特的回答中缓过神，就听柯蒂斯问："工作怎么样？"

"反正能混口饭吃。"布伦特听起来不太想谈这个话题。

"你有个人网站吗？"

"有啊。"

柯蒂斯和我对视了一眼，这就是说，谁都能找到布伦特的邮箱。

希瑟匆匆走出去，低着头。我该跟上她吗？

不。她看起来不太开心，我可搞不定梨花带雨的姑娘，我根本不知道该说些什么。我不开心的时候都一个人待着。这就是萨斯琪娅的好处，她就从来不会在我面前搞这一出。

我看见过奥黛特哭，但我要是跟她一样，我也会哭的。

而且一哭就停不下来。

她再也不能走了。

---

①一种运动饮料。

我一口闷掉剩下的威士忌,不再想这些。等希瑟冷静一点再去找她吧。

戴尔拿着酒瓶站在窗边,看了布伦特一眼,然后转过头去。希瑟刚刚说了些什么?

"你们俩怎么来的?"柯蒂斯问。

"我坐飞机来的。"

"从格勒诺布尔?"

"里昂。"

"难怪我没看见你,"柯蒂斯说,"我是在格勒诺布尔下飞机的。"

我看见了他们滑雪包上的行李牌。

"我开车来的,开车回去。"

柯蒂斯挑了挑眉,"开这么远?"

"正好给我点回忆往事的时间。"想想旧事,想想你。

希瑟突然冲进来。"快来!"她听起来上气不接下气,"我们的手机不见了。"

6

十年前

　　萨斯琪娅挽着我的胳膊，好像我是她最好的朋友一样。尽管她除了紫罗兰色的眼线之外什么妆都没化，但眼线已经让她的眼睛变得更蓝。她身上的香水味也充满异域风情，让人陶醉。

　　我们都在光影酒吧，六个人，都是女生。我根本不知道这种场合应该穿什么，但萨斯琪娅应该会打扮得很漂亮吧。去他的吧，还有十分钟就该走了。于是我就穿了条紧身牛仔裤，套了两件毛衣准备去傻坐一晚上。然而，桌边的女生们——还基本都是法国人，居然穿的也是牛仔裤和毛衫，外面都套着滑雪外套。这些人跟我可真像。

　　这地方闹哄哄的都是人。我不太喜欢这种本该在比赛之后发生的场景，我是来训练的，不是来玩的。我一直觉得很奇怪，为什么来雪场的游客花在酒吧里的时间比花在雪山上的时间还多。不过话又说回来，光影酒吧是这里唯一一间酒吧。

　　台上，乐队在演奏金属朋克摇滚。

　　萨斯琪娅大声喊："米拉，你是整个滑雪季都在这里，还是只参加开幕式？"

　　"整个滑雪季，"我说，"你呢？"

"我也是。"

胃里一阵抽搐。整个冬天我都能与我最强劲的对手一起训练，可以一直盯着她的进展。但凡事都有两面。我上下打量她。萨斯琪娅窄肩窄胯，比我矮了几英寸。但个子高在滑雪这项运动上没有任何优势——重心低反而有利于平衡。不过要是论起力量的话，我就有优势了。我很想看看她在健身房是怎么锻炼的。她能做出之前那些动作，下肢力量一定非常惊人。

"你有赞助商吗？"她问。

"有啊。"

她等着我说下去。

"Magic赞助了雪板，Bonfire赞助了衣服，Electric赞助的眼镜。"其实还有个麦片能量棒品牌也给了我赞助，但我说出来她会笑话我的。我的小菲亚特里面全是这个能量棒，我已经吃够了，但至少不会挨饿。我的赞助商只给我产品，不给钱，不过也算是节省了一部分训练开销。但我不会跟她说这些。"两年前是另一个服装赞助商，但后来他们把我换掉了，就在我膝盖受伤那会儿。"

"我也遇见过这种事。"一个女生说。

我来之前她们都在说法语，我加入之后，她们都换成英语交谈了。

"我们应该给腿上个保险，"另一个女孩说，"就像那些足球运动员一样。"

"你们知道玛丽亚·凯莉给自己的腿上了十亿的保险吗？"萨斯琪娅说。

"詹妮佛·洛佩茨还保了她的屁股呢。"有人说。

"不过她们怎么可能会摔跤呢？"我问，"我还想给我的屁股上保险呢。"

我们都开始讨论应该给身体的哪个部位上保险。

吧台女酒保端来了酒,一排小小的杯子。她递了一杯给萨斯琪娅,萨斯琪娅又递给了我。我今晚本不打算喝酒,但又不好拒绝。这些女生明天都要参加开幕式比赛,她们也都喝了。萨斯琪娅买了单。看着其他人都喝,我也一口闷了下去。我们大声欢呼起来,引得旁边那桌女生频频侧目。她们可能是德国人,也可能是瑞士人,但她们明天应该也要比赛,因为她们都不喝酒。

两个男生大步走向我们,一个肤色黝黑,另一个有着金色头发。我好像在哪里见过她们。

"这是谁?"黑黑的那个人看着我问,操着一口伦敦口音。

"滚远点儿。"萨斯琪娅说。

他们俩又走了,朝着吧台走去——那是布伦特·巴克希和戴尔·哈恩,但萨斯琪娅刚刚居然让他们滚!

柯蒂斯就在他们身后。他对我笑了笑,对他妹妹点点头,看见桌上那排酒杯时皱了眉,随后走向一桌男生,与他们挨个握手——那桌人的面孔我能认出来,差不多都是我在录像里见过的。柯蒂斯和萨斯琪娅家学渊源,父母就是著名雪板滑雪运动员帕姆·伯纳戈和安特·斯巴克斯。他们兄妹俩好像谁都认识。

我旁边坐着的是奥黛特·戈兰,X Games 铜牌得主。奥黛特穿了件薄荷绿的外套,卢西诺[①]的鸭舌帽下露出棕色短发。我尽力不一直盯着她看,但她确实太漂亮了。她也是整个赛季都在这,其他人都只参加开幕式。

我往她身边靠了靠。"男生是不是都不敢接近你?我是说,

[①] Rossignol,法国知名滑雪装备品牌。

你这么厉害，他们肯定在你面前会自惭形秽。"

奥黛特竖起一根手指摇了摇说："才不会。"

我希望乐队不要再吼了，我嗓子都哑了。"我去年跟一个瑞士滑手约会，最后他甩了我，就因为我掰手腕掰赢了他。"

大家都大笑起来。

"在他所有朋友面前。"我补了一句。

奥黛特和我击掌。这绝对是喝了酒才能说出来的话。一般我都不会这么开朗，尤其是不会与刚认识的人这样讲话。但说出来的感觉真好。我刚意识到我之前一直在为这件事情难过。斯蒂芬是个单板追逐赛的专业滑手，他跟我一起滑雪的时候从不会停下来等我。但我也愿意跟他一起滑，因为我得拼尽全力追上他。

"把他送健身房里去。"桌子另一头的女生喊道。

"给他请个教练！"另一个女生补充。

"给他吃点类固醇！"建议变得越来越离谱。

能融入这样一群女生的感觉很新奇，我和老家的朋友见面时，聊天通常都聊不下去。她们关心的都是什么时尚服装、明星八卦，而我更喜欢在家听我哥和他那些橄榄球队的队友讲点不入流的笑话。

吧台又送来一排伏特加。现在喝了多少了？我都数不过来了。我不怎么喝酒，平时太忙了，忙着上班，忙着训练，要么就是忙着一边上班一边训练。我从来没有在比赛前喝过酒，但其他人都在喝，一杯一杯的，有的还要了啤酒。于是我又闷了一杯，把杯子重重地敲在桌子上。

隔壁那桌德国女生明显在聊我们，我觉得这就是萨斯琪娅想要的效果。她是为了表示：我们今晚喝成这样明天依然能打败你们。奥黛特·戈兰可能确实能行，但我可能不太行。但我不想扫其他人的兴。

  柯蒂斯过来，在萨斯琪娅耳边说了些什么。音乐声太大我什么也听不见，但我觉得他是在告诉她别喝了。萨斯琪娅摆摆手放下了酒杯，于是柯蒂斯又回到他那桌，皱着眉坐着。

  "天哪，他可真讨厌。"萨斯琪娅说。

  "我哥哥也特别讨厌，"我说，"他比你大几岁？"

  "两岁。"

  "我哥也比我大两岁。"

  "我有两个哥哥。"奥黛特说。

  "你个小可怜。"萨斯琪娅说，我们都笑了起来。

  "你两个哥哥也滑单板吗？"我问。

  "不，他们是滑双板的。"奥黛特说，"我之前也滑双板，十四岁转滑单板的。"

  "他们也在勒罗切吗？"我问。

  "不，今年冬天他们在蒂涅。你去过吗？"

  于是我们聊起都去过哪些滑雪场。

  萨斯琪娅再去吧台的时候，我看见她和柯蒂斯吵了起来，吵得挺激烈。杰克才不敢告诉我该做什么不该做什么，他几年前就搞明白这事了。

  萨斯琪娅端回来的酒更多了。我们一边喝着，一边听见乐队翻唱杀手乐队的歌 *Somebody Told Me*。

  萨斯琪娅跳了起来叫道："我喜欢这首歌。"

  我们其他人都跟着进了舞池，不知怎么，整个酒吧的人都起来跳舞了，小小的舞池里挤满了人，我碰到他，他碰到我。我路都走不稳了，我有很多年都没喝过这么多酒，睡觉之前我可得多喝点水。

头晕乎乎的,我走向卫生间。在回去的路上我不知绊到了什么,一只手抓住了我的手臂,是柯蒂斯。

我心里骂了一句。我的腿已经抖了,站不大住,但出口的声音更抖。"谢谢。"

他眼里亮晶晶的。"我之前说过了,你怎么往我身上摔都无所谓。"

我希望我脸红得不太离谱,盯着他手里的依云矿泉水点头道:"你肯定是今晚唯一没喝酒的人。"

"我训练的时候不喝酒,酒精会影响我恢复的时效。"

我瞄了一眼我们那桌,新一轮伏特加已经到了。妈的。

柯蒂斯顺着我的目光看过去。"我觉得你已经喝得够多了。"

"嗯?"我说,"我要是想听你的建议,我会问你的。"

他以为他是谁啊!他让他妹妹不要喝酒是一回事,他还根本不认识我呢。我摇摇晃晃地走向吧台。我不能一直让萨斯琪娅付钱,虽然她肯定付得起,但我不想占她便宜。我至少得请一轮。

只是我根本不知道我们现在喝的是什么牌子的伏特加,而萨斯琪娅明显就是那种挑剔的人。

"还要一样的?"吧台的女酒保在我开口之前问。

"对。"我点头,如释重负。

戴尔和布伦特坐在吧台后面,酒保一边给我倒酒,一边跟她们聊天。这姑娘穿着条小黑裙,一双尖跟靴。而这两人的目光正顺着她大腿往上瞄。她身材娇小,非常漂亮——墨黑长发如瀑,眼妆画得很迷人。我能听出她的口音来,比我的口音要重,听起来也是泰恩赛德人。我更觉得她人好了,也是北方人呢。

不知戴尔说了些什么,她翻了个白眼,然后又说了些什么,戴尔垂下了头,假装很羞愧。布伦特笑着拍了拍戴尔的背。

女酒保把我要的酒端了过来。我为她感到难过,每个晚上都会有男生来跟她搭讪。尤其是像戴尔这种长得很好,却梳着奇怪发型又穿了好几个耳洞的人,比比皆是。她肯定烦死了。

但当她往我手里的托盘上摆杯子的时候,我瞥见她嘴角有一抹笑,随后意识到我想错了。她才是那个猎手,而他们是猎物。她可是太会玩了。

"好了,"她说,"十欧元。"

我犹豫了一下。滑雪场里的酒一向贵得离谱,我以为至少要五十欧元才行。她肯定是被戴尔和布伦特分散了注意力,然后说错了。但如果我不告诉她,这钱肯定得从她工资里扣。"不对吧?"

她的俏脸上有点不耐烦。"就是这么多。"

好吧,至少我尝试过。我递给她一张十欧元的纸币。

结账时,她瞄了一眼戴尔和布伦特,撩了一下头发,好像在说"我才不感兴趣"。我饶有兴致地看着戴尔斜靠在吧台上,卷起袖子,露出满是刺青的前臂,喊了她一声。她又自己笑了笑,假装没听见。

我从来没这么撩过男生,我也不会。

她伸出手,光亮鲜红的指甲戳了戳其中一个杯子,然后说我了句我没听懂的话。

"什么?"我说。

"这杯是伏特加。"

什么?

我被酒精蒙蔽的大脑里突然冒出了个想法。但萨斯琪娅不会这么做的。

她……不会吧?

7

现在

我们冲进冰冷黑暗的走廊,刚才装手机的篮子现在已经空了。
"谁拿走了?"柯蒂斯的声音听起来凶极了。
"我的手机还是新的呢,"希瑟听起来要哭了,"我所有的联系人都存在手机里。"
"冷静点儿,"戴尔说,"会找到的。"
所有人看起来都很困惑,不知道是怎么一回事。
我沿着走廊两边看了看。是这四个人的其中一个拿走了手机,还是楼里还有其他人?我多希望自己能想明白,但这些事情没有一件能说得通。威士忌的酒劲上来了,在这个海拔高度,酒精的作用力更大,而且我已经好几个小时没吃饭了。
"至少我们能搞清楚拿走手机的人不包括谁,"我说,"谁没离开过房间?玩游戏之前我去过一次卫生间。"
"那时候你看见手机了吗?手机还在这儿吗?"柯蒂斯问。
我努力回想。"想不起来了。"
"我出去拿过酒,"戴尔说,"不过我也没注意。"他看向柯蒂斯问:"你为什么出去?"
"打电话,"柯蒂斯说,"然后去了趟卫生间。"

"打给谁?"我问。

柯蒂斯挑挑眉,好像在说这事跟我没关系。

"打给谁的?"戴尔也问。

"打给谁跟这事有什么关系?"柯蒂斯说。

"谁知道,可能有关系呢。"戴尔说。

柯蒂斯怒瞪了我一眼。"我妈。"

"我出去了两次。"布伦特说。

"希瑟刚刚也出去了,"我说,"妈的!我们每个人都有可能。"

"拿走了手机,然后呢?"柯蒂斯问。

"然后藏哪儿吧,我猜的。"我说。

我看向希瑟的手提包,她是我们当中唯一一个随身带包上来的。

我三十三岁了,一个手提包都没有。我朋友凯特结婚的时候我买过一个。米拉,你敢背双肩包来试试!她给我的邀请函底部写着这行字。那是个淡青色的包,为了配我的伴娘裙。我拿着它,觉得自己滑稽又可笑,像是个玩过家家的小孩子。婚礼一结束我就把它捐给当地的慈善商店了。

希瑟的包是棕色的,从金属拉链上闪着的光泽看,应该是个设计师款。她应该是意识到我们在看她的包,脸腾的一红,把包翻了个底朝天,里面的东西都抖落在地毯上。包里有个银色的小钱包,有湿纸巾、卫生棉条,还有一大堆化妆用品。没有手机。她抬头看向我们,挑衅似地说:"现在满意了?"又把这堆东西装进包里。

"那只能是别人拿的了。"柯蒂斯说。

希瑟的眼睛都瞪大了。"但能是谁呢?"

"我哪儿知道。"柯蒂斯说。

戴尔把希瑟圈在怀里，希瑟偎在他身边。他们俩又和好了，至少现在是一伙儿的。

"我们得搜一下这地方，"柯蒂斯接着说，"找找手机，或者找找是谁拿了手机。"

"可以。"布伦特喝光他杯子里的威士忌，朝门口走去。我抬脚跟上他。

"等等！"希瑟大喊，"我们又不知道外面有谁！"

"说得对，"柯蒂斯说，"我觉得女生不应该自己行动。"

戴尔抓住希瑟的手说："我带着她。"

"我跟米拉一起。"柯蒂斯说。

"我要跟米拉一起！"布伦特说。

也许我应该感激他们如此照顾我，但我没有。我生气极了，我根本不能忍受他们这种"因为我是个女生，所以很弱小需要保护"的想法。过去不需要，现在也不需要——而且最近我的上肢力量还增加了，尽管下肢力量还不太够，但如果有人胆敢跟我比画比画，我肯定不会饶了他。

我毫无保留地说出自己的想法，然后看到柯蒂斯神色紧张，布伦特也是。这俩人平时不会害怕的。我又想到那些漆黑废弃的走廊。他们说得对，保持安全还是最重要的。"要不你们俩都跟我一起吧？"

柯蒂斯点头。"我们就在这儿见吧，怎么样？就……二十分钟以后？"

戴尔看了一眼表。"可以。"

"你往那边走，"柯蒂斯指向左边对他说，"我们往这边走。你们俩搜二层，我们搜这层。"

"现在是你说了算了？"戴尔说。

柯蒂斯没有回答，他总是说了算的那个，真的，并不只有我听他的。

戴尔抓着希瑟的手把她拉走，两人顺着走廊走过去。

"看看储物柜，"柯蒂斯对着他们的背影喊，"找找有没有固定网线什么的。"

我们走向另一个方向。柯蒂斯一如既往地领头。刚才我自己搜的时候就感觉很诡异，现在感觉更加诡异。滑雪季时，帕罗拉玛的情况完全不同，到处都是雪板雪仗的声音，还有游客的谈笑声。但今晚，空空荡荡，一片静默。

我们的手机有什么用？为什么要拿走手机呢？我不知道哪个更可怕——是完全的陌生人拿走了它们，还是我们之中哪个人？某个我以为我认识，或者说，我曾经认识的人。

右手边前几个门是卫生间。

"我去看看女卫生间，好吗？"我问。

柯蒂斯推开了门。"我们都去。"

卫生间里有四个坑位，门都关着。我从底下往里看，要是看见一双脚……

咣当！我的心猛跳了一下。但不过是柯蒂斯把门挨个踢开而已。里面都没有人。当然不会有人。而布伦特翻遍了垃圾桶里的手纸。

我们也照猫画虎检查了男卫生间。一股冷风漫过脖颈，我发现窗户开了个小缝。我踮起脚尖向外张望。想象一下，要是有只手把我们的手机一只一只扔下去，穿过这个小缝隙，落入无边黑暗之中。如果真是这样，那手机就再也找不回来了，因为这边是悬崖，下面是无尽的深渊。但为什么要这么做？

"这里之前是开着的吗？"我问。

柯蒂斯骂了一句，猛地把窗户关上。"我没注意。"

"我也没注意。"布伦特说。

下一个门里是布草间，里面散发着漂白剂的味道。我们在一堆堆手纸和一袋袋肥皂中翻找，想看看是什么发出了这个味道。手纸可太多了，我甚至连每个卷筒都翻了一遍。

我其实不太想承认，但我确实很开心他们俩能跟我一起，尤其是布伦特，因为跟柯蒂斯待在一起我总会紧张。

走廊拐了个弯儿，两边都有门，全都锁着。经过每扇门时我都会紧张一下，生怕有人一下子跳出来。

"这些都是什么？"布伦特一边查看最后一扇门能不能打开一边问。

"可能是办公室，"柯蒂斯说，"要么就是储藏室。"

我们走到了走廊的尽头。

"这边没了，"我们沿着来路返回，我说，"要不去外面看看？"

"现在太黑了，肯定什么也看不见。"柯蒂斯说。

"你还记得外面都有什么吗？"我说，"我记得有几个雪地履带车的车库。"那些车可是大家伙，这些修整雪道的机器都很大。

"我记得好像有三个。"柯蒂斯说。

"缆车底下有个小房子，"布伦特补充道，"还有个卖东西的小亭子。"

"还有户外休闲区，"柯蒂斯说，"有帆布折叠椅的那种。那边肯定有他们放椅子的小棚子什么的。"

我们又回到多功能厅。希瑟和戴尔还没回来，下面可比上面大得多。

柯蒂斯关上了门，压低声音："你们俩觉得，是戴尔和希瑟捣的鬼吗？"

我盯着他问："他们为什么呢？"

"谁知道。"

"我觉得不是，"我说，"我觉得希瑟还挺害怕的。"

"要么就是她演得好？"柯蒂斯扫了一眼布伦特。

布伦特耸耸肩说："别问我。"

柯蒂斯踢了门一脚。"有人拿我们捣鬼，我可不喜欢这样。"

布伦特又给自己倒了一大杯杰克丹尼。他们俩对这事的反应太不一样了。布伦特一杯接一杯给自己灌酒，柯蒂斯发脾气。真有意思。

"米拉，来一杯吗？"布伦特说。

这才是我心中重逢之时应有的气氛。我叹口气道："来一杯吧。"

柯蒂斯碰了碰我的胳膊叫道："米拉。"

旧事重演，让我猝不及防。十年前的那个晚上，也是柯蒂斯让我别喝了。我本应该听他的，但是我没有。

就像现在，我也不打算听他的。

我把杯子递给布伦特，布伦特肯定没有他表现出来的这样镇定，他的手在颤抖，还把威士忌洒了我一手。我把黏稠的酒液吸进嘴里，一口闷了杯里的酒。

我觉得柯蒂斯一定看到布伦特倒洒了酒，因为他已经开始打量布伦特，好像在思考他到底能干点什么。

可他看错了人。

8

十年前

我跌跌撞撞穿过半山的高原,头隐隐作痛,胃胀得厉害。希望到雪道的时候我不会吐出来。

场地里已经挂起巨大的横幅,上面写着:勒罗切公开赛。雪道上满是戴着号码布的参赛滑手们,大家都开始热身,拉伸,调整雪鞋和鞋套。大家脸上的表情都很紧张,集中精力想着一会儿的动作路线。我要是没有极力忍着呕吐欲望的话,也会跟他们一样。

昨天晚上从光影酒吧回家之后,我一直努力想吃点东西,但什么也吃不下。我太生气了,最主要是生我自己的气。我怎么就能中她的计呢?我已经二十三岁,不是个小孩子了。无论其他人怎么怂恿,我都应该保持清醒的。

音响里传来动感节奏,阳光刺痛了我的眼睛。我戴上护目镜,希冀着自己能蜷在一个安静黑暗的房间里,好好睡一觉,熬过这场宿醉。

我边上那家伙咬了一口熟过头了的香蕉,我的胃抽搐了一下。我能闻到香蕉的味道。我身边都是摄像机——有欧洲体育频道,法国卫视第三频道,还有好几个其他卫视的。我紧紧抿着嘴。可别再吐了。

登记队伍里都是我听不懂的外国话。领号码布的时候,有几个昨晚一起喝酒的女生夹着雪板走过。我低下头,不想看见她们笑话我的样子。

有人拍了拍我的肩膀,是奥黛特。她猝不及防地走过来,一边脸上亲了我一口。"你好吗?"

我挑了挑眼眉问:"你觉得呢?"

她的微笑凝固在脸上。"怎么了?"

"还不是那些伏特加。"

"伏特加?"

"要不然昨天晚上我喝的是什么?"

我解释的时候,奥黛特的脸羞得通红。她四处找萨斯琪娅,眼里都是难以置信。萨斯琪娅在山顶上,穿着白色的萨洛蒙滑雪外套,就要滑下来。奥黛特回头,嘴里结结巴巴地说着些什么。很显然萨斯琪娅在我进酒吧之前就安排好了,跟她们说今天只喝水,就为了扰乱我比赛。

"太抱歉了,"奥黛特说,"我真不知道。"

她看起来又羞又愧,我信她。"那其他女生呢?她们知道吗?"

"我觉得可能也不知道。"

我不知道这消息到底能不能让我感觉好点。

萨斯琪娅飞速滑过,滑向索道。奥黛特紧盯着她,像是在努力接受她的朋友居然能做出这样的事情来。

我已经错过了一半的热身时间。我抓起雪板。"赶紧比完吧。去雪道上?"

奥黛特和我一起滑向索道。

柯蒂斯正在山顶系安全带。他看了我一眼，郑重其事地说："我确实提醒你来着。"

"什么？"我说，"你早知道。"

"我猜到的。"

萨斯琪娅和一小撮人站在一起，大笑地开着玩笑。布伦特也在，还有戴尔，他的唇环在阳光下闪闪发光。我生气极了，大步走过去，拍了拍萨斯琪娅的肩膀。

她转过身对着我，脸上的表情让我想起我父母养的那只猫。每当什么东西激起它猎食本性的时候，它就会露出同样的表情。

"你为什么要这样孤立我？"我问。我知道柯蒂斯和奥黛特都支持我。

边上的人都沉默了。

我本来满心以为萨斯琪娅会抵赖，但她只是看着我，蓝眼睛里没有一丝悔意。"因为我可以。"

"害怕我会赢你吗？"

她没有回答，也无须回答。拜她所赐，我今天肯定不可能赢过她了。

我气急了，真想一巴掌扇在她脸上。我从来都不是个善茬——我必须这样。我哥哥比我更甚，但他都是开诚布公地打。而现在，这事不太一样，可能因为是女生之间的事吧，不便搬到台面上来。而我不知道这种事该如何处理。

我努力让自己看起来很凶。"我希望你知道，游戏已经开始了。"

她笑了起来。"是的，游戏已经开始了。"

柯蒂斯招呼她过去，两个人坐下来，凑在一起。从柯蒂斯指向我的动作看，他在训她。萨斯琪娅又看了我一眼，然后转过头不理我了。柯蒂斯又指向雪道。他在给她打气。我今天需要得到更多帮助，所以我伸长了脖子去听他在讲些什么。

"那面墙完全在阳光下，会化得很快。你转体落地时要注意别卡住前刃。"

萨斯琪娅点点头，飞快地穿上滑雪板。柯蒂斯坐在这儿看着她滑。一个满脸络腮胡子的参赛者过来与他碰了碰拳。那是个美国人。

我穿上鞋套，深深呼吸，试着让我的胃适应待会儿的上下跃动。

柯蒂斯的话飘进我的耳朵。"今天一天雪地都会非常硬的。"

有意思。是他刚才对萨斯琪娅说错了，还是我听错了？

半小时之后，我等着叫号，浑身紧张。

"米拉·安德森！"

通常情况下，这时候我都会非常平静，一切会像慢动作一样，训练的点点滴滴都会在我眼前闪过，让我凭借肌肉记忆自动自觉完成比赛。但这次，我好像进入了快进模式。站在地上我还晕乎乎呢，所以第一次转体就搞砸了也不足为奇。第二次也没好到哪儿去，于是我被淘汰了。

我逼着自己坐在雪堆上看完了整场比赛。我要牢牢记住这件事，确保我再也不犯同样的错误。

柯蒂斯在山上与他在山下一样流畅自信，干净有力的动作直接将他送入了决赛。萨斯琪娅也进入了女子决赛，两个连续转体270°让她锁定了第十七名。考虑到这场比赛有欧洲所有国家的滑手参赛，这个名次已经很不错了。奥黛特第一。

参赛滑手都在山下拥抱击掌。用来庆祝的香槟喷得到处都是。

"光影酒吧走起！"有人大喊。

看起来我是唯一一个没有参与庆祝的人。其他人上前恭喜萨斯琪娅的时候,我的指甲几乎掐到了肉里。我捡起板子偷偷走了。

四个月之后,萨斯琪娅和我都要参加英国滑雪锦标赛。就算死,我也要打败她。

9

现在

多功能厅的大门开了,我吓了一跳。进来的是戴尔,后面跟着希瑟。

戴尔看起来气极了。"有人把我的电脑拿走了。"

柯蒂斯冲向门口。

"什么?"

"我带了台笔记本电脑。"

我们追着柯蒂斯下楼穿过走廊。他打开双层大门,冷风吹起我的头发。他一脚迈过两级台阶,噔噔噔跑下金属楼梯。看到我的包还在,我长舒一口气。

柯蒂斯检查了他的包,"见鬼!我的电脑也不见了!"

我发现我背包的拉链半开着,心里一紧,连忙翻找。钱包和钥匙还在,我没带电脑,我几乎所有事都在手机上弄。

其他人也一样在翻包。希瑟一层层翻开她的衣服。

"还丢了什么其他的?"柯蒂斯问。

"我没看出来。"布伦特说。

我有点慌,我根本不记得我都装了什么。"我不确定。"

"这事有点诡异了,"希瑟说,"我想下去。"

好好想想，米拉。我的目光落在索道顶部的监控摄像头上。我走过去对着摄像头挥手。"嘿！有人吗？"

柯蒂斯在站台上走来走去。"不敢相信我居然任凭这种事情发生。半小时前就应该下来看看的！"

我继续挥手，指望着操作员就算听不见也能看见我们，然后把索道打开。

"我好几周都没备份咱俩的电脑了，"希瑟对戴尔说，"必须得找到。"

"我也想找到。"戴尔嘟囔着说。

柯蒂斯转向他俩，"这么长时间你俩在下面都干什么了？"

"嘿，"戴尔抗议说，"别栽给我俩。你早先出去两次呢，你自己知道。"

希瑟和戴尔的确有时间查看我们的包，然后趁搜查一层的时候把电脑藏起来，但其实我们每个人都有时间出来干这事。

又或是其他人干的？

无论如何，这件事肯定是提前计划好的。策划的人把我们留在楼上的多功能厅里，还准确地预测到我们不可能一直拖着包到处走。

"我们搜了整一层楼，"希瑟说，"然后我想起电脑来了。"

"找到什么了吗？"柯蒂斯问。

"一堆锁了的门。"戴尔说。

"没有工作人员？"我问，"也没有网线？"

"我们找到两个接线插座，上面没插电话线，"希瑟说，"一个在酒吧，一个在厨房。"

没插电话线是因为有人把电话拿走了？我从她脸上能看出来，她也是这么想的。

"那些锁了的门后是什么？"希瑟想知道。

"找到中控间了吗？"柯蒂斯问，"或者山间救援办公室、急救室？"

"没有。"

"好吧。"柯蒂斯走过去推了推缆车操作间的门。门锁上了——这是肯定的。他把手拢在眼睛边，透过玻璃向里望去。

我跟他一起往里看。"看到电话了吗，或者收音机？"

"没有。"他的声音里有一丝沮丧。

布伦特也过来看。突然，一阵打破东西的声音从身后传来。我们回头，监控摄像头在水泥地上四分五裂，戴尔高举着滑雪板站在杆子边。我盯着地上的残片大吃一惊。

"你在干吗？"柯蒂斯大声责问。

戴尔放下滑雪板说："你们也不想让他们一直看着我们，对吧？"

我努力让自己冷静下来。"但他们还可能把我们救出去呢。"

柯蒂斯捡起地上最大的一块残片，摄像头坏得太彻底，连我都能看出来根本修不好。他把碎片扔在一边。"你刚切断的是我们有可能联系山下的唯一方式。你们还有谁在别的地方看到摄像头了吗？"

"餐厅里好像有一个。"我说。

戴尔清了清嗓子，我好像知道他要说些什么。

"我也砸了。"

布伦特跟我对视了一眼，我十分确定我们俩想的一样——难不成戴尔是幕后黑手？但为什么呢？

柯蒂斯大步朝他走去叫道："真是蠢货。"

"你现实点儿吧，"戴尔说，"要是真有人在下面通过摄像头看着我们,他们就是幕后黑手,肯定是。"

"对,"柯蒂斯说,"我们得弄明白是怎么回事,如果这是一场比赛,我们一定要赢。"他看着希瑟问:"你真跟布伦特睡过吗?"

我满脸尴尬,委婉真不是柯蒂斯的长项。

戴尔上前一步说:"她不用回答这个问题。"

这两个男人四目相对,戴尔还高些,他差不多一米八三,在滑手里算高的了;而柯蒂斯更壮些。

"你接下来是不是要问我,我跟没跟萨斯琪娅睡过?"戴尔说。

"你们俩睡过吗?"柯蒂斯问。

"你们俩睡过吗?"戴尔反问。

柯蒂斯抓住他的胳膊使劲一推,戴尔往后退了几步,就差几米他就要踩在站台边上了。隔着个细长的金属栅栏,他身后就是万丈深渊。

布伦特和我赶忙上去,刀一样的冰锥挂在屋顶上,正在我们头上。我祈祷它们别在这时候落下来。布伦特去拉戴尔,于是我去拽柯蒂斯。按理说在柯蒂斯这么激动的情况下接近他是件很危险的事情。理论上我知道该怎么做——如果你哥哥也是个橄榄球运动员,你肯定得学会自卫,不然会有生命危险。而且不滑雪了之后,我还在莱德米尔夜总会工作过几年。

我脑海里回想着招式,用右臂绕过柯蒂斯的脖子,左臂放在他头后以架住他颈部。一感觉到他放弃挣扎,我就松开了手。柯蒂斯转向我,又惊又怒。

戴尔也把布伦特推开,说:"你最好注意点儿。我现在觉得你有很大嫌疑。"戴尔的双眼闪着怒火,拉了拉身上的外套,回到希瑟身边。

"我们得保持冷静，弄明白这到底是怎么回事。"我上气不接下气地说。

"这些储物柜看了吗？"柯蒂斯问，"能打开吗？"

"只有一个打不开。"戴尔说。

"我们看看能不能打开。"

我背上我的小双肩包，拿起滑雪包。我这两个包都不重，我们只在这里待两夜，我想把行李放在我能看见的地方。其他人也拿上自己的行李，我们拉着行李上了楼。

储物柜的门都标了号，一共一百个，五颜六色的很好看，锁上插着钥匙。我把其中一扇门旋开查看里面，柯蒂斯他们也打开门查看。

"我们已经看过了。"

我看见了那个没有钥匙的储物柜。布伦特使劲拉了一下门。

"我有螺丝刀。"柯蒂斯说。

"等等，我试一下。"布伦特从口袋里掏出一串钥匙，把钥匙从铁丝圈上拿下来，再把铁丝抻平。随后，他把细铁丝捅进锁眼里，又拿出来调整形状。

戴尔走到通向雪山的大门口，看起来要开门。

不，千万别开。我可忍不了再听一遍那个声音。早晚我都得离开这里，一定会再听一遍那个声音，但现在我已经受够了，再也不想被吓一次了。我需要时间恢复一下。

戴尔滑了一下，扶住墙保持平衡。"妈的，这地上真滑。"

果然，通向大门口的地上有几块湿了的痕迹。

"有脚印吗？"我问。

"好像是有，"柯蒂斯冰冷地说道，"有人出去过吗？"

没人说话。但出去过的人鞋一定是湿的。我偷偷地看了看其他人的鞋子，是我看错了，还是布伦特的鞋头颜色真的更深了些？

"好了。"说着，布伦特将铁丝抽了出来。

真厉害。不过布伦特的手确实巧。

他打开储物柜的门，我们都凑了过去。这个储物柜是空的。柯蒂斯离得最近，突然露出了个恍然大悟的表情，好像刚刚想明白了什么事情。他目光锐利，挨个扫过我们的脸。他是觉得布伦特开门开得太容易了吗？

"所以我们的手机呢？"戴尔说。

"谁知道！"柯蒂斯回答。

我紧张了起来。这俩人看起来好像又要打起来了。

"我们能吃点东西了吗？"布伦特问。

柯蒂斯看向他叫道："我们他妈的得找手机！"

"我知道得找手机，但我要饿死了。"

柯蒂斯抬高声音："你知道现在是什么情况吗？索道停了，我们没有任何联系外界的方式。要是找不到手机，我们就困死在这了！"

"我也饿了，"我插嘴，"我们一边吃一边讨论吧，行吗？"吃点东西也许能抵消酒精的作用，这样我就能清醒地思考。

希瑟看起来谨慎得很。"我们都这样了，你怎么还能想起来吃呢。"

"已经筋疲力尽了，饿着也没什么意义。"我说。

柯蒂斯把包抡到肩上，大步走向餐厅。我们几个人急忙跟上。我们进去的时候，他已经走到吧台，正蹲在地上检查那个碎了的摄像头。我们几个把包堆在一起。

希瑟冲她的手提包扬扬下巴。"看着点儿。"她告诉戴尔，然后冲向厨房。

我又偷偷看了一眼布伦特的鞋。"你的鞋湿了吗?"我轻声问。

布伦特低头瞟了一眼说:"肯定是洒上威士忌了。"

"肯定是。"

"看看能不能把火生起来吧。"他朝着壁炉走去。

我知道我跟他们一样也能生火,但我想问问希瑟关于布伦特的事情,于是我进了厨房。

香草番茄的香气勾得我的肚子咕咕叫,希瑟盯着炖锅,打开电炉。

"我能干点什么?"我问。我根本不会做饭。我平时力求吃得健康,因为健康餐基本都是生食,这样我就不用开火做饭了。

希瑟递给我一把木质汤勺,让我到砂锅边上站着。"站那儿搅汤。"

她四处飞速转着,随手打开橱柜。穿这么一双高跟鞋,她是怎么走那么快的?我最后一次穿高跟鞋是我七八岁的时候,玩扮装游戏,然后扭伤了脚踝不能参加锦标赛,就发誓再也不穿了。

我真的要饿死了。我望向她身后想找点零食吃,但橱柜里除了几盒订书钉之外什么都没有。冰箱里也没什么吃的。不过也很正常,下个月滑雪场开放之前工作人员才会进吃的。

"你最近做什么工作呢?"我努力保持正常的声音问道。

"我们俩现在是滑手经纪人,我和戴尔,"她说,"我读了个法律学位,婚后自己开了个公司。"

"哇,那真不错。"

对话到这里戛然而止。我不知道该跟她聊些什么。希瑟几乎不怎么滑雪,我跟戴尔的共同点可能还多些。希瑟这样的女人总让我觉得不大安全——她的发型、妆容,她时时刻刻都要保持精致的行为,都让我没有安全感。但她就是女生该有的样子,至少在传统的意义上来说。

但我不是。我就跟个没长大的假小子似的。现在依然如此。而且虽然我表现出不在乎外表如何的样子,但我内心确实在乎,甚至有点外貌焦虑。我怕是因为我不够女生、不够有女人味,才把男孩子们都吓走的。可能这就是我至今依然单身的原因。

希瑟一边翻着冰箱里的东西一边碎碎念。要想问她有没有背叛戴尔的话,没有比现在更好的时机了,于是我开口:"我一直在想刚才那些纸条上的话都是谁写的。你跟布伦特……"

希瑟直起身,一只手里拿着个球生菜,另一只手里攥着黄瓜。她看了看走廊发现没有人,才对我说:"你想知道些什么?"她的语气十分冰冷。

"你真跟他睡过?"

她的目光闪烁了一下,问:"你跟戴尔睡过吗?"

"当然没有。"不过我跟他接过吻,但我希望永远不会有人知道,这不是什么值得炫耀的事情。"所以?"

"没有。"她努力镇定地对上我的目光。

"我不相信。"

男生们一定生起火来了,木头的味道更加强烈。

"爱信不信。"希瑟打开头顶一个橱柜,拿出五个盘子。

"没关系,"我说,"我去问问布伦特。"

希瑟一言不发地把吃的装进盘子里,把生菜和黄瓜留在料理台上。这是今天第二次我感觉出她在说谎了。她还骗了我们什么?

我端着盘子出来,烧木头的烟呛了我一下。餐厅跟我印象中的一模一样。深色木地板,横梁露着,地上铺着牛皮地毯,墙上挂着黑白照片。巨大的石头壁炉里火光明灭,上面挂了个牡鹿的头。壁炉台上一只熟悉的时钟滴答作响,钟面被时光染上暗黄的痕迹。

灯光很昏暗,吊灯低低悬在桌子上方。这样的环境似乎应该挺舒适,但现在到处都是我不喜欢的阴暗角落。

布伦特和戴尔坐在距离壁炉最近的那张桌子边聊天。我把盘子放下,看到他们俩又和好如初,松了口气。戴尔也倒了杯威士忌,一瓶杰克丹尼已经空了,他们又开了一瓶。

"你们俩已经喝完一瓶了?"我问。

布伦特咧嘴笑道:"又不要钱,为什么不多喝点儿?"

我从吧台拿了几个杯子,也给自己倒了一杯。我知道我不能再喝了,但只是在木头烧出的烟中眨了眨眼睛,好能看清周围的东西。墙上钉着古老的登山设备,老式登山护目镜,冰爪,还有一双破旧的登山靴。

还有一把生了锈的冰镐。勒罗切的山都是野山,却也让它成了冬季热门的冰上攀岩场地。我用手摸了摸斧头尖,金属的触感冰凉,刃边依旧十分锋利。

柯蒂斯跪在壁炉旁,在木头堆里翻来翻去。

"你在干吗?"我问。

"找手机。"

"那里我已经找过了。"戴尔说。

柯蒂斯依旧没停,木头燃烧散发的烟熏得我流泪。

希瑟拿着剩下的盘子进来。"我得把电脑拿回来。"

"你能不能别提电脑的事?"戴尔呛了她一句。

在我的印象里，希瑟性格一直都很强势。想当年她跟戴尔谈恋爱的时候，她是说了算的那个，但现在他们俩的关系似乎反了过来。

我坐在布伦特身边。椅子上包着绒绒的小羊皮，我想把小羊皮包在腿上，却发现它们是绑在椅子上的。

"比利·摩根那个偏轴转体1800°你看到了吗？"吃饭的时候，布伦特问。

"我在视频网站上看到了。"我说，非常感激他能开口缓和气氛。

戴尔也点头道："现在还有个日本人做了第一个偏轴转体1980°。"

"疯了吧，"我说，"那是什么，转五圈？"

"五圈半，"戴尔纠正我，"单板发展得很快啊。"

希瑟看了看钟，好像在算她还有多长时间才能离开这里一样。柯蒂斯依旧很警惕，但锅子和酒精熨帖着我的胃，火焰温暖着我的脸，我已经开始放松了。

"你能相信之前人滑雪是不戴头盔的吗？"布伦特说。

"我之前不信来着。"柯蒂斯说。

"可被人骂惨了，"布伦特说，"我们很幸运能活下来。"

但我们有些人可没那么幸运。我不想思考这些，无论如何，就算有头盔，该摔断脖子还是要摔断脖子的。

"看过那个挪威人的内转450°吗？"

"没看过，"我说，"那是什么？"

戴尔原来可是最在意姿势的那个，我之前总喜欢跟他讨论这些技巧。

他放下酒杯。"有点像720°，但做完720°之后还得转回来。你想想，先在空中旋转，然后停住，再转回去。太难了。试试你就知道了。"他把自己的椅子放在旁边一个桌子上，爬了上去。

我太喜欢这些家伙了。我跟健身房的同事一起出去的时候，聊天聊的都是网飞。我跟这些家伙可能已经十年没见了，但我跟他们之间的共同点还是比我跟其他所有人之间的共同点要多。

我们这样的职业选手，参赛都不是为了钱，尤其是像我们这种高风险的项目。做一个自由式单板滑手永远不可能发大财，除非你是肖恩·怀特。不，玩这个的都是因为喜欢，对这项运动有激情。我们把生命中的每一分钟都用来滑雪，思考滑雪，连做梦都在滑雪。虽然我们都不再是职业选手，但激情仍在。

戴尔从椅子上跳起来做了个前滚翻，然后又做了个后滚翻。

"不对，"柯蒂斯说，"你得先向前转够180°，不然这是个假的内转450°。"

戴尔扫了他一眼。

"我们都试试，"布伦特也爬上椅子，跳了下来。

我心里激荡起来。我也站起身，说："我也试试。"

希瑟翻了个白眼，但我觉得我又重回二十岁。我爬上椅子，椅子猛晃了几下。我跳向空中，呃，重重落回地面。这几年来，我跳过最高的地方就是健身房里的登山机。

"腾空时间不够。"戴尔的目光落在一张由半截树干做成的桌子上。他把一张小桌子放在上面，又在上面放了一把椅子。他爬上去，椅子摇摇晃晃，但布伦特及时扶住。戴尔高高跳起，落下的时候直接撞向我们的桌子，然后四仰八叉躺在地上。

"可以了，"柯蒂斯说，"别再折腾了。"

戴尔站起身，揉着肩膀。"你怎么回事？"

"有人偷了我的手机,还有电脑。就这么回事。"

"别急嘛。"

柯蒂斯靠在椅背上。"你把我东西找回来,我就不急。"

他和戴尔对视着。我发现柯蒂斯身边的威士忌酒杯已经空了,我都没意识到他也喝了酒。

"你还是老样子,是吧?"戴尔说,"烦死人了。我就知道不该来。"

"那你为什么来呢?"柯蒂斯说。

戴尔看了希瑟一眼说:"她想来的。"

真的?我扫了希瑟一眼。她为什么想来?我之前以为她讨厌这个地方。

"回答你刚才那个问题,"戴尔说,"不,我没跟你那个婊子妹妹睡过。"

柯蒂斯蹦了起来。"只有一个人能说我妹妹的坏话,那就是我。但我不会说,因为我跟你不一样,我他妈的还知道什么叫尊重。"

气氛骤然紧张起来。

这里的气氛似乎跟外面的天气变得一样快。

10

十年前

　　布伦特和柯蒂斯跟我一起坐在缆车轿厢里。他俩坐在我对面。风刮得更大了，小轿厢在寒风里摇来晃去。我低吟几声，紧紧抵着胃。

　　"你敢吐到我裤子上？这条可是新的。"布伦特操着他那口伦敦口音说。

　　"可不，你可得看好她，别让她离你裤子太近，"柯蒂斯说，"那天她已经毁了我一条了。"

　　我看了看柯蒂斯的小腿，没有口子。这条是新的。现在比赛过去了，没有压力，柯蒂斯和布伦特都一脸笑意。他们也有理由放松。柯蒂斯第三，布伦特第五，可给英国男滑手争了气。

　　又一阵风吹过，轿厢晃了好几晃，我胃里翻腾起来。轿厢里还有之前乘客吸烟的臭味——我们之前的乘客肯定对轿厢里禁止吸烟的标识视而不见。

　　我上山是为了滑几圈发泄我的愤怒。不过他们来陪我一起倒是件好事，他们可以让我不再沉溺在今天的失败里。柯蒂斯的蓝眼睛看着我，我根本无法思考。

　　"我以为你们俩会在下面庆祝呢。"我说。

"我一般比完赛都会滑几圈冷静冷静，"柯蒂斯扫了布伦特一眼，"而从昨晚开始就有个瑞士姑娘追布伦特。他得避着点。"

我笑了笑，把注意力转向了靠窗放着的滑雪板。布伦特的板子上贴满了赞助商的贴纸，我几乎认不出他的板子是什么型号，反正是个 Burton 的产品。我猜是肖恩·怀特代言的那款吧。要是布伦特一直保持现在这个势头，明年他估计就能有自己代言的产品了。

我冲那个 Smash 贴纸扬了扬下巴问："你真喝这东西？"

"喝呀，怎么了。想来一杯？"布伦特在背包里翻来翻去，最后翻出一只亮橙色的罐子，打开递给我。

"我不喝，"我说，"那什么，要不我还是尝尝？我的确还没喝过。"我嘬了一口。"妈呀，这喝起来跟漱口水似的，"我递了回去，"我听说里面的咖啡因有三杯咖啡那么多。"

"五杯。"布伦特站了起来，黑色头发蹭着轿厢顶。他拉开窗，冷风灌进来，他手一伸，把罐子里的东西倒了个干净。

"你干什么！"我说，"山里的土拨鼠今年别想冬眠了。"

"我可不喝这玩意儿。"布伦特关上窗，把罐子塞回双肩包里。"别告诉别人啊，这可是我这个赛季的赞助商。"

我喜欢布伦特的性格。他这样让我想起了我哥哥的一个朋友，叫巴恩赛。"他们给你的钱比 Burton 还多？"我问。

"他们给的比我所有其他赞助商加起来都多。"

"真的？"但其实也有道理，布伦特是个能干大事的，一脸明星相。

"他们告诉我给多少钱的时候，我说我会把他们的名字文在屁股上。"

"你没有吧！"

布伦特掀起外套抓住滑雪裤的腰带，好像要一把扯下来似的。"想看看吗？"

我不知道他是说真的还是开玩笑，只能看向柯蒂斯。

柯蒂斯举起双手。"别看我。你觉得我见过他的屁股？"

布伦特大笑着坐回去。他既骄傲又自信，因为他特别擅长某种运动——不是随便哪种运动，而是一项需要在高空中飞行的运动。而且他也很有趣，更别提他还很可爱，一直笑，还有一双滴溜溜的黑眼睛。

来这儿之前我就在电视上看见过他了。女主持人叫什么安娜的，四十来岁，挺有魅力。她问布伦特滑雪都需要用到哪里的肌肉。几乎全身所有的肌肉，他说。那个安娜让他把衬衫脱了。他使劲一撕，那女的都快扑上去了。一起做节目的男主持人几乎得用力拉才能拉住她。

这绝对是个反对性别歧视的绝佳示例。如果把性别颠倒过来——男主持人和女滑手，一定会引起全国愤慨。但那次，一半的观众都只是在嘲笑她，另一半和她一样疯狂。而布伦特坐在那里，照单全收，泰然处之。

不过确实，那胸肌我也看到了。只不过他的没有柯蒂斯的那么吸引我罢了。

轿厢一阵晃动，我紧紧抓住座椅。轿厢减速开始爬坡。

"你知道戴尔今天早上问我要了瓶 Smash 吗？"布伦特问柯蒂斯。

"真的？"柯蒂斯说。

"他昨晚带吧台那个妹子回去了。"

"谁，希瑟？"

"我不知道。"

"黑长直那个？"

"对。"

"她跟我妹妹一起住，"柯蒂斯说，"戴尔累坏了吧。可便宜你了。"

他们一起笑起来。

"戴尔多少名？"我问。

"第十七。"柯蒂斯说。

布伦特与柯蒂斯之间的互动方式让我很感兴趣。他们是对手，但也是朋友。柯蒂斯年纪更大一些，他应该有二十四五岁，其实对于专业单板滑手来说稍微有点大了。现在，年轻滑手们早在十五岁就能赢得重大赛事的冠军，很少有超过三十岁还在比赛的。年轻人骨头韧，不容易骨折。布伦特崛起得如此迅速，柯蒂斯是否已经有了危机感？他肯定有了。

轿厢猛然停下，我往前一冲。我们只爬到了半山腰。

"听说好像有个滑手从那边哪个悬崖上跳下去了。"柯蒂斯说。

我盯着那些锋利陡峭的岩石。"真的吗？你会吗？"

"没有降落伞肯定不会。"

轿厢喇叭里传来一阵刺耳的声音，叽里呱啦用法语说着什么。

"他说什么？"布伦特问。

"挺住！你们挺住！"我说。

柯蒂斯大笑："米拉，别闹了。"

"说真的，他说什么？"布伦特问。

"我不知道，"我说，"我法语不好。"

"出现了机械故障，"柯蒂斯说，"很抱歉要晚一会儿才能上去。"

布伦特骂了一句。"你们俩谁带吃的了吗？"

我在包里翻了半天，掏出一个能量棒。"我有这个。"

"谢谢。"

轿厢像游乐场里的某个设施一样猛烈摇摆。一股冷风从窗缝吹进来，我把膝盖抱在胸前。"太冷了。"

柯蒂斯从另一边坐过来，坐在我旁边。没过一会儿，布伦特也坐了过来。我现在被挤在两个大男人中间，我们仨离得很近。这个距离有些亲密，而且我觉得我肯定不是唯一一个这么想的人，因为我们都沉默了。

太阳很低，阳光把雪域染成金色。上面的浮雪被风吹出了千层浪痕。我应该问问他们滑雪技巧什么的，但我什么也想不出来，只能感受到柯蒂斯的大腿紧紧靠在我腿上。

他又一次看向我，"好些了吗？"

"好多了。"我不能再待在这儿了，我可受不了他一直这样看着我。这个冬天，我最不想的就是分散滑雪的精力。

刺耳的声音再次从喇叭里响起，又有人说了些什么。

"妈的，"柯蒂斯说，"风太大了，机器自动停运了。他们得一个个把我们接出去。我们还是抱团取暖吧，看来得在这儿待上一会儿了。"

头上响起直升机的轰鸣，我们伸长脖子看。一架直升机在坡下面一个轿厢处盘旋。有个男的绑着绳子慢慢下降。我把手指拢在一起吹了吹气，等飞到我们这儿可得很长时间。

"穿我的外套？"柯蒂斯说。

"不用，谢谢。"我说。

"我的呢？"

我看到柯蒂斯看布伦特的表情了，像是在说——滚开。"不了，"我说，"你们俩谁想穿我的吗？都不穿？好极了，我也不想给。"

我们都笑了，笑声打破了紧张的气氛。暧昧的调情结束，我们继续聊滑雪，聊那些我们滑过的地方，聊好天气和坏天气，聊泰耶·哈康森在北极挑战赛上创出九米八高的纪录。天色从淡粉变成玫红，又变成深蓝。

"不过你们俩是怎么认识的？"我问。

"几年前，我们在 Burton 的美国公开赛上遇见过，"柯蒂斯说，"最后一个赛季的时候租住在一起。"

"还有他妹妹。"

布伦特和柯蒂斯交换了个眼神。这是什么意思？但现在我不愿意想她。是他们俩跟我困在了一起，而不是萨斯琪娅，这就足够我开心了。

通知又来了。

"快到我们了。"柯蒂斯告诉我们。

"你的法语挺好的。"我说。

"我可不这么想。"

"他德语也不错，"布伦特说，"要是早知道我会干这个，我上学的时候就好好努力学语言了。"

"我也一样，"我说，"我去年这个赛季是在瑞典过的，在拉克斯。我当时真是，只会说两句德语。"

"哪两句？"柯蒂斯问。

我尽力操起我最棒的德语口音："Ich verstehe nicht."我看到布伦特一脸迷茫，解释道："是'我不明白'的意思。"

"还有一句呢？"柯蒂斯说。

"Wo ist der Krankenhaus？医院在那里？"

柯蒂斯大笑。"这两句不错，不过是'哪里'，不是'那里'。"

我照着他肋下给了一拳。

轿厢上面有人在使劲晃着，一束光照进来。

"直升机来了。"布伦特说。

一个模糊的影子从绳子上滑下来。我们后退几步，那人强行破开轿厢的门进来，用法语说了几句话。

"谁先上？"柯蒂斯问。

我高高举起手："我！"

我总有这种想证明自己的欲望，不想让别人看出我害怕——其实这很愚蠢。这事其实怨我哥。我哥杰克和他的朋友们会在我们长大的那个树林里做各种疯狂的事，而他们让我跟着的唯一原因就是我是他们中间玩得最疯的那个。米拉，快点儿！我看你敢不敢！为了跟上他们，我摔断了骨头，我从不放弃任何挑战——现在也不会。现在这已经成为一种本能。米拉没什么不敢的。他们都这么说。

那男人把我拉了上去。"没什么可怕的。"

"我不担心，"我说，"我早就想尝试了。"

他对我做了个鬼脸，柯蒂斯和布伦特差点儿笑掉了大牙。

"加油米拉。"我出去的时候，布伦特说。

说实话，我一点都不冷静。脚下的石头看起来尖利极了。加油，别怕。我一步一步走向悬崖，风打在我身上，直把我吹到一边。快撞到石头的时候，我及时用另一只手抓住了绳子。我等着这阵风过去，才又继续下落。

就差十米了。最后绳子终于落了地，我的靴子深深踩进雪里。

一辆雪地车从雪山那边不远处七扭八歪地开过来，照亮我们的着陆区。车灯太亮了，我用手挡住。

然后，萨斯琪娅鬼一样从阴影里冒出来。

看到她我实在是太震惊，几乎被自己绊倒摔在后面尖利的岩石上。

"你怎么来了？"我语无伦次。

她对着我们轿厢下面的那个轿厢扬了扬下巴。我看到她脸上得意的表情，突然醒悟。她看到我溜走，于是跟着我上来，打算在我面前再耀武扬威一番。

我垂在身侧的手紧攥成拳，蠢蠢欲动着想一把将她推倒。

11

现在

"你知道吗？"戴尔说，"我很高兴你妹妹已经死了。"

柯蒂斯一拳挥出去打在戴尔的下巴上。戴尔蹒跚着退后了几步，捂住了脸。

柯蒂斯其实并没使多大劲儿，我很确定，柯蒂斯如果想，可以使更大劲儿，但我依然很震惊。柯蒂斯总是冷静自持的，尽管那年冬天我也见过他发脾气，不过基本都是因为和她妹妹有关的事情。英国雪板超人和他的克星。

戴尔恢复过来，冲向柯蒂斯，一把将他推到桌子边上。

萨斯琪娅失踪的前一天晚上，戴尔和柯蒂斯之间已经闹过一次了，但在我的记忆里，他们俩的矛盾是希瑟和萨斯琪娅先挑起的。柯蒂斯和戴尔只是被扯进去而已。我以为他们后来就分道扬镳了，友谊的小船就此翻了，就像我一样。

布伦特和我也加入了战局。拳头纷飞，可怜的布伦特被揍得七荤八素。我又试着用肘治住柯蒂斯，但他看穿了我的想法。希瑟蜷缩在角落里，用手挡着脸。

"你怎么知道我妹妹死了？"柯蒂斯说，"是不是你杀了她？"从他看向戴尔的眼神来看，好像他真觉得是戴尔杀了他妹妹。

我感到一阵沉重。

不是戴尔，是我。是我杀了她。

我太想赢了，为了赢我甚至不择手段。过去这十年，我不停地在脑海中重放当时的情景，每次都得出同一个结论：是我的行为导致了她的死亡。

我的所作所为让我感到恶心，但如果我再回到当时，会做出不一样的选择吗？我不敢说我会。

戴尔撞在我身上，猛地将我拉回现实。我摔了个趔趄，被桌子绊倒，戴尔摔在我身上。威士忌的劲儿还没过，我没反应过来。布伦特抓着戴尔帽衫的帽子使劲拉。刺啦——衣服破了。

戴尔骂了一句，一通乱打将布伦特推向壁炉。"这回该我问了，你到底跟我老婆睡过没有？"

看起来，戴尔好像已经不那么高大威猛了，但行动依然十分敏捷。我屏住呼吸。说没有，布伦特，就算睡过你也得说没有，不然他会打死你的。

"我没有。"布伦特说。

戴尔眯了眯眼，转向柯蒂斯。"你呢？你妹妹已经疯了。是你杀了她吧？你就承认吧，你早就讨厌她了，就像我们所有人一样。"

柯蒂斯又给了他一拳，戴尔敏捷避开，柯蒂斯的拳头砸在他肩膀上。柯蒂斯的脸颊上也有了红色的瘀痕。我从来没见过他输成这样。

柯蒂斯气成这样，让我不由得觉得萨斯琪娅的死可能根本就不是我的问题。真的是柯蒂斯打了萨斯琪娅吗？她真是这么死的吗？这太难以想象了，他始终在保护萨斯琪娅。每个人都有个失控的临界点，就算柯蒂斯也不例外。

柯蒂斯和戴尔从一边打到另一边，椅子翻倒在地，杯子摔得到处都是。

希瑟把头埋在手心里喊着："别打了！"

布伦特抓住戴尔的肩膀叫道："冷静点儿！"

但戴尔照着他肚子打了一拳。现在他们已陷入一片混战，而我还清楚地记得上次这些家伙打成这样的时候发生了什么。

我得让他们停下来，免得再有人受伤。但我该做些什么？我又不能叫警察来。

柯蒂斯又冲向戴尔。我一脚踏到戴尔身前，心想着他可别打我身上。

"别打了！"

柯蒂斯在我面前骤然停下。

"那个破冰游戏，"我说，"就好像是有人刻意想让我们打起来似的。别中了计。"

柯蒂斯咬紧牙关，眼里冒着火光。有那么几秒，气氛僵住了，然后柯蒂斯不情不愿地点点头。他看了戴尔一眼，回到自己的座位上。戴尔嘴里不知嘟囔着些什么，也回到自己的座位上。布伦特和我也坐了下来。我们几个收拾自己的衣服，平复了一下呼吸。

"我们得研究研究是谁写了这些秘密，"我说，"无论是谁，肯定是十分了解我们的人。"

"不过——"布伦特插了一嘴。

"我没说纸条上那些都是真的，"我说，"我的意思是——"

柯蒂斯插嘴说："她说得对。我觉得应该只有七个人与这事有关。其中一个已经手足尽废，另一个失踪了十年，已经宣告死亡。那么现在剩下了五个。"

话音骤停，我们几个人紧张地望向彼此。

"你们谁有奥黛特的消息吗？"戴尔问。

我的手藏在桌下，手指深深掐进肉里。戴尔看的是我，所以我摇头。我没有特意去搜索她的信息，这样我就能和自己说她没准已经奇迹般地恢复了，至少可以恢复哪只手或哪只脚的一点功能。因为她要是没有……

"我上周跟她打过视频。"柯蒂斯说。

我猛然转向他问："你跟她有联系？"

"算不上。从上次离开这儿到现在，只有那么一两次吧。"

"她让我滚，她说，她再也不想见我了。"

"她不是针对你，"柯蒂斯说，"当时她对我也是这么说的。我给她打视频电话之前很长时间都没跟她联系过了。"

我抱住双臂问："那现在她怎么样？"

他眼里透出了悲伤，我明白了。

"还在坐轮椅。胳膊能动一点，但只是一点而已。我之前想着咱们聚会之前，或者之后，我可能会去看看她，看她情况怎么样。但她不怎么愿意。"

希瑟站起身来。"我们为什么都在这儿坐着？我想离开。"

她看向戴尔，好像戴尔能在这一片漆黑中施个什么魔法把她瞬间移动到十五公里之外，远离这冰天雪地，回到山下去。

"今晚我们哪儿也去不了，"戴尔厉声说，"得等到明天早上才行。"

希瑟看向我们，寻求确认。

"相信我，"柯蒂斯说，"如果有办法出去，我早就找到了。"

我也说："现在天太黑，出去太危险。外面到处都是容易跌进去的罅隙。"

希瑟不情不愿地坐回去，不说话了。布伦特把最后一瓶威士忌倒进杯子里，一口喝了下去。我捡起一只倒放的酒瓶子，酒淌了满桌子，但我现在顾不上擦。

希瑟紧紧抓着戴尔的手，关节泛白。"为什么会有人想这么做呢？"

似乎没有人愿意把这显而易见的事实讲出来。

"是萨斯琪娅的事，是吧？"我说，拼尽全力想稳住我的声音，"有人觉得我们其中一个人杀了她。可能他们也不确定是谁，要不然就报警了。但他们怀疑是我们之中的某人，所以让我们到这儿来，想找出凶手。"

我希望我脸上没有露出罪恶感来。

没关系，没人知道你做了什么。

我不知道哪个让我更害怕——是被揭发，还是害怕萨斯琪娅的死因其实不是我想的那样，而是这四个人中的一个杀了她。

从他们看向彼此的表情上看，他们跟我想的都一样。

杀死萨斯琪娅的是你吗？

当然，除非真的是他们中有人杀了萨斯琪娅。

柯蒂斯清了清嗓子说："嘿，我们还不能确定我妹妹死了。"

戴尔嘟囔了句什么。

柯蒂斯跳了起来问道："你说什么？"

妈的！又来了。

"今晚就这样吧。"我说。柯蒂斯已经绕过桌子往戴尔那边去了。"现在太晚了，我们都在气头上。明天早上再说。"

布伦特打断了柯蒂斯的话："弟兄们，该睡觉了啊。"

柯蒂斯盯着戴尔，转身抓起包冲出餐厅。我看得出来，他肩膀都塌下去了，看起来又一次崩溃了。我瞄了布伦特一眼，拎着包追上柯蒂斯,担心把他单独跟戴尔留下来会不会出什么事。

"有几间开门的卧室?"我问这句话的时候,柯蒂斯正推开另一个双扇大门。

"记不住了。"

我做好了灯突然熄灭的准备,但柯蒂斯狠狠按开了他路过的所有开关,灯一直亮着。

"我不想跟希瑟住一间房。"我说。

柯蒂斯一扇扇把门推开,我数着有多少间卧室。"一间,两间,"然后是洗衣房,"三间、四间。好极了。希瑟和戴尔可以住一间。"

柯蒂斯用脚尖踢开最后一扇门。"想住这间吗?"

"谢谢。"我拖着包走进去。

他站在走廊里,太阳穴上有个气愤的红色印记。"你那里需要冰敷一下。"我说。

柯蒂斯啧啧两声,检查了一下他的指关节。都红了。

"手也伤到了吗?"我问。

"没关系。"他向后一仰,把头靠在门上。

"还好吗?"

"没事。"

我看着他深深地吸气,又缓缓吐出来。

"是我变了,还是戴尔变了?"他问。

"他看起来确实很受伤。"就和你一样,我本来想加上这句,但我没有。我换了个话题:"你最近都在哪儿呢?"

"伦敦,但是我不怎么在伦敦住。你呢?"

"还在谢菲尔德。"

他直起身来说道:"晚安,米拉。我就在你隔壁。就跟之前一样。"

我心里一震。不是后悔，真的，而是某种第六感。

我追着他到走廊里，这不是问他这个问题的最佳时机，但我必须得问。"你有女朋友了吗？"

我尽力显得我只是随便问问，但话一出口，我就知道我没做到。他注意到了吗？他慢慢转身，我仔细观察着他脸上的表情，但那双蓝眼睛就和之前一样，深不可测。我觉得吸引我深深陷落的就是他的眼睛，再加上我跟布伦特在一起之后，他表现出来的冷漠吧。他过去让我着迷，现在也是。

"几个月之前我们分手了。你知道希尔薇·阿斯普伦德吗？"他的语气就好像是我能知道这个名字似的。

"我不怎么看排行榜了。"

"是个挪威姑娘，滑自由式的。"柯蒂斯靠着墙站着，"我们交往了几年，但也都是断断续续的。跟前滑手在一起不太容易。"

"跟我说说，"我说，"多讲讲你跟那些失败滑手的故事。"

他的表情柔和了下来。"你可不是失败的滑手。"

我挑了挑眉。

"米拉，那年冬天，你比我们所有人进步都大。"

"谁说的？"

"我说的不是那些你能做的动作，我说的是你冒的那些危险。"

"我们所有人都在冒险。"我说。

"的确，但我做的大部分动作，我都已经练了好几年了。萨斯琪娅和布伦特也是。这些动作我们先在蹦床上练过，然后又在夏令营的气垫床里练过。而你是直接在雪道上练的。"

我从来没这么想过。我所看见的只有我是最差的，我得迎头赶上。

"你为什么不滑了？"他问。

这个问题有个简单的答案：因为你妹妹。当然还有奥黛特。但主要还是他妹妹。"我做了些不应该做的事情，"我咽了咽口水，"还做了个错误的选择。"

很多错误的选择。

柯蒂斯仔仔细细地看着我。突然我想做一件事，一件我十年前就在这个走廊里做过的事。一件要么让我继续追梦成为专业滑手，要么非常影响我集中注意力的事。

我觉得他也许知道我在想些什么。他张嘴想说些什么，但双层门旋开，其他人拖着包走进来。布伦特向我们投来好奇的目光，推门走进一间房。希瑟和戴尔走进边上那间房，门砰的一声关上了。

我刚要进屋，柯蒂斯平静地说："你知道，我妹妹的尸体至今没找到。"

我回头看他。

他犹豫了一下。"咱们刚才开储物柜门的时候，我闻到萨斯琪娅的香水味了。在走廊里我也闻到了。你说我是不是疯了。"

我一下子回想起之前闻到的那股香水味，鸡皮疙瘩起了满胳膊。"我也闻到了，"我轻声说，"我以为是希瑟的。"

柯蒂斯四下看了看，压低声音："我一直对她这件事有所怀疑。她失踪以后，信用卡上依然出现了很多消费记录。"

我盯着他问："你到底在说什么？"

柯蒂斯的蓝眼睛看起来很困惑。"我不知道。"

"你是在说……"

他又四下看了看，好像是想在哪儿能看见萨斯琪娅一样。

看起来，他并不觉得他妹妹还活着这事有什么可惊讶的。他可一点都不惊讶。

　　他看起来很担心。

12

十年前

　　萨斯琪娅的头发被风吹起，四散在空中，在雪地车前灯的照映下，看起来像个美杜莎。
　　布伦特和柯蒂斯也落地了，离我们俩不远。他俩看到她似乎要比看到我更高兴一些，可这究竟是我想象出来的，还是事实确实如此？
　　萨斯琪娅走来走去，好像一只被关了一天的猫在寻求关注一样。"天哪，这多无聊！"
　　一点都不无聊，我其实挺自得其乐的——直到你来之前。
　　"太冷了，"她把手套摘下来，"你试试。"她把冰凉的手指伸进我外套里，搭在我的脖子上。
　　我跳开，她又去弄布伦特。
　　"起开！"布伦特说。
　　雪地车按了好几下喇叭。我们穿过岩石走到车边，司机说了一大串法语。
　　"我们是最后一批获救的人，"柯蒂斯翻译道，"下面还有一家人等着。他得开回村子里去，但他车上只能载四个乘客。他问我们能不能在山上的房子里凑合一晚上，这样他就不用再跑一趟了。他可以送我们上去。"

布伦特欢呼起来:"这样明天早上我们就是最早上山的了。"

"我希望上面的房间够我们住。"我说。

司机打开后门,我们钻进去挤在后座上,背包和雪板都堆在大腿上。萨斯琪娅挤在我身边,她身上的香水味很浓,在热风开得很足的车里显得有些太香了。谁滑雪的时候还喷香水呢,也就只有她吧。

雪地车艰难向上爬行,我们不自主地向后仰去。柴油味和香水味混合在一起,我的胃又抽搐起来。

"你看到我刚才那个720°转体了吗?"萨斯琪娅问,"我差点儿就掉下来了。"

不知怎么,她的出现让气氛再次凝固起来。不只是我这么觉得,柯蒂斯和布伦特也沉默下来——可能他俩也只是累了。萨斯琪娅跟他们聊比赛,但他们都不说话。天又开始下雪了。打在挡风玻璃上的雪花在车灯的照耀下显出橘色的光。

山顶上,帕罗拉玛灯火辉煌。柯蒂斯想下车,但司机对他晃了晃手指,说了一大段话——我只听见了个"缝大",然后直接把我们送到酒店门口。

"我从来没在晚上来过。"柯蒂斯说。我们一个个下车,在酒店门前的地毯上使劲跺脚。

"我也没来过。"我说。

一个穿着围裙的女人在走廊那头朝我们挥手。我跟着其他人一起走进餐厅,发现这些人走路的样子都不一样。柯蒂斯气宇轩昂、大步流星;布伦特懒懒散散,裤腰都松了,半个屁股露出来;而萨斯琪娅步伐轻快,像个舞者。

烧木头飘出的烟雾刺痛我的眼睛,但明亮的火光确实在欢迎我们。现在已经很晚了，餐厅里除了我们只有一桌。我脱掉靴子站在壁炉前，希望没有人闻到我的脚臭味。

壁炉上面摆了一排黑白照片，穿着旧日滑雪装备的登山者在镜头前面摆出活泼的造型，背景是我们熟悉的那些山峰。其中一个上面写着：勃朗峰，1951年。史上最危险的一座山峰，更别说他们的鞋底钉还是用绳子绑上去的。

柯蒂斯靠近去看一张不太一样的照片。"大卡斯山，我爸爸最喜欢的山之一。他是第一个滑北坡的人，就在萨斯琪娅出生之后。记得妈妈还不太想让他去来着。"

"我以为你母亲会很支持你父亲呢。"我说。

"有了我们俩之后，她对滑雪就没那么热衷了。"

很正常，我妈妈也一样。她离开她钟爱的工作，就为了生我哥哥和我，她当时是一个养老院的经理呢。我们长大之后，她曾经做过一个兼职工作，但再没有回到过之前的岗位上。为什么放弃梦想的总是女人，我才不准备为了谁放弃任何东西呢。

萨斯琪娅也走过来，从墙上取下一副老式护目镜凑在脸上比了比。"怎么样？"

"小心点儿，"柯蒂斯说，"这些可是古董。"

她满脸不高兴地把护目镜挂了回去，在那只被填塞了东西的牡鹿头面前顿住脚步，摸摸它的鼻子，然后跟布伦特一起吃饭去了。

我终于暖和过来，终于可以解开外套拉链，但头发却缠在了拉链里。"妈的。"

"我来。"柯蒂斯温暖的手放在我的手上。

他离我实在太近，我几乎无法呼吸。空气中弥漫着甜蜜的麝香味，肯定是他的香水味，要么难不成是他的味道？他拽着拉链头，我拉着拉链好把头发抻出来——我每次都是这么做的——但他实在是太温柔了。我几乎说不出话来。

"好了。"柯蒂斯将拉链一拉到底。

我都快烧着了。我知道萨斯琪娅和布伦特正在看着我们,但柯蒂斯似乎并不急于离开,而是把我的头发小心翼翼地拢到我肩后去。

这家伙确实是我的菜——不只是他的长相,更是他的为人。他冷静自信的模样总让我想撬开他的外壳,看看里面是什么样子。我觉得,他内心深处远不如表面表现出来的这样冷静,没准还是烈火一团。

停!不能再想下去了。成败就在这个冬天。如果我今年拿不到前三,我就得放弃滑雪,回去找工作。

我坐在布伦特边上,萨斯琪娅看我的眼神很古怪。我每次看见她都气不打一处来。我要假装她压根儿不在这儿。

布伦特抱着个瓶子大口大口喝着,长腿伸出去。"米拉,给你来一杯?"

我咕哝着:"不了,我再也不想喝酒了。"

他给我看手里的瓶子,只是可乐而已。

"哦,"我说,"那也不了。我喝水挺好。"桌子上有个水罐,我给自己倒了杯水。

"你不问问我吗?"萨斯琪娅说。

布伦特又灌了一口,好像没听见萨斯琪娅说什么似的。

挺有意思。他刚刚无视她了,还当着这么多人,为什么?难不成他和萨斯琪娅之间有什么事?

萨斯琪娅的眼里闪着惊讶。很显然,她并不习惯被人忽视。她突然站起来,椅子腿在地板上发出刺耳的摩擦声。"好,我自己去拿。"

她大步走向吧台,我偷偷笑着,布伦特也笑了。

一般来说,我跟这么帅的人在一起都不会特别放松,但他太像巴恩赛了。习惯一样,甚至口音都一样。我和他在一起很舒服,就好像认识了很多年似的。

但和柯蒂斯在一起的感受就完全相反。

"嘿,萨斯琪娅。"柯蒂斯拍了拍我的肩膀。

我猛地转头,"你叫我什么?"

柯蒂斯咧嘴笑了笑,有点不好意思。"对不起啊,你俩头发太像了。"他递过来一瓶红酒,"来点儿吗?"

"不了,谢谢。我喝水就好。明天我就去染个粉色。我可没开玩笑。"

布伦特咯咯笑着:"完了兄弟,你惹麻烦了。"

萨斯琪娅拿了个空酒杯回来。她一言不发地从柯蒂斯手中抽走酒瓶,给自己倒了一杯,然后坐下。

戴着围裙的女人端了一盘马铃薯饼。黏稠、浓郁的奶酪加上柔软的、散发着黄油香的土豆——我的胃终于熨帖下来。我一边大嚼,一边把手指靠近火焰。

"米拉,你多大开始滑雪的?"柯蒂斯问。

"十一岁,"我说,"在谢菲尔德干燥的斜坡上。十六岁之前我都没在雪坡上滑过。你呢?"

"五岁。"

"我是三岁。"萨斯琪娅说,尽管我没问她。

真幸运,难怪她滑得这么好。

"我们爸妈带着我们满世界转,"柯蒂斯说,"不过我们也就去过地球上这些山而已。我妈妈是加利福尼亚人,我们在那边还有家人，我们有时候还回马默斯山那边过冬。"

我知道，但我不想让他知道我查过他的背景。"我记得在Burton老早之前拍的宣传片里看见过你父亲和你母亲，他们在飞跃那些阿拉斯加山脉的陡坡。"

柯蒂斯笑了。"你看过？"

"你的童年可真酷。"

"有时候我真不太愿意辗转那么多地方。"

萨斯琪娅打了个哈欠。

我又转向布伦特问道："你呢？什么时候开始滑雪的？"

"十岁。"布伦特说，"但我六岁就开始滑滑板了。我爸爸是个建筑工，他在我家后院里给我和我哥哥修了个滑板的滑道。"

他那口伦敦腔真是太好听了。

"我们滑滑板的时候就有赞助商了，"他补了一句，"我哥哥可厉害了。"

"但你更喜欢滑雪，是吧？"我说。

他笑了起来。"你可以再猜猜。"

"你去年第一次参加英国锦标赛吗，米拉？"柯蒂斯问。

"对，其实我前年也参加了，但比赛之前摔坏了膝盖。"

萨斯琪娅靠了过来问："摔哪儿了？"

"膝盖外侧副韧带断裂，"承认这件事似乎有点不好意思，"但现在已经好了。"

我才不打算告诉她我那个夏天每周要工作八十个小时才能在支付理疗费用的同时，给我下个赛季攒下足够的钱。

"萨斯琪娅的膝前交叉韧带前几年也断过。"柯蒂斯说。

萨斯琪娅猛地转头看他。

那伤得可挺重。我等着柯蒂斯继续说下去。

可能他看到了萨斯琪娅的表情，于是靠在椅背上说："那次是玩蛇梯游戏，至少我觉得他们在玩这个。那个游戏得一直往上爬，最好别掉下来。"

另一桌人不见了，那个穿着围裙的女服务员隐在背景里忙忙碌碌，看起来疲惫极了。我可太能理解她了，因为我也曾在吧台边一直工作到凌晨四点，然后回家睡上几个小时，再爬起来上白班。

我压低声音说："我觉得服务员肯定想让我们早点儿走，她好赶快下班。"

我们抓紧吃完东西，吃完的时候她还没来得及收拾完其他桌子。她给我们指了去卧室的路，我们每个人都有一间房。

"嘿，米拉，"我正要进屋的时候，柯蒂斯轻声对我说，"你晚上要是冷的话，你知道你可以去哪里。"

萨斯琪娅转身看他，脸上的表情十分古怪。

"我觉得我的床比他的暖和多了。"布伦特站在他门前说。

我的脸腾地红了。在被他们发现脸红之前，我一步跨进自己的房间。

滑手的体力都很旺盛。别看我们训练了一天，有时候晚上还能剩点精力干别的事。所以这俩家伙能说出这句话，我并不惊讶。我也挺喜欢他们俩这种做派，这种事没什么可藏着掖着的，他们不过是对我发出邀请，去不去都在我而已。

洗澡的时候，我的腿都在抖。对他们来说这事无所谓——他们肯定有大把姑娘追——但我还从来没接到过如此赤裸的邀约，还一下就是两个，两个如此热辣的小伙子。

而且，像他们俩这种在滑雪上有十足天赋的人，在床上也差不了。

水柱从我头上浇下来。他们俩的性格实在是有天壤之别。布伦特就像一双穿旧了的滑雪鞋，让人舒适又熟悉。

而柯蒂斯是下个赛季崭新的雪鞋，是从来没穿过，也不敢肖想的款式。但我知道，如果一旦有机会穿上，我就再也不想脱下来。

我闭上眼睛，把脸迎到花洒下面。经历过两次失败的恋情后，我在这方面依旧十分脆弱。今年冬天，我唯一敢保持的关系就是那种随意的炮友关系，但和柯蒂斯……我觉得肯定随意不了。

可我根本没法把他从我脑海里抹去。

这里的水压不够，热水澡也无法让我暖和起来。穿上保暖衣之后，我的牙齿还在打战。不知怎么的我就走到走廊里，明知自己可能会犯下大错，但我依旧抬起了手。

不过，还有个因素我得考虑进去。柯蒂斯的妹妹是我最大的对手，所以他是我最不应该有交集的人。

我沿着走廊往前走了两步。

敲响了布伦特的门。

13

现在

我站在走廊里,站在布伦特门前的时候,回忆如潮水般袭来。门开了,布伦特穿着保暖内衣站在那里。他一定洗完澡了,头发湿漉漉地搭下来,就好像从前一样——只是脸上的表情更不确定了一些。

我的心里涌出一股暖流。"我能进去吗?"

他退后一步,漆黑眼瞳小心翼翼地看着我。"当然。"

我想抱一抱他,但我不想让他误会些什么。我想知道他过得好不好,但似乎又没什么立场问他的私事。

布伦特和我站在那里面面相觑。我的胃依旧因为走廊里柯蒂斯说的那句话而阵阵抽搐——我们闻到的是萨斯琪娅的香水味。

就在这里。

是我们想象出来的吗?天哪,我多希望是。

我光着脚,脚下的地板冰冷极了。我应该穿双袜子的。

"你屋里跟我屋里一样冷,"我说,"你看,我都能哈出白气来。"

布伦特把下铺的羽绒被扯下来铺在地上。"坐这儿。"

我贴边坐了下来,他坐在我身边,小心翼翼避免碰到我,把羽绒被围在身上。我们俩挪到墙边，靠在墙上。

我过来本来是想知道布伦特对这事怎么看，但来了之后，我又不知道如何开口了。我不喜欢我们俩之间现在这副小心翼翼的样子，我不知道应该如何与他共处。

过去这事挺简单的。我现在还记得十年前他开门那一瞬，开怀大笑的样子，那种我什么也不用说的样子。他只是领着我的手，把我带到他的小床上，然后爬上来，慢慢让我暖和起来，就像他之前说的那样。

而现在，我依然能透过袖口看到他身上的文身，只是有点褪色了。我的手指想去碰碰它，但被大脑及时拦了下来。我注意到他戴着表———一块卡西欧 G-shock。"你的欧米茄坏了？"我问。

"在易趣网上卖了，为了在布雷肯里奇[①]待上两周。"

我太想问他为什么不滑雪了，但我怕我接受不了他给的答案，于是我开始跟他闲聊起来，想先找找当年的感觉。"Bummer 现在赞助你了，是吧？雪板可不便宜。"

他挤出一丝笑容。"是呢，要不是我知道的法语单词不超过五个，我都想搬到法国去住了。"

他的伦敦腔让我舒服又熟悉。

但他看我的表情可不是。他的防备心太重了。他倾身向前，从床下抽出个威士忌酒瓶拿在手里——肯定是从餐厅顺来的。"喝点儿？"

"不了，谢谢。"

布伦特喝了一大口。看他这样喝酒，感觉实在有点奇怪。

"你还在做模特吗？"我问。

---

① Breckenridge，美国科罗拉多州著名滑雪场。

"啊，不了。太老了。"

闲聊结束。我好像把自己一分为二，天真的那半还想再问问他，他是不是真的跟希瑟睡过，但这句话可太尴尬了，比现在的情况尴尬一百万倍，于是我打算以后有机会再问——或者明天再问问希瑟。

我深吸一口气，问："那你觉得是谁邀请我们来的？"

布伦特瞥了我一眼说："先把我俩排除，你是这意思吧？"

"是你邀请我的吗？"

"不是。"

"也不是我邀请的你。"

布伦特漆黑的眼睛又瞥了我一眼。妈的，他还真以为是我想再见他所以请他来？有人利用我把他骗来，就好像利用柯蒂斯把我骗来一样。

我又用羽绒被把自己裹紧了些。"那到底是谁？"

"我赌柯蒂斯。"布伦特说。

"真的？"

"你想想，只有他有这份钱。"

"别闹，"我说，"你看看那个什么破冰游戏之后他气成什么样。难不成他是演的？不管怎么样吧，都十年了，他为什么要这么做？这说不通。"

布伦特耸耸肩。

"他甚至不确定萨斯琪娅是不是真的死了，"跟布伦特说这事好像有点大嘴巴，但我得让他知道我不是柯蒂斯派来的，"他之前在走廊里跟我说他闻到萨斯琪娅的香水味了，差点儿没吓死我。"

"他以为萨斯琪娅还活着？"布伦特摇摇头，"希望罢了。只要来这儿，肯定会想起之前那些事。他也挺可怜的，你也看到了，他们兄妹感情很好，就算萨斯琪娅都快把他气疯了，他们依然是兄妹。这也是为什么我觉得是他在背后捣鬼。"

"但问题是，我也闻到那香水味了。"

布伦特看起来一脸不信。

我换了个话题。"你们几个是一起进多功能厅的吗？"

"不是，我是第一个。我看了餐厅，一个人都没有。多功能厅也太一览无余了，藏个人多难。"

他居然是我们里面最早得出这个结论的，真有意思。难不成是他在背后捣鬼？

我一边打量他，一边鄙视这个怀疑他的自己。"他们让我们没头苍蝇似的乱闯乱撞，用这种方式把我们跟行李分开，还挺聪明的。如果我们知道要去多功能厅，可能就会带上行李一起去了。"

"对，我知道。"

他脸上的表情没有一丝变化。

"那你跟我说说，"我说，"你后面进来的是谁？"

"是戴尔和希瑟。希瑟正打电话呢，看到要把手机放在门口的时候气死了。柯蒂斯当时不想把手机放下，但希瑟不让。她说：'你要是不放，我也不放。'"

敲门声传来。

"进来。"布伦特说。

柯蒂斯出现在门口。希望他没听见我们俩说他。

"看见米拉了吗？"他说，"哦，你在这儿呢。"

他看见我了，妈的。现在他肯定觉得我跟布伦特之间有什么事。我突然想到，十年前我们在这儿住的那天晚上，他也是这样,一大清早就来布伦特房间问他知不知道我在哪儿。"

他转头看我,面无表情。我想告诉他,这次,事情并不像看起来那样。

"我刚才忘了说了,"柯蒂斯说,"晚上记得锁门,好吧?"

"当然。"我说。

"晚安。"布伦特说。

柯蒂斯关上了门。完了。他肯定以为我今晚会在这里过夜。

我逼着自己回到手头的事上。"如果不是我们几个搞的鬼,还可能会是谁?"

布伦特这次想了一会儿,才说:"你还记得那个叫朱利安的家伙吗?"

"朱利安·马力。"这个名字我可有日子没听过了。

朱利安是萨斯琪娅失踪的头号嫌疑人,因为现场发现了他的涂鸦。当初他还被传讯过,但后来又放了出来。有证据证明他当天在隔壁另一个滑雪场。

"他为什么要做这些?"我问。

"他当初追她追得多疯狂,是吧?"

我仔仔细细打量他。"你是说,他觉得是我们中有人杀了萨斯琪娅,所以他把我们带到这来……怎么说,为她复仇?可他等了整整十年才复仇,是不是有点奇怪?"

"但他平时也有点奇怪,是吧?哦对了,我听说你还揍过他。"

"谁说的?"

布伦特抬手挠了挠头,手指穿过他微湿的头发。"不记得了,可能是戴尔。"

"他怎么知道的?那次在场的只有萨斯琪娅。"

布伦特耸耸肩。

"对,我揍过他一顿。他就是个白痴。"天哪,我这句话简直就像萨斯琪娅说的一样。

"他还手了吗?"

"没,他爬不起来了。我下手挺狠的。"

布伦特大笑起来。

但他这句话确实让我开始思考,难道真的是朱利安在后面捣鬼?也有可能。那个冬天,他确实跟我们这些人中的好几个结了梁子。他讨厌柯蒂斯和戴尔,我知道。

我暂时把这个想法搁在一边,又问:"下个问题。要真是我们之中的谁杀了她,你觉得会是谁?"

布伦特的神色凝重起来。"要我说,谁都有可能,都有动机。"

"还真是。"

布伦特的眼神对上了我的眼神。"你觉得是我做的?"

不知怎么,他这句话让我打了个寒战。"当然不是。"我说。

但我看向他的眼睛,又不确定了。

14

十年前

　　我飘在空中，眼前白茫茫一片，雪花纷飞，雾气漫天。我什么也看不见，但我可以把后手伸出，绕过后腿抓住雪板的后刃，然后按照戴尔建议的那样，把腿尽量伸出去。这就是"腐鱼"。

　　主办方把赛道顶端漆成了红色，好能在今天这种天气状况下给我们点参照，于是我在到达红线的时候选择落回地面。下落的过程有点像在晚上降落的喷气式飞机，只不过我是在垂直的冰面上降落而已。我落在地上，快速滑过赛道底部的平地，又飞向空中。

　　在这种天气状况里做动作就是考验胆量，也考验你有多自信。一旦不自信，下一秒就会摔得很惨——过去那半小时里很多人都是这么摔下来的。今天的赛道真是硬得可以，因为没有太阳，所以冰根本化不开。

　　这种能见度下我根本不敢做转体，于是只能直上直下。自从上次勒罗切公开赛搞砸了之后，我一直加倍努力练习。勒罗切是我向赞助商证明自己的机会，但被我搞砸了。于是现在只剩下英国滑雪锦标赛了。今年的英国滑雪锦标赛会在这个滑雪场举行，这也是为什么我选在这里练习。

我落了地，长舒一口气。我还活着呢，至少下一次动作之前，我还活着。肾上激素激增。这种玩儿命的冒险事怎么就能让我们当作生命之乐趣所在呢。

雾太大了，我甚至能尝到雾气的味道，呼吸进来的空气又湿又冷。耳边传来金属与冰摩擦的刺耳声响，是戴尔停在边上。我都没注意到他原来在我后面。

他向我竖起大拇指。"你刚才那'腐鱼'做得不错。"

"谢谢，你能看见我还挺惊讶的。"我们之前一起坐缆车上去的，我还问过他怎么做这个动作。

"我去弄点喝的。"戴尔说。

"我也去。"

我们站在那儿猛喝水，只有戴尔才能穿着一身荧光橙的连体衣还显得如此帅气，一缕头发上还粘着点雪珠。

"你今天练什么？"我问。

"后手抓前刃。"他说。

"只练这个？"后手抓雪板的前刃是我学的第一个姿势，很可能也是所有人刚开始学滑雪的时候学的第一个姿势。

戴尔笑了。"帅才是最重要的。"

一个滑手转体最后一圈，向后落地，在这个能见度下真是个壮举。萨斯琪娅的影子从雾气中透出来，飞快地从我们身侧滑过，后面跟了个穿着灰绿色迷彩服的矮个子。

"那是谁？"我问。不管这个男生是谁，他滑得确实很好。

"朱利安·马力。"戴尔说。

法国排名第一。难怪这么厉害。

他和萨斯琪娅消失在雾气里。从开幕式结束到现在，我们俩都没说过话，但这个滑雪场太小了，不碰见她是不可能的。有好几次她都在我身后排队上缆车,我一直等着她来跟我说些什么,但她没有。她对自己的所作所为丝毫不愧疚吗?反正她没表现出来。

有人着陆的时候摔倒了,胳膊正好压在前面,发出一声惨叫。

"这他妈的,这帮人今天跟下饺子似的。"戴尔一边说一边滑进白茫茫的雪道,提醒后来者别撞上。

柯蒂斯就坐在附近,在跟一个摄影师说话。那个可怜的女人今天并没有拍到满意的照片,她在雪地里裹成一只粽子,只有眼睛露在外面。

戴尔回来了,我刚想张嘴问他我的后手抓前刃做得怎么样,希瑟就来了。

"嗨。"我说。

希瑟瞪了我一眼。她可能也是北方人,但截至目前,我们俩身上的共同点也仅止于此了。她似乎不太喜欢我。她转向戴尔,问:"可以走了吗?"

"再来两圈?"戴尔说。

"我都要冻死了。"她说。

希瑟只穿了个短款皮夹克,不冷才怪呢。这么看,她是上来看戴尔的。我从没见过她穿雪板的样子。要是她既不滑双板也不滑单板,她到雪场还能来干什么?我不知道。

"回见。"我拿起雪板。

布伦特坐在雪堤上跟一个日本女孩聊天,那姑娘很漂亮,在勒罗切公开赛中排名第三。我对他们点点头,继续穿雪板。

"昨晚,谢谢。"两天前我在布伦特的床上醒过来的时候,我这样对他说,"这事能只有你知我知吗?"

"当然。"

"柯蒂斯会——"

"我会告诉他别往外说。"

于是早餐的时候，我们在萨斯琪娅面前什么也没表露出来，在场的人肯定想不到几小时之前我们究竟在做些什么。

不过，我觉得整个滑雪场的人现在应该都知道我们俩之间那点事了。我知道这些男生都什么样——尤其是布伦特这么大的男生。但布伦特时不时偷偷对我笑笑，这是我们俩之间那些亲密之举的唯一佐证。他的谨慎给我留下了深刻印象。而显然，柯蒂斯也对此保持了沉默。

我朝缆车走去。看来希瑟已经成功劝说戴尔离开了，因为戴尔正在收拾背包。可怜的戴尔。不过要是跟非滑手谈恋爱的话，这是很常见的问题。这个冬天我不想操心任何其他的事，只想专注练习。吃饭、睡觉、滑雪，这就是我接下来几个月的生活。

等缆车的时候，风裹着雪花吹过来，有的直接落到了我脖子里。我打了个寒战，把领子上的尼龙搭扣拉紧。

T形拉索拉着我上山的时候，布伦特晃到我身边，像平时一样一脸灿烂，尽管今天的天气实在是差得要命。

我们在一起那晚之后，也曾一起搭过几次缆车，但只聊滑雪。我们俩之间没有什么一夜情之后的尴尬，他一直都很热情友好。

他的滑雪手套搭在我的手上。"今晚想去我那儿吗？"

我看向他，一脸惊讶。我以为山上那晚只是场露水情缘罢了。但说实话，我确实想去他那过一晚。我练得太苦，浑身酸痛，我想再次感受到他温暖的手抚摸我的肌肤。

我希望他不会有什么不该有的想法。

两小时之后，我按响了下山时布伦特指给我看的那个小屋的门铃。开门的是萨斯琪娅。

她站在门口，光着脚，穿了条紧身牛仔裤，好像在激烈斗争着到底要不要让我进去。她上半身穿着紧身白色毛衣，看起来有些楚楚可人，几乎算得上纤弱。我被我自己的想法惊到了，因为她滑雪的时候可一点都不纤弱——她也不是这样的人。

柯蒂斯从她身后冒出来。"来得正是时候，我刚要上菜。"

我脱掉踩了一脚雪的耐克鞋，跟着他们俩进去。

其他人都在这，在面积并不大的厨房和客厅之间闲逛。希瑟和戴尔，奥黛特和朱利安。这我可没想到。布伦特和朱利安窝在一台电脑前，布伦特对我抱歉地笑了笑，我能看出来他也没料到会这样，但既然他能接受，我也能接受。

空气中飘着烟熏的味道，还有洋葱和大蒜的味道。这些人总不可能住在这吧。袜子、手套和护目镜都挤在暖气上，湿衣服挂得满屋子都是。屋里到处堆着雪板，看着跟出租雪板的商店似的。壁炉边上只有三双靴子，我觉得是柯蒂斯、布伦特和戴尔的。早饭时在山顶上碰见柯蒂斯就已经够尴尬了，我可不想再情景重现一遍。

"喝啤酒吗？"柯蒂斯的声音从厨房里传来。

"不了，水就好，"我一边说一边走进厨房，"我自己来。"

他站在炉子边嘟嘟囔囔，我打开橱柜找杯子。倒水的时候，他冲着我大声说得拿个木勺，但我拿了他又说我拿错了。

我出来的时候，戴尔冲我笑道："嘿，要是他做饭，谁也别进去。"

"可不是呢，戴尔。你洗碗。"柯蒂斯大声喊。

希瑟皱了皱鼻子。"闻起来跟里面有具尸体似的。"她从身侧的椅子上拿起一只翻过来的袜子,"戴尔,这是你的吗?"

戴尔咧嘴笑着承认:"是呢。"

"太恶心了。"说着,希瑟把袜子扔了过去。

戴尔轻松接住,直接扔到角落。我喜欢希瑟这种不怕他的样子。戴尔长得高大魁梧,仪表堂堂,但她却能让戴尔不敢造次。

"嘿,米拉,"布伦特说,"这个西班牙人从六十七米高的轨道上滑下来。新的世界纪录呢。"

我朝他走过去,电脑屏幕上,一个穿着夹克外套的人跳上金属轨,一路滑下来。

"看起来挺轻松。"布伦特说。

"金属滑道就是这样,"我说,"看起来超级轻松,自己试试就知道了。我上次滑的时候小腿上摔了个疤,现在还没消。"

萨斯琪娅也凑了过来,我立刻感到不自在。我依然对她在勒罗切公开赛上的行为十分愤怒,但现在过了这么长时间,我对她的所作所为居然有了一种奇怪的敬意。不论如何,她训练时跟我一样刻苦。而且从她时不时看我的眼神来看,她对我可能也存有同样的敬意。

现在屏幕上是滑道动作失败的片段锦集,滑手们蜷缩在金属滑道的某处,一个个龇牙咧嘴,痛苦呻吟。

柯蒂斯从厨房里出来,手上端满了盘子。

"柯蒂斯原来滑过一整天的这玩意儿,"萨斯琪娅说,"我用步子量了量他走了多远。他才走了不到二十米。"

这个距离挺不错的了,但柯蒂斯警告似的看了她一眼。

她立刻偎到他身边,一只手环住他的腰。"怎么,我透露你的小秘密了?"

他们俩这么肩并肩站着,我甚至都分不出他们俩哪个更好看一些。

　　柯蒂斯抬抬胳膊把她怼走，但脸上却笑着。"米拉，这是你的。"他递给我一盘意大利面，"赶紧找个地方坐下，一会儿没椅子坐了。"

　　就算他真的对我选了布伦特而心有不满，也丝毫没表现出来。但他不撩拨我了，就这样。内心深处，我其实有点怀念以前那个他。

　　我一屁股坐在沙发上，盘子放在腿上。萨斯琪娅坐在我身边，坐得笔直。其他人一个接一个挤过来，萨斯琪娅离我越来越近。她脚趾上指甲油的颜色恰好是她眼睛的颜色——蓝的。

　　戴尔看看我，又看看萨斯琪娅。"你们俩长得真像。"

　　好极了，现在我必须要去染头发。

　　萨斯琪娅把头歪向我这一侧，仔细看着。"我们俩哪天应该一起滑一场。"她轻声说。

　　叉子停在半空中，屋里陷入一片安静。她可真敢，当着这么多人的面说这句话。我一定要当着她的面狠狠回击，狠狠羞辱她一番。

　　但她眼里的某些东西阻止了我。会不会，她真的只是想找人一起滑一场？

　　"好啊，"我慢慢地说，"哪天一起。"

　　她掏出手机问："你电话多少？"

　　不知怎么，这似乎比布伦特问我要手机号更重要。我知道，这个冬天要比之前的冬天更有趣了。

15

现在

  我的卧室闻起来有一股灰味，还潮湿得很。但欣慰的是，没有萨斯琪娅的香水味。布伦特很可能说得对：那香水味是我们想象出来的。可能是一厢情愿吧，但至少我不是一厢情愿，我是出于犯了错的愧疚之情。

  我转了转门锁，又用力拉门，确保门真的锁上了。不管这些卧室是谁打开的，开门的人都没给我们留钥匙。我不喜欢这种只能从里面锁门的方式，我跟布伦特说话的时候，谁都可能溜进我房间里来。虽然觉得自己这么做有点可笑，但我依然检查了衣柜，然后是卫生间，还把浴帘掀起来看了看，确保没有人藏在后面。

  只有我一个人，我很满意。我坐在窄小的下铺，不知道什么更吓人一些：是萨斯琪娅现在就在这里好端端地活着，还是布伦特或是其他哪个人杀了她。刚才布伦特眼里的神情真的吓到了我。他的目光深不见底。

  现在我有时间了，我想弄明白那个破冰游戏到底怎么回事。那几句话里面有真话吗？有些人可能觉得有，要不然怎么能闹出刚才那些乱子来呢？

我想在屋里找支笔，但这只是个招待所，不是酒店，没有笔，也没有桌子，甚至连把椅子都没有。没有手机根本什么也干不了，我甚至都不记得上次我动笔写字是什么时候。一般都会拍照的吧。要是拿不回手机，我肯定会疯的。

我在包里翻了半天，什么也没找到，转头瞥到了屋里的小窗户，于是心生一计，在玻璃上哈了好几口气。玻璃上结了白雾。好极了。

指尖下的玻璃触感冰冷，我写下我们几人的名字：米拉、柯蒂斯、布伦特、希瑟、戴尔。我暂时把自己排除掉，假装萨斯琪娅的死跟我半点关系都没有。又假设破冰游戏里说的那些事都是真的，我们每个人都只做了其中一件。

好，现在我得保持客观。前两个秘密很简单，假设布伦特喜欢女人——我确定他的确喜欢女人，那跟他睡过的两个女人一定是我和希瑟。我在我们俩名字后面写上：跟布伦特睡过。这玩意儿最好别让戴尔看见。

其实，戴尔会对希瑟这所谓的出轨如此在意，让我有些意外。他这个反应会让人觉得这事不是十年前发生的，而是昨天发生的。不过在某种程度上，我能理解他。回到这里跟这些人待在一起的感觉就是很奇怪，就好像时间未曾流逝。

不管怎么样，如果事实真的如此，剩下的三个男生就跟剩下的秘密有关。他们其中一个跟萨斯琪娅睡过，另一个知道她在哪儿，剩下的那个杀了她。这就跟数独游戏似的，但我数独玩得一向不好——尤其是我还喝了点酒。吃的那点东西多少解了点酒，但也没什么大用。

好吧，现在假设柯蒂斯没跟自己的妹妹睡过，那么戴尔和布伦特中肯定有一个跟她睡过。戴尔和希瑟那个赛季的第二周就在一起了,所以——可能是布伦特?

但我问过他一次,问他到底跟没跟萨斯琪娅睡过,他矢口否认。而且我根本不能接受他们俩曾经睡过。的确,萨斯琪娅确实很美,但她是我最强劲的对手,而且我觉得布伦特一直很讨厌她来着。那这么说,就是戴尔了?萨斯琪娅很可能跟戴尔睡过,想看看自己能不能把戴尔从希瑟那里撬到手。我咬着下唇,在戴尔的名字边上写下:跟萨斯琪娅睡过。

于是,这就意味着布伦特和柯蒂斯其中的一个杀死了她,而另一个知道她在哪儿。

我想起布伦特在床上的样子。

"你不用那么小心翼翼的,"我不止一次对他说,"我又不会碎掉。"

他就不是暴风骤雨那种类型。他唯一能下得去狠手的,就是他自己。

我又开始咬嘴唇,回想着英国锦标赛的那个早晨。柯蒂斯直到他们组比赛的前几分钟才到场。很显然,他跟布伦特和希瑟一起在山上找萨斯琪娅,但他说的那些话并不成立。

我点着柯蒂斯的名字。杀了萨斯琪娅,我写道。很快我就会擦掉这些东西,我可不想让柯蒂斯看见。他在走廊里说的那些话是什么意思?也可能是个精心编织的谎言,就为了不让我察觉到他做过的事。

那么,布伦特知道萨斯琪娅在哪儿?布伦特怎么会知道的?他看见柯蒂斯杀她了?是他帮着柯蒂斯藏匿尸体的吗?又藏哪儿了呢?他们当时并没有车,所以我想不出来他们能用什么方式把她的尸体带出去。那就意味着,她肯定还在那里,在山里的某个地方。

胳膊上又起了一片鸡皮疙瘩。萨斯琪娅失踪前最后几个小时里发生的事情有很多都说不通。我从来没跟大家讲过发生在我身上的完整故事，而且我觉得，我不是唯一没说实话的人。

我盯着我写下的东西。玻璃上的字化得很快，水滴淌下来，好像眼泪。

太多假设了。我假设得对吗？这事跟现在的我们没有关系，跟那时的我们才有关系。我闭上眼睛，试图记起当时的场景。

16

十年前

  我在布伦特的床上醒来，他强壮、瘦削的身躯蜷缩在我背后。我穿着他的T恤，身上沾满了他的味道。
  我翻了个身。他的房间里太温暖了，床边的暖气整晚散发着暖意，他身上只穿了件CK的内裤。之前布伦特当过模特的那些品牌现在都来赞助他，我甚至怀疑他是不是压根儿不用花钱买这些东西。
  指间划过他胸前紧实的肌肉。哦天哪，这手感。真是滑手的黄金年龄。
  布伦特睁开漆黑的双眼，慵懒地笑着道："早啊。"
  我没理他，手指继续逡巡着领地，向下探去。"你这肤色真美。"我的手指跟他的肌肤一比，实在太过苍白。
  他伸手到床头柜上摸手表，那是一块金属链的欧米茄。《星期日周报》增刊里有一整幅内页广告都是他戴着这块表做背身腾空的样子。一块表的零售价可能比我整个赛季的开销都多。
  "几点了？"我问。
  "八点。"
  索道八点半开启。一般情况下，我现在已经开始为今天的滑行做准备了，但昨晚我俩在其他人走后偷偷溜到这里，十二点多才睡。我听到厨房传来声音。是柯蒂斯起来了吗？

布伦特戴上表，我又一次看见了他小臂上的文身。"要么一鸣惊人，要么滚蛋回家。"我抚摸着上面的文字，"我喜欢这个。"

"好时刻提醒我自己是谁。我可不想变成中年油腻男。"

"我可想象不出你变成中年油腻男的样子。你肯定八十岁还能做空中动作呢，只不过得拄着捷迈拐棍而已。"

他大笑起来，把我拉得更近一些。我应该起床了，但床上太温暖，我挺了挺身，蜷在他身侧。

他抚摸着我的头发问："做过空翻吗？"

"没刻意练过。"

"想做吗？"

"必须得做。"我已经注意到，我的空中动作只有上跳和转体两种。要是想在排行榜上更进一步，我平时就得练练空翻。萨斯琪娅都能做"麦克扭"了——前空翻接540°转体。

"我教你。"布伦特说。

"好啊。"

"一会儿我们去蹦床那边，我看着你做。"

"等等——这里还有蹦床呢？"

"有啊，在健身房里。"

"我怎么不知道！萨斯琪娅肯定一直在练蹦床！"

"那是当然。"

我埋在他胸口嘟囔："我好几年都没练过蹦床了。我直到十一岁才开始练这些体操动作，之前我还能做后空翻呢。"

"应该一直练的。"

"用你说，我当然知道，但我爸妈没钱。"他们的钱都用来给我哥练橄榄球了。不过我哥也争气，他现在在谢菲尔德飞鹰队打球。但我依然觉得很委屈。

我十四岁那年在我们当地一家室内滑雪场找到个周六的兼职，于是就转去滑单板了，因为可以免费。我今天这些成就都不是谁教的，完全靠自学。这也是促使我不断向前的动力——为了在我爸面前争口气。

布伦特的手偷偷从T恤下面伸进来，放在我的屁股上。"我们得走啦，除非……"

"那你还有精力训练嘛。"嘴上虽说着，但身体已经诚实地起了反应。

他咧嘴笑着："你可别忘了，我代言的是Smash运动饮料呢。"

我的电话响起来，有个信息。

"我得看看，"我说，"我哥这周要做膝盖手术。"

我把电话从背包里挖了出来，但信息不是我哥的。是萨斯琪娅。

我给你点了杯咖啡。一起坐第一班索道上去呀？我在索道那里等你。

跟萨斯琪娅一起滑雪，还是和布伦特待在床上？这个选择太简单了。我一骨碌从床上爬起来。"不好意思，我忘了我约了萨斯琪娅。"

"萨斯琪娅？"他听起来有点生气。

我一边穿衣服一边说："你跟她有过节，是吧？她是你前女友吗？"他摇头，我又说："但你跟她睡过？"

"才没有！"

他这个反应吓了我一跳。很显然，提到萨斯琪娅，布伦特很激动，但我并不知道原因。他也开始穿衣服了。

"我没时间吃早饭了，你手边有 Smash 吗？"

布伦特指了指角落里的板条箱。"自己拿。"

"谢了。山上见。"

"山上见。"

我咕嘟咕嘟喝了一瓶，冲出去的时候还在龇牙咧嘴，这玩意儿太难喝了。外面下了一晚上雪，人行道上积了足足十五厘米厚。主路上的车开得慢吞吞的，轮胎上防滑链咔啦咔啦响，好像雪橇的铃声。我看到商店橱窗上已经贴了圣诞装饰，彩灯高高挂起，才意识到今天已经是平安夜。冬天的时候，我经常会记不起日子，因为在我的世界里，只有滑雪最重要。

我回到我的小公寓，匆忙穿上滑雪装备，往夹克外衣口袋里塞了几块能量棒，又匆匆出门。有那么一瞬我怀疑萨斯琪娅有可能在我咖啡里下药，但我总会喝上一口，她肯定能想到我没那么蠢。

我夹着滑板走上去缆车的路，精神一阵阵紧张，好像要去约会一样。会只有我和她吗？

阳光从山顶斜照下来，给山坡染上一层金色。萨斯琪娅坐在最高处的木栅栏上，双腿耷拉下来轻轻晃着，两手各拿着一杯咖啡。我迟疑了一步。待会儿过去我是亲亲她的面颊呢，还是给她个拥抱，或是什么别的？为什么我这么紧张呢？

萨斯琪娅跳下来，亲了亲我的脸颊。冰冷的晨风中，她的嘴唇温润柔软，香水味萦绕在我的鼻尖，甜香迷人。

"给你。"她把咖啡递给我。

"这次里面有伏特加吗？"我问。

她大笑起来，把雪板拿起来说："咱们走吧？"

缆车加速向上。萨斯琪娅和我站在玻璃窗前，肩并肩，喝着咖啡。

"你用的什么香水？"我说。

"汤姆·福特的午夜兰花。你喜欢吗？"

我犹豫了一下，这个味道又重又香，是那种要么爱死，要么恨死的味道，就像萨斯琪娅这个人一样。"我说不太好。"

斜坡上有串小型动物的脚印，可能是雪兔的，也有可能是野兔的。雪积在冷杉的枝丫上，沉甸甸地坠下来。越往上，雪越深。

"上去吗？"萨斯琪娅问，"呼吸呼吸新鲜空气？"

于是我们俩跳进一个轿厢。我不知道是因为咖啡还是运动饮料的关系，抑或是我太想跟她做朋友，反正我有点晕。

你能想象出来坐在飞机上，看向云海的感觉吗？那就是我今天坐在缆车中的感受。滑下山时也是同样的感受，好像在飞越一朵朵蓬松的白云。

我俩又回到山下坐缆车的时候，萨斯琪娅扫了一眼我的雪板，上面 Magic 的标志已经被雪盖上了。"是 Magic 的吗？"

"对，"我说，"是的。这是我滑过的最好的板了。"

"换板滑一圈？"

一想到我的板在她手里，我就心里打战。雪板可是我的宝贝。但我想不出什么拒绝的原因，所以我们换了雪板。我擦了擦板头去看上面的标识。那是个 Domina Spin 154。比我平时滑的雪板短了三厘米。这也有道理，因为她比我轻。我提醒自己腾空的时候得多往后仰一点。

我们肩并肩滑下去，在雪地上雕出巨大转弯，腾空时带出一片雪霰。雪板划开雪面，就好像小刀划开黄油一样，带来万般愉悦的感受，但一想到我的雪板是在她脚下做出这些优美动作的，我就没那么开心了。

我们滑到底端击掌，雪花打在脸上。我拿回了我的雪板，长舒口气。我们又向缆车走去。

"一起下去吧！"萨斯琪娅在山上大喊。

我追着她从山峰的另一侧滑下去，我之前从没来过这边。她转身，雪花飞扬，落在我的嘴唇和脸颊上。我们向下飞驰，在风里翻转、跳跃。我摔了几次，但没有在U型池那边那么痛。我觉得自己简直无坚不摧。

过了一会儿，在赛道下面的山坡上，我看见了一个悬崖。我调整方向准备跳下去。萨斯琪娅从我身后起跳，落点却比我远。妈的！

"咱们再来一次吧。"我说。

我没有一路滑到索道那里，而是解下了滑雪板，徒步走回去。萨斯琪娅跟在我身后，喘着粗气。我也一样，一边喘着粗气一边往山上爬。这次我调整了姿势，保证我比她跳得更远。她在我身后起跳，却依旧比我跳得远。我解下雪板，打算再试一次。

我们越爬越高，越来越危险。我已经比我之前爬到最高的地方还要高了。

又摔了几次之后，我能跳得和萨斯琪娅一样远了，在斜坡下面一点点。

"嘿！"上面传来一个声音。柯蒂斯站在上面朝着我们挥手，"你们俩在下面干吗？今天练得够多了！"

萨斯琪娅和我对视一眼，两人都大汗淋漓，气喘吁吁。

"走吗？"她问。

柯蒂斯打断了我这场赌气似的比试，让我有点生气，却也松了口气。要不是他，我也不知道我俩得在这里比多久。

我们俩，谁也不会停下来。

17

现在

我躺在小床上瑟瑟发抖，床单又冷又冰。我盖了两层被，但还不够，我还想再加一床。洗衣房里有一大堆被子，但我不想出去拿。

问题从脑海里一个接一个冒出来。谁把我们引到这里来的？为什么要让我们到这里来？是我们中的某人杀了萨斯琪娅吗？要么就是柯蒂斯说得对，萨斯琪娅还在这栋大楼里的什么地方好好活着？

我从床上爬起来了十几次，检查门上的锁扣。我不知道现在是几点，但我觉得我现在已经在这儿躺了好几个小时了。我之前那只表是我上次去健身房用完按摩浴缸之后坏的，我一直没找到机会换新的——健身房有钟，其他地方也有，要不然我还可以看手机。

我无法入睡，太冷了。我把枕头压在身上，希望再加一层能让我暖和一点，但没什么用。我得鼓足勇气穿过走廊，再拿一床被来。屋里太黑了，我摸索着往前走。摸到门了，门外就是漆黑的走廊，我摸到了电灯开关。

走廊里空无一人。我轻轻舒了口气。我也不知道我想看到些什么，毕竟现在已经午夜了。好极了，我现在只需要快点走过去。我走过柯蒂斯的门口，到了洗衣房门前，伸出手。然后定住。里面有人。女人的声音，是希瑟。还有个男人的声音，是谁呢？

我把耳朵贴在门上，做好他们出来我就跑的准备。男人低沉的声音太小，我辨别不出是谁。不可能是戴尔，如果是戴尔，他俩就在床上聊了。那就是布伦特，或者柯蒂斯？是布伦特吗？他们俩在讨论那个破冰游戏吗？

但也可能是别人，可能是朱利安。要么就是哪个不知道因为什么把我们弄到这里来的白痴。我的心怦怦跳，想立刻回屋，但希瑟突然提高声音，听起来很失望。里面那个男人——无论是谁吧，是在威胁她吗？我的手掌本能地紧紧贴在门上，无论我怎么看她，她都是个女人。

我把耳朵贴在门上。走廊里的灯灭了。妈的。

我在黑暗里努力眨着眼睛，一只大手突然捂住我的嘴。强壮有力的胳膊抓住我，把我从门边拉走，拉回到黑暗的走廊里。我本能回防，右肩一转，右手从左腋窝下狠狠击出。

耳边响起一个男子的闷哼。抓住我的手松开了，但我也失去了平衡。我噔噔后退几步摔下去，却摔在他身上，完全找不到方向。后面传来一声门响，我跌跌撞撞从这个男人身上爬起来，管他是谁呢，伸手去摸墙上的电灯开关。

咔哒。

灯开了。柯蒂斯坐在地上，手捂着胸口。我们在他房间里。

"你他妈的干什么呢！"我低声说。

他正努力平复呼吸，一句话都说不出来。

我的心脏依然怦怦直跳。天哪，刚才真是太可怕了！

柯蒂斯盯着我，好像还无法从刚才的重击中恢复过来。"你看起来……你刚才好像要开门似的。"他嘶声说，"我不想……不想他们知道有人看见他们了。"

"我才没想要开门。我只是想知道里面是你，还是布伦特，还是其他人。"

"是布伦特。"

"你确定吗？"

"我看着他们进去的。"

好了，我不害怕了。不是什么吓人的白痴。只是布伦特而已。我试图平复呼吸。"他们俩在里面干吗呢？"

"我哪知道？"

"他们俩……有一腿？"

柯蒂斯挤出一丝笑容。"我不知道。"

我想再出去听听他们在说些什么，但外面突然传来推门声，门缝下有光透进来。柯蒂斯把食指竖在嘴唇上。门关上了。

"他们走了。"我说。

柯蒂斯挣扎着站起来。他穿着保暖衣，上身是黑色长袖，弹性紧身面料紧紧贴在他宽阔的肩膀上，下面是黑色的紧身裤。太阳穴上的红印已经肿起来了。

我也穿着长袖保暖衣，但现在我不害怕了，才后知后觉意识到冷。我又开始发抖，把双臂紧紧抱在胸前。

柯蒂斯从床上抽出一床羽绒被递给我。

"谢谢。"我把被子围在身上。

他站得离我很近，黑色眼睛灼灼发亮。"我睡不着。"

"我也睡不着。"

柯蒂斯的房间满是清新的洗衣液味道，不是他的床品就是他身上的保暖衣刚洗完。

他摩挲着自己的后颈，看着我的嘴，突然意识到自己在做些什么，于是把手拿了下来，从床上扯下另一条羽绒被搭在肩膀上。"你跟布伦特到底是怎么回事？"

我心底里冒出些希望来。"什么事都没有。我们都十年没见了。"

柯蒂斯一屁股坐在床垫上，我坐在他身边，小心翼翼保持着距离。

我之前也是这样，想象着我要是做出了不同的选择，会不会有不同结果。我在脑海里描绘着我之前的形象：莽撞米拉，永远集中精力，永远是最佳人选。就好像我现在一样，但过去的我没有现在的我觉得如此困扰。过去的我甚至都没意识到这一点。当时的我还觉得，我的未来都是比赛和领奖台，那已经再好不过了。

柯蒂斯年轻时并不是我想象中的那种滑手，他赛季的大部分时间都是单身一人，只顾着滑雪。当时，我只见过他跟一个女生待在一起，是个澳大利亚的滑雪运动员，叫杰西塔·李的，但时间也不长。

要是我跟他在一起了呢？要是真在一起了，我觉得那个冬天一定会不一样。但当时的我不是这么想的。柯蒂斯是认真的那种，我看见过他跟杰西塔在一起的样子，但当时我不能一边努力训练，一边用心谈恋爱。

无论如何，往事已不可追。但现在怎么办？难不成我们被过去伤得太深，没法走向未来了？我及时阻止自己想下去。我在想什么？都过去十年了，我现在都不怎么认识他了。

他看向我的头发问："你又留回金色头发了？"

"什么？哦，对。"我觉得他肯定是想起他妹妹了，就好像我一看他，就会想起她一样。

我总是好奇，失去萨斯琪娅对柯蒂斯来说意味着什么。从他之前的举动来看，他很重感情。但他想她吗？是不是每次听到她的名字，心就像被捅了一刀似的？又或者他会觉得松了一口气，好像抛掉了个巨大的负担似的，没有萨斯琪娅，他的生活一定比之前简单多了。

"我能问你个问题吗，"我说，"你为什么不继续比赛了？"

"要是继续比下去，我肩上就得动大手术。"他转脸偏向别处，"但主要还是因为我母亲。我想有更多的时间跟她在一起。你知道，山上什么事都可能发生。要是我哪天出了什么事，她根本受不了。"

我吞咽了一下，后悔自己为什么要问这个问题。"你父母一定挺难过的。"

"这件事几乎把我们家搞得四分五裂，"他话说得很平静，"妈妈心里全是这件事，说的也全是这件事。爸爸花了好几年才争取宣告萨斯琪娅死亡，觉得可能会帮妈妈往前看。一般来说，失踪七年之后就可以宣告死亡了，但妈妈不同意。她打各种官司，一直坚持说萨斯琪娅还活着。她把那些信用卡转账记录拿出来作证据。上个月这事才盖棺定论，"他的声音哽咽了一瞬，"但妈妈接受不了。"

"真抱歉。"

"她根本不相信那是一场意外。因为没有证据表明萨斯琪娅那天上了山。"

"但布伦特和希瑟在山上看见她了。"

"他们说，他们看见了。"他目光炯炯地盯着我，我尽力保持镇定,"你知道我妹妹在哪儿吗?"

没关系——他没问到关键点上。"不知道。"

"你觉得她还活着吗?"

"我很抱歉这样讲,但我觉得她已经死了。"我本以为他可能会骤然垮下去,但他什么反应都没有。

"那你觉得她到底怎么了呢?"

他能来问我,是个好兆头,对吧?这就意味着我之前猜错了,他并不是杀害萨斯琪娅的凶手。

或者他是在演戏,好让我降低戒备?

"我觉得有三种可能,"我小心翼翼地说,"其一是真的发生了意外,其二是有人杀了她,要不然就是她自杀。"

他的面容因痛苦而扭曲起来。"但她为什么要这么做呢?"

我又咽了咽口水。"我不知道。不过无论如何,我觉得她应该还在山上,在某个冰层下面。"

柯蒂斯盯着我看了很久说:"我觉得我知道你在想什么,米拉。"

"萨斯琪娅从来都知道。"

他扯了扯唇角。"是吗?"

"但我永远都看不懂她在想什么,也看不懂你。"

他的笑容更大了些。"嘿,我说我知道你在想什么,我可没说我能理解你的想法。"

我觉得他是在说我为什么选了布伦特而不选他吧。但让我轻松的是他没问我为什么,我也没解释过,因为解释就相当于承认我当时对他有意思。

但我现在对他依然有意思。他的笑容在我心里激起一阵波澜,让我想扔掉身上的羽绒被爬到他腿上。只是我还不知道,目前的我跟他之间算个什么关系。

现在也不是什么好时机，还有破冰游戏里的那些秘密没解决呢。

这会儿他看起来比晚上冷静多了，所以我觉得要问问他游戏里讲的那些事。他肯定已经思考过了，还很有可能写下来分析了。"破冰游戏里说的那些，你觉得是真的吗？"

他扫了我一眼，目光犀利，"肯定有人下大功夫了。"

"但能是谁呢？"

"天哪，这床太不舒服了。"他拿过枕头垫在背后，"我不知道，但我知道的是，无论谁杀了萨斯琪娅——前提是她真是他杀，这个人跟破冰游戏都没有半点关系。"

这句话有些道理。杀了她的人不会想要广而告之的。

他用指节敲着床垫。"但为什么会有人这么做呢？把我们都弄过来，困在这里，还逼着我们重温那个冬天。我想弄清楚的是这点。"

"为了找到凶手，伸张正义？不然还能为了什么？"当然，最明显的答案就像布伦特说的那样，是柯蒂斯组织了这一切。他们家肯定很想知道萨斯琪娅到底怎么了，而且他们也有钱能做这些事。

"有没有可能是勒索？"他一边说，一边调整着身后枕头的角度，"有人怀疑我们之中有谁杀了她，想要通过这种方式敲一笔钱。"

"啊……我还没想过这点。"我的脚要冻上了。我屈膝贴近胸口，把腿脚都放进被子里。

然后发现柯蒂斯的蓝眼睛一动不动地盯着我。

"你觉得是我搞的鬼？"我问。

他笑了笑，好像要缓和气氛一样，说："要么就是布伦特。"

现在，我和他在一张床上，我刚拿到这张邀请函的时候就臆想过这个场景，但破冰游戏把所有的旖旎氛围抹得一干二净。

"至少你没觉得是我杀了她。"我说。

他的笑容凝固了。"如果萨斯琪娅真是被谋杀的，我觉得可能是戴尔或希瑟，或者是他们俩一起干的。"

我轻轻推了他一下，缓和我接下来的语气："我还想过是不是你杀了她呢。"我现在跟他说这个，就说明我信任他，对吧？我希望他不会理解错我的意思。

柯蒂斯的笑声有些空洞。"今天晚上真是太奇怪了。"

我真的，信任他吗？我也不确定了。

他的笑声渐渐停了下来，瞥了一眼自己的左手，突然跳起来，好像床垫烫着了他似的。

"米拉，"他的音色尖利，"你之前进来过吗？"

"什么？不，没有，我们之前四处走的时候，我可能——"

他盯着床上他手刚才在的地方看，我发现了他在看什么。我也很困惑，想伸手拿过来。

"不！别碰！"

我缩回手。床垫上原来放枕头的地方，有一撮剪得整整齐齐的长发，淡金色的长发。

一阵凉意蹿上脊梁。柯蒂斯低下头研究它，尽可能靠近但却不碰它。然后抬头看我，一脸困惑。

"不是我的，"我的声音在发抖，"这个发色太浅了。"

是又有人在捣乱吗？

还是说，柯蒂斯是对的，萨斯琪娅真的就在外面？但如果这样，她为什么不直接走出来告诉我们她还活着？而且她哥也在这儿,这么长时间都没见的哥哥啊!我心跳得飞快。一想到推开门就可能会看到萨斯琪娅站在外面,我就浑身起鸡皮疙瘩。

我努力找回思绪。"没有人能预知你会选这间房。"

还是说我们所有人枕头下面都有一撮头发?我咽了口唾沫,默默在心里记下,等我回到自己房间我要检查一下。

柯蒂斯盯着这撮头发,面容惊恐。

"你离开过这间屋吗?"我问。

"嗯,离开过一次,哦不,两次。"他努力回忆,"我下楼去检查轿厢,然后,想看看周边有没有人。然后就听到了声音,哦对,是布伦特的声音。"

他有些前言不搭后语,还说了他敲布伦特房门的事,那时我也在,但他没提。

如果有人想让他崩溃的话,截至目前,他们确实做得不错。

18

十年前

  布伦特和我肩并肩坐在他房间的地毯上。我们七个人挤在电视前，看 Burton 新出的 DVD。火苗噼啪作响，火焰的热度在我的前额灼烧。今天是新年前夜，但因为天气好，路上雪又多，我们选择不去跟人群挤，在这里过一个安静的新年。

  布伦特的名字出现在屏幕上，所有人都欢呼起来。肖恩·卡特 *Young Forever* 的旋律响起，然后布伦特出现了，跳起的高度我从未见过。他划过空中，720°转体，然后重重落在地上。

  我对他扬起一个笑，他把膝盖稍稍朝我的方向挪了点。我偶尔去他那儿过夜这事依然是我们之间的小秘密，除了柯蒂斯没人知道。但萨斯琪娅显然有所怀疑，她那天还问我，我和布伦特是不是在约会。我否认了。我并不知道我为什么要否认，但我就是不想让她知道。我和布伦特又不是男女朋友关系。

  我看向她，发现她也在看我们。我把腿收了回来。

  沙发上，柯蒂斯和奥黛特并肩坐着，不知道在笑些什么。他们两个好像处得挺好。奥黛特昨天摔了一跤，腕子上放了个冰袋。

  门铃响了。

戴尔跳起来。"我去开！"

他穿了件亮紫色的上衣，裤子上全是破洞。这身打扮让我这头亮粉色的头发都黯然失色。有天晚上我在厨房那个小水槽里染了头发，结果到最后，毛巾比头发还粉。不过，再也没有人会把我跟萨斯琪娅弄混了。之前有三次我都被认成她，气死我了。

戴尔跟希瑟一起进来，希瑟盯着戴尔的牛仔裤皱眉。希瑟穿了一身黑色紧身裙，还有一双让人浮想联翩的靴子，肯定刚下班。布伦特一直盯着她看，朱利安也是。柯蒂斯一直在看电视，很显然已经对此免疫了。我往壁炉的方向挪了挪，在地毯上给戴尔和希瑟挪出点地方来。

屏幕上，布伦特一个跳跃接着一个跳跃。

"这是在哪儿？"我问。

"新西兰，"布伦特说，"去年八月，在冰雪公园。那地方好极了，Burton 拿的钱，我和柯蒂斯一起飞过去的。"

"太幸运了，你们两个坏家伙，"我说，"有人在工作，你们去比 U 型池，是吧？不过你跳得太好了，你的腾空跳棒极了。"

布伦特没搭话。

"他想参加奥运会。"柯蒂斯说着，起身去捅壁炉里的火苗。

布伦特脸红了。他居然脸红了。

大家都笑起来，只有我没笑。奥运会里没有大跳台这个项目，至少现在还没有。就算 U 型池也刚被纳入奥运会没多久，只有几届。

"你们笑什么？"我问，"这没问题啊，谁不想参加奥运会？"

"我就不想。"戴尔说。

"为什么？"

戴尔哼了一声道："腐败死了。我才不跟他们同流合污。"

我看向柯蒂斯问："你想去吗？"

"当然。"柯蒂斯说。

"我们已经参加过了。"萨斯琪娅说。

"什么？"我难以置信。

"去当观众的，"柯蒂斯解释道，"第十八届长野冬奥会，跟爸妈一起去的。"

"哇！"我说，"那是第一届 U 型池比赛，肯定特别棒。"

"确实不错。"柯蒂斯往火里扔了一块原木，又是一阵噼啪声。

我有几次跟他目光相接，想从他眼睛里看出些之前的端倪来，但并没有。

"我在电视上看的，"布伦特说，"我的注意力一直在滑雪上，而且我还说，十年之后我也可以。我当时还不知道奥运会四年才有一次。"

戴尔又哼了一声。

"你想参加下一届吗？"我说。

布伦特略笑了笑，表情有点奇怪。如果他真打算参加下届奥运会，那么接下来这几年对我很重要，对他也很重要。我自己也有个奥林匹克梦，但我得在英国排行榜上再往前几名才敢开口说这事。

"不过怎么才能进奥运会呢？"我问。

"得先参加 FIS 自由滑雪世界杯，"柯蒂斯说，"得拿到足够积分才行。"

"讨厌的 FIS，"戴尔说，"要是能选，我肯定会选 X Games 滑雪巡回赛，才不会选奥运会呢。"

X Games 滑雪巡回赛是邀请制的，只有受邀的滑手才能参加，我很清楚这点。柯蒂斯去年参加过一次，但戴尔还没参加过，肯定有点嫉妒。

"嘘！"朱利安指向电视，他的名字出现在屏幕上。

但戴尔依然在大声说 FIS（国际雪联）的不好。

朱利安皱着眉找遥控器。我咬住嘴唇，这样就不会笑出声来了。萨斯琪娅也咬着嘴唇，我们俩相视一笑，我掩口偷偷笑着。

朱利安捅了捅柯蒂斯说："快看。"

后面传来憋笑的声音，我低下头跑出房间，萨斯琪娅跟在我身后。我们俩站在狭小的厨房里，哈哈大笑。

"可怜的朱利安。"我说。

"真是个傻子。"她说。

我们俩又笑了起来。我发现你很难不喜欢萨斯琪娅，这也是我最喜欢她的一点。

她看到了柜上的酒桶，于是把酒杯里的东西倒进柯蒂斯种的那盆罗勒里。"啊，难怪这玩意儿吃起来像屎一样。"她从冰箱里拿出一瓶克伦堡凯旋啤酒，"来一瓶吗？"

"我更喜欢伏特加，"我说，"但没关系，今天新年嘛，来一瓶吧。"

我们俩一人拿着一瓶啤酒坐在吧台前。她离我太近了，近到我都可以闻到她的香水味。这是我在勒罗切公开赛之后第一次喝酒。

水槽里堆了一大堆盘子，布伦特应该洗碗的，但我觉得他才不会洗。柯蒂斯圣诞节那天做了个火鸡，于是男生在家里聚了一聚。家里人太多了，希瑟那天不愿意在这住，所以戴尔去她那住了。

萨斯琪娅摸了摸我的头发说："我喜欢这个颜色。"

"谢谢。我照镜子的时候还是会被自己吓到。"

她将我的一缕粉色长发绕在指尖。"哪天我也把我的染了。"

我瞪了她一眼,她大笑起来。我才意识到她是开玩笑的。

"周二晚上过来我这里玩吗?"她说,"我们有个女生之夜。"

"当然可以。"

"我把地址用短信发给你。"

朱利安走进厨房,手里拿着遥控器。"你们俩没看见我那部分。"

"是嘛。"萨斯琪娅的声音听起来无辜极了。

近距离观察朱利安我才发现,他眼周的肤色差异非常大,比我见过的任何一个人都大。他的鼻子和脸颊都是红棕色,而眼睛周围却惨白惨白,还有雀斑。他比萨斯琪娅矮一些,比我更矮一些,看起来不过是十四五岁的样子,但布伦特说,他已经二十二岁了。

"我再给你放一遍,好吧?"他把萨斯琪娅从吧台边拉开推回客厅里。

萨斯琪娅越过他的肩头看向我,眼里闪烁着调皮的光,一手扶额,那意思是——白痴。

他们走后布伦特偷偷溜进来,问:"你今晚留下来吗?"

"我打算来着,"我说,"我今天喝了三瓶能量饮料,还得好几个小时才能困呢。"

布伦特眸色渐深。"我没问题。"

虽然能量饮料喝起来像屎一样,但似乎对滑雪很有帮助。于是我用一箱麦片能量棒跟他换了一箱能量饮料,已经喝了一半了。

布伦特倾身过来吻我,但身后什么东西响了一下,我们立马分开。

萨斯琪娅狐疑地看了我俩一眼,把她自己那瓶啤酒从吧台上拿走。"我来拿这个。"

我还是没搞明白她和布伦特是不是有什么故事。她一关上门我就想开口问,但希瑟又进来了。

她从冰箱里拿出一瓶香槟,瞪着一双洋娃娃似的大眼睛问布伦特:"我经理给我的,你能打开吗?"

我想笑。她上晚班肯定开过各种这样的瓶子,但她却这样问布伦特,好像觉得这样能让布伦特得到什么心理满足一样——让他觉得自己更像个男的或怎么样。

我伸手去拿瓶子。我来开吧,别让她这伎俩得逞。可布伦特的动作比我快,他接过希瑟手里的瓶子,轻而易举在水槽上方打开了它。我发誓,他把瓶子递回去的时候腰挺得更直了一点。我看着他盯着希瑟到处找杯子。其实我也不是嫉妒,更多是……是好奇?希瑟把他身上的另一面勾了出来,这一面是我这种人永远不可能发现的。要我开口找人帮忙,根本不可能,尤其是找男生帮忙,这不就是赤裸裸地示弱嘛。但希瑟却故意示弱,而不知怎么,布伦特就好像被她施了什么咒语一般。

直到戴尔进来打破这一切。

布伦特和我回到客厅,坐在地毯上。萨斯琪娅和朱利安又窝到了沙发上,坐在柯蒂斯和奥黛特边上,而柯蒂斯和奥黛特正聊得火热。柯蒂斯是对她感兴趣吗?我没看出柯蒂斯有半点调情的意思,但刚才在吧台希瑟已经让我知道,我对男人是多么无知。

"你试过哈肯翻[①]吗?"奥黛特问。

"没做过,"柯蒂斯说,"你呢?"

[①]单板 U 型池滑雪的技术动作,反脚外转 720° 接后空翻。

"哈肯翻？"朱利安操着一口法国腔，"太简单了。"

奥黛特翻了个白眼，但什么也没说。

"这个我总做。"朱利安又说。

萨斯琪娅把沙发罩从后面拉下来，盖在两人腿上，然后朱利安就好像忘了自己要说什么了。谢天谢地。

戴尔把香槟递给我们，问："有人听天气预报了吗？"

"今晚要下暴雪了。"柯蒂斯说。

"好极了。"戴尔说。

"哦，没什么，"朱利安说，"你们应该去年来。"

大家都翻了个白眼。谁来捂住他的嘴吧，别让他说话了。

朱利安又张开嘴，然后闭上了。萨斯琪娅紧紧靠坐在他身边，右手放在毯子下面。她难不成是在……是吗？

我看到了她胳膊在动。

是她。

大家可都在呢！她可真敢！其他人都盯着电视，除了我以外没人注意到。我不知道自己是震惊更多一些，还是佩服更多一些。这姑娘还真不要脸。

她的目光环视一周，锁定在我身上。唇角牵起一丝笑。

我胃里一阵翻涌，尽管我并不知道为什么。

19

现在

  我在寒冷潮湿的卧室里醒来,第一件事就是查看房门是否还锁着,然后环顾四周,确保没有其他人在屋里。还是不放心,我又爬起来看了眼卫生间,手脚冻得僵硬。
  好在我只在这儿住一晚上就行。我穿上带来的所有毛衣,把滑雪外套穿在外面,走到窗前。
  湛蓝的天空下一片白茫茫的雪原。尽管我睡得很差,但心里依然一阵兴奋。白天总会好起来。不管找没找到手机,今天总能出去的。要是缆车不开也没关系——我们还可以滑雪下去。不管怎么样吧,我还是希望离开之前能滑次雪的。
  走廊里闻起来有股腐木的气息。柯蒂斯在厨房里,蹲在那台外表醒目的咖啡机前。他还穿着昨天那条深色牛仔裤,上身是到处缝着拉链的紫色摇粒绒外套,太阳穴附近已经紫了,看起来特别糟糕。我本想跟他说说让他冰敷一下,但又觉得他可能根本不想提到这个事。
  "几点了?"我问。
  他看了眼表:"七点二十。"
  "不知道几点的感觉还挺奇怪的。"

咖啡机滴滴滴响了起来，柯蒂斯骂了一句。

"好用吗？"我问。

"可以用，我在煮咖啡。"

"还是没有工作人员？"

"没有。"柯蒂斯又按了几下，咖啡机又滴滴起来，惹得他又骂了几句。

"你今天早上看起来心情还行，昨晚睡着了吗？"

"没怎么睡。"

我越过他肩膀看了一眼说："没有豆子了。"

"你怎么知道？"

"我有脑子。"可主要是因为我在谢菲尔德半数的咖啡店都打过工。

他转过头，怒气冲冲。我没料到他会这么生气，不然我就不逗他了。我赶紧去找咖啡豆。我跟很多块头大、脾气也暴的男人打过交道，知道什么时候该闭嘴。

柯蒂斯总是想要掌控一切，所以觉得现在的状态很难熬也说得通。走廊里的香水味，还有他枕头下那撮头发，真快把他逼疯了。

还是说，他是因为某个更罪恶的原因而恼羞成怒？他杀了自己的妹妹，害怕别人发现？要是这么说，他也有可能是背后捣鬼的那个人，是他把我们都弄到这里来，想要解开他妹妹失踪的谜团。他之前对我的那些情谊都已经变成了怨恨，而我刚才看到的，只不过是他不小心摘下了自己面具的样子而已。

我在水槽上面的橱柜里找来找去。

"不好意思，"他嘟囔着，"我只是想喝杯咖啡。"

我拿下一大罐咖啡豆。"这里有。来杯卡布奇诺吧，可以吗？"

"我来。"他伸手想要冲咖啡。

"我之前用惯这种咖啡机了。"

"刚刚是我在弄的。"

我应该放手让他去弄的，但我讨厌半途而废。"你不知道怎么弄。"

他抬了抬眼眉，我屏住了呼吸，这才反应过来我真是作了个大死。我们僵持了几秒，他咕哝着走到一旁。我小心翼翼不去看他，打开咖啡机的顶盖，却怎么也打不开装咖啡豆的罐子。

柯蒂斯从我手里把罐子拿回去，打开。"你还是没力气。"他挤出一丝笑。

可恶。我转过身偷偷笑。机器嗡嗡转起来，厨房充满了现磨咖啡的味道。

"你刚才来泡过咖啡吗？"他问。

"没有，怎么这么问？"

"我刚才进来的时候，好像闻到咖啡味了。"

我知道他的意思。他妹妹萨斯琪娅超级爱喝咖啡。我把卡布奇诺递给他。"肯定是他们几个谁来过了。你找到手机了吗？"

"没有。那个，头发的事，别告诉别人——"

他的话戛然而止，布伦特拖着脚走进来，头发乱七八糟地支棱着，脸上还留着枕头印。"早啊。"

我是该抱他一下还是就这么站着？布伦特好像也不知道该怎么办。于是最后，我们还是抱了一下，僵硬又不自然。

"来杯咖啡？"柯蒂斯问。

"行啊。"

赶在柯蒂斯跟我争论之前，我赶快把咖啡机打开。

我们三个坐在吧台前喝咖啡，一句话都不说。天哪，这气氛实在太紧张，就连布伦特也感受到了。他漆黑的眼眸里露出一丝惶惑，那是我从未在他眼里见过的神色。不过我觉得，在昨天这一系列情况之后，他这神色也很正常。

还是说，柯蒂斯说得对，布伦特紧张是因为是他敲诈了戴尔和希瑟？如果真是他，那我和柯蒂斯为什么在这儿？就是为了让我俩来看看，还是他也想敲诈我俩？

我不安地动了动，突然想起了布伦特也知道的一件事，一件我一点都不觉得骄傲的事。但他不会这么做的，他不会吧？

我喝完咖啡，站起身来说："我去看看轿厢。"

"我已经去看过了。"柯蒂斯说。

但我想自己去看看，而且我也不想再待在这儿，我需要一些空间。我穿过双层大门，踏进外面凛冽的寒风里，走下金属楼梯。

外面的景色壮丽极了。阿尔卑斯山绵延至天际，山上皑皑白雪，山下绿树掩映，不染一丝云彩的蓝天上点缀着橘色的小轿厢，挂在索道上一动不动，时不时被山峰遮住几个，绵延至下方的高原。不过在这儿是看不见勒罗切村的，村庄藏在山谷深处。

我转回头去看操作间，推了推门，门还是锁着的，跟我想的一样。我把手围拢在眼周去看，里面有个看起来很复杂的操作台，还有几个监视器。我们确定，就算我们破门而入也不可能让这玩意儿动起来。它肯定需要个钥匙什么的才能启动。

不管了，我们自己下去吧。用雪板滑到没有雪的地方，剩下的可以走路。可能得走上很远，因为雪线很高，但半天的时间足够我们走了。

身后的楼梯上传来脚步声，是戴尔。戴尔现在是游戏比赛的主持人，须后水的味道闻起来就很贵，而且品位也不错，看起来现在看《智族》比看《雪线》多。尽管他的滑雪外套在昨天的打斗中撕坏了，还顶着个熊猫眼，但他今天还是换了条时髦的牛仔裤，还穿了件灰黑色针织衫——很可能是羊绒的。

他环顾四周，问："还锁着呢？"

"嗯。"我绕过他往楼上走去。

他抓住我的右胳膊问："米拉，是你邀请我们来这儿的吗？"

"不是。"我扭了扭胳膊想挣脱，但他力气太大了。

"那为什么我妻子说是你邀请的？"

这地方肯定有什么问题，好像山里的乡野气息在不断影响我们似的，又好像是我们距离文明社会太远，大家渐渐都不守规矩了。

"我什么都不知道。别拉我！"

可他抓得更紧了。"你先给我个说法。"

我的心怦怦跳着，但这个时候不能示弱。"别以为我不敢跟你动手。"我说。攻击是最好的防御——至少我爸跟我哥是这么说的。

他眼睛都没眨一下。"那你试试。"

我们拉开架势，我仔细观察着戴尔，想找他之前的一个文身，想找他耳朵上的耳洞和嘴唇上的唇环孔。但什么都没有。就好像那些东西从未存在过一样。

20

十年前

萨斯琪娅已经换下了滑雪裤,跑来跑去地榨果汁。奥黛特和我坐在吧台前。我们都不想喝酒,这么看我们这场女生之夜不会闹得很凶了。我觉得挺好。

"你往里面放什么呢?"我问。

萨斯琪娅弯着双笑眼看我说:"甜菜根、胡萝卜、菠菜和柠檬。"

她递给我果蔬汁的时候能感受到我在紧张吗?我觉得她应该感受到了。她之前在山上给我买过好几次咖啡,我没钱在山上买热饮,于是还没回过礼,但她似乎并不介意。可能这就是她用来补偿我的方式吧。

她把一小勺米色粉末倒进搅拌器里。"还有玛卡[①]。"

我拿过包装盒研究了一下。

"能帮助肌肉恢复,"她说,"柯蒂斯给我的。"

我闻了闻。"这玩意儿好喝吗?闻起来像屎一样。"

奥黛特伸了根指头蘸了点,自从她上次摔跤之后,她一直戴

[①] 玛卡(maca),原产南美洲安第斯山脉的一种十字花科植物。叶子椭圆,根茎形似小圆萝卜,可食用。

着条腕带,"不难吃,你尝尝。"

我尝了一口,叫道:"呸,难吃死了。"

萨斯琪娅按下搅拌器。"打碎就尝不出来了。"

奥黛特又去拿了个罐子,里面的东西绿油油的。"放点儿这个进去。"

"不,不。米拉不会喜欢那个的。"萨斯琪娅把棕色的液体倒进玻璃杯,我们把杯子端到沙发边。

这个公寓很小,但比我的强多了,还有浅色的木地板和五颜六色的小地毯。

"你也住这里吗?"我问奥黛特。

她白皙的肌肤被太阳晒得通红。"不,"她说,"我的公寓在租雪具那个店上面。"

"只有我跟希瑟住这里。"萨斯琪娅说。

"希瑟今晚上班吗?"我问。

"上班,幸亏她不在家。"萨斯琪娅向前探身,把喝空了的杯子放在茶几上,毛衣被拉起来露出一小截纤瘦的背。她太迷人了,小小一只,却蕴含巨大能量。

茶几上摆满杂志,我扫了一圈,希望能在封面上找到个我认识的。法国的时尚杂志,滑雪杂志,还有几个英国的名流,我都不认识。不过没关系,有几本很可能是希瑟的。

我指了指靠墙放着的雪板问:"这些板子都是你的?"

"除了那个,"萨斯琪娅指着其中一个,"那个是希瑟的。"

"天哪,你有,差不多,五个雪板。"

这些板子不可能都是赞助商赞助的吧,还有两个根本不是萨洛蒙的。这几个滑雪板的均价都在五百英镑,这样的板子都不便宜。

我又问奥黛特："你有几个？"

"三个。"

"你呢？"萨斯琪娅问我。

"只有一个，"我希望自己没问过这个问题，"但一个就够了，我的板子是 Magic 的，有魔力的。"

她们俩都笑了。

我一口喝干杯里的果蔬汁，余光瞟到萨斯琪娅在看我。可能我觉得她迷人，她也觉得我迷人吧。

她把一双光着的小脚搭在茶几上。今晚，她的脚指甲染了银色。"米拉，我有个问题问你。你说滑雪和做爱，哪个更有意思？"

我料到她可能会问这种问题，毕竟今天是女生之夜嘛。尽管我很喜欢跟奥黛特一起谈论滑雪的事情，但我并不想告诉萨斯琪娅我取得的这些进展，所以我很高兴她能换个话题。

"这取决于跟谁做爱。"我说。

萨斯琪娅的眼睛里闪着调皮的光。"跟布伦特呢？"

"我跟你说过，"我说，"我们俩没在约会。"布伦特今天跟柯蒂斯一起去意大利比赛了，我还想着待会儿要打电话问问情况呢。

萨斯琪娅挑了挑眉。

"不管怎么样吧，"我说，"两个我都挺喜欢。"

奥黛特笑了。"可不是嘛，白天滑雪，晚上做爱，都不耽误。"

"别打岔。"萨斯琪娅说。

她今晚好像对奥黛特挺不耐烦，好像不想让她在这儿似的。她是想单独跟我待在一起吗，还是我自作多情了？三个人真是挺奇怪的。在我们三个里，奥黛特算是比较严肃的那个，萨斯琪娅是有趣的那个，而我总是夹在她们俩之间摇摆不定。而今天，我觉得我更偏向萨斯琪娅一点。

"怎么不一起呢？"萨斯琪娅说，"可以在山上找个僻静的地方。"

"在缆车轿厢里？"我说。

萨斯琪娅讥笑了一声："你这是深有体会吗？"

我大笑。"才不是。现在该你了，哪个更有意思？"

我太想知道她的答案了。她是万人迷，所到之处所有男人的目光都会聚焦在她身上。但她就是不为所动——可能除了朱利安吧，不过我怀疑她会给朱利安好脸色只是因为他滑雪经验丰富。我猜的，我觉得她跟我一样，都会以训练为先。

"这个嘛，"她说，"你说得对，我觉得两个我都需要。"

"跟朱利安吗？"我追问。

她大笑着转开眼睛。

我刚要问奥黛特，但门铃响了。哦天哪，是朱利安。

我看着萨斯琪娅迎上去，在他脸颊上冷冷地印了个吻。

奥黛特皱起眉问："今天不是女生之夜吗？"

"那又怎么样？"萨斯琪娅说。

任谁都会觉得朱利安和奥黛特会更投缘，因为他们俩都是法国人。但萨斯琪娅总跟朱利安说话，奥黛特都没机会跟他行个贴面礼，只是点点头而已。

朱利安用法语说了些什么。

"今晚得说英文。"萨斯琪娅说。

"你今天看见我内转720°了吗？"他问。

我们听他讲了下去。如果不是他英语太差让我几乎听不大懂，不然听他讲讲这个应该挺有意思的。萨斯琪娅打断他，问奥黛特过几天在瑞士的比赛，而朱利安似乎并没看出来萨斯琪娅并不想听他讲这些。他满眼都是萨斯琪娅，就好像她是他的女神一般。

我对奥黛特说："我看见你今天落地时做了个超级大的900°。"

奥黛特摆摆手。"没那么夸张，我还看见你学会了720°转体呢。"

"大部分都没成功。"我们俩都在谦虚，就像所有的女生一样，贬低自己，抬高他人。

萨斯琪娅打了个哈欠，她并不会像朱利安那样吹嘘自己，也不会妄自菲薄，她根本不需要。她搓了搓自己的脖子，揉揉左边放松一下，又揉揉右边。

"伤到了？"朱利安起身站在沙发后。他把萨斯琪娅的头发拨开，手放在萨斯琪娅肩上开始给她按摩。他脸上神情十分专注，让我想起了我父母养的那只猫——他踩别人膝盖的时候，也是同样的神情。

我忍着笑去看奥黛特，想看看她注意到了没有。奥黛特看他们俩的眼神很奇怪，她一直看着，直到转头看见我在看她。

她面上的表情隐去了，而我并不确定我是真的看到了，还是臆想出来的。

有那么一瞬间，我觉得我在她脸上看到了恨意。

21

现在

戴尔抓着我胳膊的手收紧了。有的男人从不跟女人动手,比如布伦特。柯蒂斯的话,如果逼不得已,估计也会动手,但我不太确定。不过戴尔,从他那双灰绿色的、冷冰冰的眼睛里我就知道,他会动手的。

我突然想起十年前他在光影酒吧里袭击萨斯琪娅的事。大脑开始飞速运转:他是不是在那之后还袭击过萨斯琪娅,然后杀了她?这会不会就是真相?如果是的话,我可就危险了。他觉得是我邀请他来这还把他困在这里,那他一定会做困兽之斗,放手一搏的。

该死。现在我已经不惊讶了,我该怎么办?这样的戴尔的确有点吓人,我想要之前那个戴尔回来。

我低头看他的手,他的指甲修剪得很整齐,手腕上金色浓密的体毛清晰可见。

米拉,聪明的战士会尽可能避免战斗,但如果避无可避,则一定要先下手,下狠手。

我父亲教过我如何打架,他真是个汉子,也很聪明。我可以从左侧攻击戴尔,或者采取更好的办法——用膝盖顶他的下体。

我太想这么做了，但这样他一定会还手，我们俩都会受伤。我得先试试其他办法。"如果你不马上放开我，我就告诉你妻子你亲过我。"

我这么说其实不太准确，因为我才是那个先动嘴的人。但我不在乎，我疯了。如果这招不好用，我就一膝盖顶过去，转身就跑。

他放开了我的胳膊。

我之前很敬佩戴尔的，他风趣幽默，为人和善，还很有魅力——无论是滑雪、时尚品位还是生活方式上都是如此。我应不应该告诉他昨晚希瑟和布伦特在洗衣房里的事呢？

不，还是先别告诉他。我得先听听布伦特怎么说，或者把精力放在更值得的事情上——逃出这里。我爬上楼梯，努力平复呼吸。

"嘿！"戴尔喊我。

我转身。

"对不起。"

你说真的呢？你刚才那样对我，然后觉得道个歉这事就能一笔勾销？我根本不相信他的道歉出自真心，但我还是点点头，继续往上走，小心翼翼注意着身后的动静，一直走回厨房这个相对安全的区域。

希瑟在厨房里，穿着白色牛仔裤和昨天那双高跟靴子，看起来很时髦。戴尔跟在我身后进来的时候，她眯了眯眼。

不，希瑟，我没有跟他接吻。至少这次没有。

戴尔径直走向她，将她拢进怀里——是安抚，还是宣示主权，抑或两者兼有？我不知道。

我注意到柯蒂斯在看我。难道我把心里的慌乱表现出来了？

"缆车开了吗？"希瑟问。

"没有。"戴尔说。

"而且我觉得也不会开了。"柯蒂斯补充道。

所有人都看他。

"要是有谁费这么大力气把我们弄上来，肯定不会就让我们这么轻松地下去。"

"要是有手机就好了。"希瑟说。

"这就是为什么他们把手机拿走，是吧？"柯蒂斯说，"就想让我们困在这里。"

一阵寒意从脊梁爬了上来，前面还有什么等着我们？

"我们明天晚上的飞机，"希瑟说，"周一还得回去上班。怎么办？"

"吃点早餐？"柯蒂斯说。

希瑟骂了一句。

"然后自己想办法下去，"柯蒂斯继续说，"好消息是，策划的那个人还不够聪明，没有把雪板跟电话一起拿走。"

戴尔清了清嗓子说："希瑟没有雪板。"

妈的！我没想到这点。

柯蒂斯满怀希望地看向我和布伦特问："你们有多余的吗？"

布伦特和我摇摇头。

柯蒂斯看了一眼希瑟的靴子。"别告诉我你就这一双鞋。"

"还有一双。"她说。

"那还行。"

她扫了戴尔一眼，神色古怪。"还有一双绑带高跟鞋。"

柯蒂斯以手扶额。

他是对的，这确实是个问题。

"我早跟你说了。"戴尔说。

希瑟反驳了一句:"我要早知道得走下去,肯定不会来。"

倒也不至于走下去,我刚想说,然后我想起了待会儿下去要走的第一段路。那是勒罗切里头等难走的滑道之一,陡峭难行又遍布砾石,超级困难,只有老手能尝试一二。脚下要是有雪板,可能最大的困扰会是那些凹凸不平的雪面,可能还会担心哪里突起的岩石硌坏雪板,但如果没有滑雪板,希瑟就得徒手爬下山了。

这可不是什么好事。

"你脚多大,希瑟?"我问。

"三十六码吧。"

"我三十九码。你可以穿我的匡威,我还有几双袜子。"

希瑟点头。

我看了戴尔一眼。希望你能对之前威胁过我感到点内疚。

"那你怎么办,米拉?"柯蒂斯说。

"我就穿着滑雪鞋呗。"我这双雪鞋是新的,还没上过雪板,一想到待会儿路上的狂风暴雪我就皱眉头。

我们所有人,甚至连戴尔,都在看着柯蒂斯,等着他做决定。他从小到大都在山里滑雪,无疑是在场最有经验的人。

他摇摇头。"我觉得不太行。外面的雪晒了一个夏天,肯定结冰了,滑得很。就算穿匡威这种平底鞋,她脚底肯定也会打滑,根本走不到雪线之下。"

"我们可以给她腰上绑个绳子。"我说。

"大门边上的储藏室里有绳子。"戴尔说。

他和柯蒂斯肯定看不对眼,尤其是经过了昨晚,但他们还是尽力抛开分歧。我们会团结在一起,一起努力离开这个鬼地方。

"你攀过岩吗?"柯蒂斯问希瑟,"登过山也行?"

希瑟摇摇头,她的脸色苍白如纸。

柯蒂斯转向戴尔。"这地方悬崖太多。她要是滑倒肯定会拉着我们其中一个葬身山谷。实在不行再想这个办法吧,咱们先试试别的。"

"比如呢?"我问。

"比如先进那间控制室里研究一下。要是能让缆车运行起来,我们就成功一半了。要是不行,里面可能也会有个无线电,或者某种紧急呼叫装置。我们得出去看看,看看外面都有些什么,缆车那个操作间里也可能有个无线电。"

"干这事的人肯定脑子有病。"希瑟说,声音微微发抖。

柯蒂斯顿了一顿,问:"你们有谁看见过其他人吗?或者听到过其他人的声音?"

他扫视着众人,目光短暂与我相接。我注意到他的措辞,他没提什么香水,也没提到头发的事,但我觉得他就是这个意思。

其他人纷纷摇头。

柯蒂斯并没有让我们分头行动,为什么?他本可以跟我和布伦特一起滑下去,把希瑟和戴尔留在上面,让滑雪场的员工把缆车启动了再带他们下来。是因为他妹妹在这儿,所以他没提?

"好吧,吃饭吧,然后咱们就开始。"他故意看了戴尔一眼,"还是说你们谁有更好的建议?"

戴尔举手齐眉敬了个礼,讽刺得很。

柯蒂斯大步走出厨房。

希瑟扫了布伦特一眼,我又开始好奇洗衣房里究竟发生了什么。

戴尔伏在希瑟的耳边说了些什么,她点点头,鼻尖蹭蹭戴尔

146

的下巴。他们的婚姻生活可能并不完美,但戴尔一直站在她身边。身边永远有人支持是什么样的感受?我不知道,因为我身边从来没人支持过。这条路确实是我自己选的,但即便如此,我有时也会想,我是不是错过了什么。

我转过身,给我自己倒了一碗巧克力麦圈。从那年冬天之后我再也没吃过这玩意儿。我们端着碗走进餐厅。餐厅里还是昨晚的样子,椅子东倒西歪,地板上满是碎玻璃。

吃饭的时候,空气中弥漫着一种奇怪的尴尬。希瑟总想去看布伦特。

别这么做,希瑟,一会儿戴尔该看见了。

窗外,明媚的阳光洒在雪山上,有些刺眼,我得遮住眼睛才能看出去。山坡上几百米的地方还留着各种跳台,可能是 Burton 每年八月在这里举办夏令营时留下的。

我感到一阵悲伤。我们本可以在外面放飞自我,但现在却困在这里勾心斗角,怀疑彼此。

我得明白,这并不是我原以为的那个朋友之间充满回忆的重聚了。

而这些人,也不再是我的朋友。

22

十年前

　　肾上腺素激增，今天是我练后空翻的日子。昨晚下了一夜的雪，工作人员也没有清理赛道，所以我们现在到山上来练习空翻。

　　您即将进入高山区。请注意山间冰缝，注意雪崩！如有危险均需自行承担！山上的警示牌用六种语言写就，但我们还是一路循着遮蔽处爬进山间雪色里。

　　阳光下，新雪闪闪发亮。对我来讲，这实在是千载难逢的机会，练习新技巧时身下有新雪，不至于摔得太疼。如果我能在垂直跳跃后面接上后空翻，我就能在赛道里做"麦克扭"——前空翻接540°转体。

　　今天上来的有七个人，戴尔和柯蒂斯带了铲子——他们俩把可折叠的铲子绑在背包上，我们几个用手和雪板来帮助跳跃。起跳前，我跪在雪地上，紧紧抓住雪板绑带前后晃动，雪地上的凉意透过滑雪裤渗进来。

　　柯蒂斯直起身，刚才使劲儿大了现在脸上涨得通红。"我看挺好了，你们觉得呢？"

　　他和我一起走过去，每一步雪都没过膝盖。这里空气十分稀薄，我喘得像个要生孩子的孕妇，不过柯蒂斯也在喘，这让我感到好一些。

"你得好好健健身。"我说。

"闭嘴。我昨晚都没看见你。"

"我在理疗。"自从我跳下去给那孩子捡手套,我的膝盖就一直火辣辣地疼。

我回头看了看,确保萨斯琪娅没在偷听。她离我们老远,跟奥黛特和朱利安在一起。"萨斯琪娅也能做'麦克扭',是吧?她在英国锦标赛的决赛上做过一次。"

"对。"柯蒂斯说。

"不过在这儿我还没见她做过。"

"她在辛特图克斯夏令营上摔得很惨,摔了个倒栽葱。从那以后她就开始戴头盔了。"

"从那以后她做过'麦克扭'吗?"

"据我所知,没有。"

"有意思。"如果我今天能成功,萨斯琪娅肯定不会高兴。

脚下的雪突然裂开,柯蒂斯一把拉住我。我刚才踩过的地方赫然出现一条亮晶晶的蓝色冰缝。

我们小心翼翼透过缝隙往里看。这条缝隙很深——当地人说这种缝是没有底的,你能看多远,就有多深。

"大家注意了,这里有个大冰缝。"柯蒂斯对下面几个人大喊。

我环顾四周,仔细查看。大部分冰缝都藏在薄薄一层雪下面,踩在上面之前你根本发现不了。

"继续,"我对柯蒂斯说,"你可以打头。"

他大笑起来,用雪板底部捅了捅前面的雪地,测试它的硬度。我们慢慢向上爬,登上山顶,踩上雪板,大口大口喘气。

柯蒂斯戴上头盔。我们几个人里面只有他和萨斯琪娅戴头盔。我可能也应该戴一个,但滑雪头盔不便宜,我又没钱买。

他们几个走了过来,我听见萨斯琪娅在用法语问朱利安问题,奥黛特跟在他们身后,看起来很生气。

"谁第一个来?"柯蒂斯问。

"我!"我立刻说。我是这群人里面最差的,我得让他们知道,我绝不会掉队。

直着走,我对自己说,他们都看着呢。

我加速滑下去,下到坑底,然后腾空。这次跳得比我想象的高,但我没害怕,而是抓住刃边,推出雪板的尾部,好让雪板能垂直于前进方向。战术抓板。你做对的时候会有感觉的,而我现在就有这种感觉。

重力让我下坠,我松开手。腾空的高度很高,我能在落下的过程中感受到。我的体重完全压在大腿上。不过我能挺过去,我昨天按压了好长时间腿部呢。

欢呼声从上面飘下来。我解开绑带,看见柯蒂斯起跳了,然后是奥黛特,我看着她,想着我能如何改进自己的动作。我看着他们着陆,只比我远那么一丁点儿!哈哈!

萨斯琪娅也起跳了,然后是朱利安、布伦特,我笑着看着,他们也跟我用了同样的方法。戴尔也起跳了,他先转体180°,同时抓住雪板,又松开手,落地前反手去抓雪板的前刃。我一点也不意外奥克利会选他,他的姿势确实很与众不同。

"哈!两次抓板!我不喜欢。"朱利安说,不过这句话倒不是特意对谁说的。

我走回奥黛特身边。我昨晚去了奥黛特家,我们看法国滑手的滑雪DVD看了一晚上。萨斯琪娅不在的时候,奥黛特明显不大一样。她更放松,我猜我也是。她没提起萨斯琪娅,我也没提,我觉得她们俩可能闹翻了。我们聊起了今年冬天的目标,我们计划参加的比赛,和想要学习的技巧。如果她是英国人,我不可能跟她分享这些,但她的排名比我靠前太多,想这些也没什么意义。

朱利安和萨斯琪娅就在我们后面,萨斯琪娅的法语肯定比朱利安的英语好,因为他们俩又开始说法语了。从他指向跳台的手势能看出来,他在给她提建议。

"他说法语和说英语时,是听起来一样都像个浑蛋吗?"我轻声问奥黛特。

我本以为她会大笑,但她连唇角都没提一下。"是的。"

看起来,奥黛特真的不喜欢朱利安。但这也不奇怪,他们都是很棒的滑手,朱利安总是不遗余力地告诉观众他有多厉害,但奥黛特只是专注于滑雪。如果柯蒂斯不提,我根本不知道她在这周 FIS 自由滑雪世界杯的比赛中拿了第二。

"你今天练什么?"奥黛特问。

我犹豫了一下才说:"但愿能练练后空翻。"现在没什么可隐瞒的了。

"第一次练?"

"是呢。太紧张了。"

她戴着手套抓住了我的胳膊,"别紧张,你肯定能行。"

布伦特的身影出现在身后。

"后空翻时间到,"我轻声说,"有什么临别赠言吗?"

"别脸着地就行,"布伦特咧嘴笑,"哈哈,你在蹦床上练得很好了。不过也得全神贯注才行,你可不想转到一半然后说你不想转了。"

看布伦特走路的样子,看他穿着低腰裤无精打采的松弛样,谁也想不到他居然是个优秀的滑手。你只会觉得他是个瘾君子，或者是个懒蛋。但他踩上滑板，立刻亮瞎你的眼。

他起跳，先做了个气势磅礴的720°转体。他看起来一点都不害怕，我太嫉妒他了。我手心都出汗了。萨斯琪娅和朱利安也走过来，萨斯琪娅还在问朱利安问题。我得快点成功，都等不及看她的表情了。

柯蒂斯站起身来。"你去吗？"

"不，你先去吧。"我还没准备好。

柯蒂斯加速下滑，一个干净利落的后空翻。大家都欢呼起来。

现在轮到我了。我冲下山去。速度很重要，我需要足够的腾空时间才能空翻。滑板中部触及腾空最高点的时候，我开始翻身。

这种感觉有点像坐过山车里的环形滑道，只不过我不是坐在座位上，系着安全带，知道自己要往哪走。我现在对接下来会发生什么一无所知，我的视野里先是一片蓝，然后是一片白。我刚刚要是摔到地上，一定会摔断脖子。然后，我又看到了蓝天，雪板落回地面。

欢呼声比刚刚柯蒂斯得到的欢呼声还大。

我走到柯蒂斯身侧的时候，他对我赞许地点点头。"不错。"

我耸了耸肩，好像这事并不是什么大事，不值一提，但内心已经雀跃起来。不知道为什么，柯蒂斯的赞许对我来说要比其他人的更重要。就好像他是我哥哥和我爸爸的合体，能让他对我留下印象，我就完成了什么了不得的事情，我就能让我哥和我爸也对我印象深刻。我太蠢了，我知道。我知道我对他的感情远不是手足之情，但我会珍惜这一刻。

萨斯琪娅奋力一跃，开始转体的时候我忍不住笑了。我提高了标准，她够不到了。

柯蒂斯看到我的表情后说："小心点儿我妹妹。"

"什么意思？"我有些吃惊地问。

"就是……小心点儿。"

"你是说让我让着她点儿？"我说。他最好不是这个意思。

"不是，但她不喜欢输给别人。"

我大笑。"谁喜欢输给别人呢？"

柯蒂斯张了张嘴，好像要说些什么，但最终又闭口不言。

不过这更让我好奇，萨斯琪娅之前都做过些什么会让他哥哥这样讲？但我们现在已经和解了，她不会用那些下流的法子对我。

"别担心，"我说，"我会好好练的。"

就在这时，朱利安也起跳，以一种奇怪的偏轴转体姿态腾到空中。这就是我如此喜爱自由式滑雪的原因。这项运动不像骑自行车或是跑步，要在比赛中以百分之一秒的优势获胜，或者需要一张照片来定胜负。自由式滑雪还很年轻，滑手们一直在尝试新花样，而这些花样是人们从未想过的，甚至有些是无法想象的。谁也想不到，这项运动十年之后会发展成什么样子。

我追上布伦特，布伦特拍了拍我的背。"做得好，米拉。"

五个后空翻之后，我十分得意。每次落地我都说，要是领先我就不做了，然后我看到萨斯琪娅的表情，就会逼着自己再做下一个。

我就要这样打败她，不用什么下流的手段，只凭自己努力，一个一个新动作学下去。我现在有一堆专家可以请教，而英国锦标赛四月中才开赛，还有三个多月呢。我肯定能行。

布伦特和戴尔坐在上面吃能量棒——我的。有人能喜欢这些能量棒我还挺开心的,我还有二十多箱呢。脱下雪板,我一屁股坐在布伦特身边,也撕开了一个能量棒。

后面传来女生倒吸冷气的声音,我转身。

萨斯琪娅站在边上,手捂着嘴。"米拉,实在太抱歉了。"

恐惧感笼罩了我全身。我的雪板不在我刚才放的地方了。

我连滚带爬着站起来。雪板肯定在我身后呢,或者滑到坡底下去了,撞在哪个雪堆上被拦住。

但没有。

"这是个意外,"萨斯琪娅说,"我脚碰了一下。"她指向雪里露出的一个缝隙。

我几步奔过去。我的宝贝滑雪板静静躺在下面三十米深的狭窄缝隙里,堪堪能看见。

我看向她,她脸上飞速闪过一丝笑。

好极了,和解就此结束。她可能还没意识到,但我已经向她宣战。

23

现在

布伦特敲了敲操作间的玻璃,说:"钢化玻璃。"

他和柯蒂斯都戴上了滑雪手套和护目镜,正在商量破门而入的最好办法。

我们几个都退后了一步。我打算一有机会就溜走,去搜一搜卧室,找一找手机,要么找找那个幕后黑手。

风越发大了,橙色的小轿厢在风中摇来摆去,发出吱嘎吱嘎的声音。我对那些人能让索道运行起来并不抱什么希望,这些年滑雪缆车的安保措施肯定越来越严,能让我们上到这来的人肯定也猜到了我们会强行进入操作间。

布伦特捡起雪板说:"先试试这个。"

戴尔和希瑟站在站台上离我们很远的地方,小声嘀咕着,听起来又是一番争论。戴尔看见我在看他们,立刻把手指竖在嘴边让她闭嘴。

"我去个洗手间,去去就来。"我几步上了楼梯,走进走廊,走进戴尔和希瑟的卧室。

戴尔的包比希瑟的小多了,先从他开始吧。我翻了翻他的滑雪包,里面有滑雪裤、手套、护目镜,几件浅色毛衣和一条工装裤。大部分都是他之前赞助商的品牌，看起来都很新。还有内裤，是CK的。之前的戴尔绝对不会在四角裤上花这么大价钱，他有钱也会攒下来滑雪的。包里还有一袋密封的螺丝钉，几个雪板工具。没什么特殊的私人物品，也没有手机。

我去检查枕头和床垫下面，拍平了所有四个铺位的羽绒被。得快点儿。衣柜里什么都没有，希瑟的手提箱开着放在地上。衣服特别多，大部分是黑色的，看起来就很贵。我按了按这堆衣服，摸索着是不是有手机形状的东西。没有。

角落里乱七八糟堆着一堆蕾丝内衣。看到另一个女生的内衣裤是件很奇怪的事情，我忍不住想要挑几件出来。有一件黑色的纱质内裤上印了个大大的G，还有配套的胸罩，只将将能盖上乳头罢了。

我把这两件东西塞回去，转身去了卫生间。我在希瑟的化妆包里发现了几个铝箔包装的淡蓝色药片。我还想仔细看看，但时间不多了，于是我拉上拉链，检查了戴尔的洗漱包。他妈的！有人来了！

我钻进淋浴间，把浴帘放下来。恰在此刻，门吱呀一声开了。

"现在，去洗脸。"是戴尔的声音，"然后振作起来！"

希瑟哭了起来。"我们永远都出不去了，都是你的错！你就不应该拿她的信用卡！"

谁的信用卡？我的？他们进过我卧室了？

"你他妈小点声！"戴尔说，"她不需要信用卡了，不是吗？她父母还在乎几千块钱吗？他们多有钱哪！"

哦天哪，我觉得他们说的是萨斯琪娅。所以是戴尔用了萨斯琪娅的信用卡，不是萨斯琪娅用的？

"她欠我们的，"戴尔说，"花钱的时候怎么没听你抱怨？"

156

外面传来闷闷的哭声:"要是这事被翻出来,我的律师执照就没有了。我们会输掉一切!"

"你敢现在崩溃给我看?"戴尔嘶声道,"现在没人知道!我们已经逃过一劫,你为什么还要揪着这事不放!"

"逃过一劫?要是真逃过了,咱俩为什么还会在这儿?"希瑟吸吸鼻子,"肯定有人怀疑我们!"

"你是说——米拉?"戴尔说。

"或者是那个装模作样捣鬼的人!你就不应该偷那张卡。"

"晚上我们就在山下了。你现在需要做的,就是闭嘴。"

希瑟又开始哭。戴尔跟她说话的方式让我听着生气。他的话语里没有一丝感情,听起来满是愤怒与挖苦。柯蒂斯说得对,戴尔已经变了。

"我去给你拿药。"戴尔说。

卫生间门开了,带起一股气流,浴帘飘动起来。我屏住呼吸,手腕上还留着戴尔掐我的感觉。在下面他都能那么对我,要是被他抓住会怎么样?

水龙头哗哗作响,浴帘又动了一下。他走了吗?

希瑟的抽泣声更重。"谢谢。"

"我们得回去了。"戴尔说。

门关上了,咔嗒一声。我松了口气,腿软脚软。这太险了。

我心烦意乱地想,这是不是意味着并不是他们俩杀死了萨斯琪娅?如果他们是凶手,现在肯定吓死了,不会在这吵信用卡的事。但我不能排除这种可能性,很有可能他们俩其中一个杀死了萨斯琪娅,而另一个人不知道。

最好继续搜一搜。他们房间我已经看完了,走廊里一声都没有,我偷偷溜出去。下一个搜谁呢?柯蒂斯,还是布伦特?

我脚步匆匆走过三扇门，走进柯蒂斯的房间。他的房间比我的整齐很多，我之前可能也知道他是那种会整理床铺的人。屋里闻起来有股麝香的味道，可能是他的香水。我想快点儿结束，不想让他抓到我在这里。

柯蒂斯蓝白相间的滑雪板包放在下铺上，拉链拉了一半。我把拉链拉开，打开盖子。脚下的地方似乎在摇晃，我得抓着床铺才能保持不摔倒。

叠好的衣服上，放着萨斯琪娅的缆车卡。

我抖着手，把它拿起来。

柯蒂斯不应该有这东西。

上缆车之前必须得在下面扫卡，上轿厢之前还得再扫一次。如果没有卡，那些目光炯炯的工作人员根本不可能让她上缆车。但希瑟和布伦特说，他们俩看见她上山了，柯蒂斯还说他看见她的滑雪装备。他们是真看见了，还是联手撒谎？

柯蒂斯说的那些事情，香水味、头发，他怀疑她还活着那些话，是为了掩盖他杀了自己妹妹的事实吗？我不愿相信，但我找不到其他解释。

缆车卡上，萨斯琪娅看起来跟我印象中的一样漂亮。她迷人的蓝眼睛盯着我，好像想要告诉我些什么似的。

萨斯琪娅，你在哪里？为什么柯蒂斯手里有你的缆车卡呢？

24

十年前

"我恨她。"我在布伦特耳边轻声说。

霓虹粉的护目镜下,萨斯琪娅的唇角抽动着,好像知道我在说她一样。长长的浅金色马尾辫蛇一样缠在脖子上。

"冷静!"布伦特说。

"但我很喜欢那块板子。"

我以为她挺喜欢我的,这才是我觉得无比受伤的原因。我太傻了,居然被她骗了。她跟我交朋友只是为了让我放松警惕。

"随它去吧,"布伦特说,"你现在滑得好是因为你自己的技术,而不是因为用哪块滑板。她不可能拿走你的技术。"

我们坐在 U 型池底部吃午饭,我的新雪板跟丢的那块几乎一模一样,但我还是很怀念旧的那块。每次我看向萨斯琪娅,都会想起是她把我的板子弄掉的。

又是一个艳阳天,布伦特反戴着一顶 Burton 的棒球帽。他把手臂环在我肩上,把我往怀里拢了拢。

我紧张起来。戴着这顶帽子的布伦特看起来超级帅气,但直到现在,我们俩之间的事都没人知道,除了柯蒂斯。

但现在大家都在。奥黛特和萨斯琪娅就坐在附近,很明显已经重修旧好。柯蒂斯正在跟一个澳大利亚女孩聊天,那姑娘刚才还做了好几个非常棒的腾空跳。朱利安跟其他三个法国自由式滑手在一起,显得很矮小,就连希瑟也来了,让我们感到很荣幸。她整个上午都拿着相机在底下生闷气。戴尔的服装赞助商因为预算缩减停止了对他的资助,他得有几个像样的镜头好再拉些赞助商来。

我嚼着嘴里的法棍,感觉很奇怪。

萨斯琪娅是第一个注意到的,她摘下护目镜推到头盔上,眯起眼睛看着我们。

布伦特摘下帽子,戴在我头上,正着戴的。"米拉,我喜欢你。其他女生总是缠着我不放,但你不会。"他漆黑的眼眸上下打量着我,好像想要弄懂我到底在想些什么,"你让我随时都想着你,这种感觉实在太奇怪了。"

萨斯琪娅用胳膊肘推了推奥黛特,她们俩一起看向我们。为什么我感觉如此奇怪呢?我喜欢 U 型池里的布伦特,喜欢他火箭一样冲向空中,喜欢他超级帅气的抓板腾空——我知道用不了多久,这具躯体将会与我翻云覆雨。

他还是最贴心的那个人。今天早上他出现在我门口,带了块备用雪板给我。我不想告诉他昨晚我门铃响了,开门却发现外面杵着个 Magic Pipemaster 157。我以为是他送的,但现在我怀疑是柯蒂斯送的——尽管他不承认。

不过,无论布伦特多么好,我都没准备好认认真真谈一场恋爱。我挤出一丝笑,从他胳膊下面钻了出来。我得跟他谈谈,但不是现在当着大家的面。"我回去了。"

"回去吧。"布伦特对我笑笑,脸上的酒窝晃得人眼晕。

他并没有意识到有什么不对劲,还挺好。我把他的帽子递了回去，把剩下的法棍塞进背包，将水壶里的水一饮而尽。我很想再来一瓶Smash，但我已经喝了太多。这种运动饮料可以在短期内让人精神振奋，但余威太甚，让我睡不着觉。

放下水瓶的时候，我看到的一幕让我惊讶无比。萨斯琪娅把脸埋在柯蒂斯怀里。她不开心吗？昨天在山上他还对她发脾气来着，从那之后对她的态度也不怎么样。但他现在紧紧拥着她，喃喃说些什么。我从没见过他们如此亲密。他对她说什么呢？

萨斯琪娅点点头，从柯蒂斯怀里退出来。她走过来，我仔仔细细地看她的脸。我不相信她真的难过，她不过是在诓柯蒂斯而已。

萨斯琪娅捡起雪板说："米拉，我跟你一起。"

我和她并肩穿过U型池，脑海里试图平静些。我得忘掉她，化愤怒为动力好好练习。等我在英国锦标赛上打败她，才是最完美的复仇。

"你该不会还在为雪板的事生气吧？"她说，"我说过那是个意外了。"

好像你说的是真的似的。但我没证据。

她捅了捅我的胳膊。"所以，你跟布伦特……是吧？我觉得肯定是。"

"那你跟朱利安呢？"我呛声回去。

"我们俩怎么了？"

"你们俩在一起了吗？"

她大笑："没有。我不过是跟你一样，在利用他罢了。"她的马尾辫一甩一甩，刷在我脸上。

"什么？"她总能说出我意料之外的话，"我没有利用布伦特。"

但她这句话让我重新审视自己的内心。我真的没有在利用布伦特吗?

不,没有。布伦特和我在一起很开心。我们俩之间的关系简单又清楚,没什么问题。这不过是萨斯琪娅试图激怒我的另一种方式罢了。

萨斯琪娅的唇角弯出一丝弧度。"我看见过你看我哥哥的表情。"

"什么?"我回头,确保身后没人能听见我俩说话。

萨斯琪娅笑得更灿烂了些。她能这样看穿我的想法,这让我很恐惧。她能读出我的心思,我怎么可能打败她?

25

现在

缆车卡上，萨斯琪娅对着我笑。

有什么东西——是股气流，或是潜意识里才会注意到的微小声音——让我抬起头来。柯蒂斯站在门口。

他走过来，我内心一阵恐惧。他要做什么？我讨厌自己陷入恐惧之中，但之前被戴尔抓着手腕的经历告诉我：我对这些男生的本性真的一无所知。

正常规则在这里不管用。

柯蒂斯站在一步之外。他内心一定五味杂陈——既有我居然搜他的受伤，又有看到我发现缆车卡的内疚，还有我盯上他了的恐慌，但他面上的表情我依然看不懂。他一言不发，从我手里把缆车卡拿走，盯着它看，又把卡片翻过来，抬头。

他的眼里居然是震惊——至少我看到的是，还有疑惑。

"你从哪儿拿到这个的？"他问。

"从你滑雪包里。"

他眨眨眼，问："是你放在这儿的吗？"

"什么？"这句话我始料未及。他这句直接反问，直来直去，冲口而出，几乎没时间思考。

"当然不是我。"

柯蒂斯又低头看着缆车卡，折了折，对光看了看，甚至闻了闻。照片直接印在塑料卡片上，他用指尖抚摸着她的脸。

他的演技当真出神入化——如果他真在演的话。他几乎要骗过我了。

我从他手里拿过缆车卡。现在，我手里拿着的是萨斯琪娅失踪之谜的一小条线索，但我不知道它是什么意思。园区的电脑显示萨斯琪娅失踪那天并没使用过缆车卡，那布伦特和希瑟为什么会在山上看见她呢？警方当初认为是系统故障，但现在，缆车卡的出现证实了这点。

"如果她那天上了山，这东西就会在她身上。"我说。

柯蒂斯微微抬头道："我也这么想。所以这东西过去这些年都在哪儿？"

"你是说，不是你带来的？"

"当然不是。你在哪儿发现的？"

"在你那堆衣服上。"

他抱臂站着。"早上还没有呢，肯定是有人后放进去的。就在我离开之后到我刚才进来之前的这段时间。"

我注意到了他的措辞，他还没把我排除在嫌疑人外。

"放个这东西只需要……可能五秒钟？"他说。

"但为什么呢？"

"勒索，就像我昨晚说的那样。"

我想相信他，但我还是无法确定。

他毫无波澜的眼神渐渐变得困惑。"或者这是条线索。有人想让我找出真相。"

内心深处，我瑟缩了一下。有这么一件事我宁愿深埋地下。

"我能看看吗?"柯蒂斯问。

我犹豫了一下,把卡片塞进外套兜里。"不好意思,这张卡片太重要,我得告诉其他人。"

他点点头,神色凝重。

他觉得自己被冒犯了,因为我不信任他。

"我也搜了戴尔和希瑟的卧室。"我这么说是因为我想告诉他,我并不是针对他才搜了他的房间。

柯蒂斯挑了挑眉说:"是吗?我也搜过。你什么时候搜的?"

"五分钟之前。"我待会儿再告诉他萨斯琪娅信用卡的事。说的时候布伦特最好在场,因为柯蒂斯会翻脸的。"你呢?"

"你们吃早餐的时候。"

"真敢。找到什么东西了吗?"

"只有一大堆定型喷雾。"

"戴尔是不是也用这东西?"我说。

柯蒂斯笑了,气氛一下子轻松许多。

然后他说:"我也搜了你的房间。"

心里闷疼。现在我知道他的感受了。"扯平了。"

他从口袋里掏出一只银蓝相间的手镯,抬头看着我。

我脸红了。"这是什么?"

"这是萨斯琪娅的。"

"我知道,她给我的。"

柯蒂斯眯了眯眼,问:"什么时候的事?"

我逼着自己直视他的眼睛。"我们还是朋友的时候。"

他耸了耸肩,把手镯递还给我。我并不想要——甚至我一开始就没想要这个手镯,但我还是接过来,跟缆车卡一起塞进口袋。待会儿我就把它扔了,扔在我遇到的第一个冰缝里。我带这东西来只是觉得柯蒂斯可能会喜欢,毕竟这东西曾经是他妹妹的,而现在这个想法已经不重要了。

我们一起走向走廊。

"操作间里找到什么有用的东西吗?"

"我们打开了操作间,但没法启动缆车。控制板上的按钮都不好用了。要么是没电了,要么就是被人故意弄坏了。"

"没有无线电吗?"

"没有,但放对讲机的地方还在,对讲机被人拿走了。"

其他人都在餐厅里。

"我们出去搜吧。"戴尔先开口,我还没来得及说缆车卡的事。

柯蒂斯看了一眼希瑟的高跟鞋,"得有人在这跟你妻子一起。"

是为了保护希瑟,还是为了保护我们其他人?我怀疑是后者。柯蒂斯看起来也不怎么喜欢希瑟,我十年前就注意到了。希瑟跟他妹妹住在一起的时候,她们经常闹翻,柯蒂斯不止一次居中调停。

"我跟她一起待在这儿。"布伦特说。

戴尔向前一步说:"你他妈不行。"

我看见柯蒂斯偷偷笑了一下。

"你和你这双该死的鞋。"戴尔嘶声道。

希瑟抖了一下。

我不喜欢柯蒂斯和戴尔欺负她的样子。很显然,戴尔想出去搜证,但他肯定不会让希瑟跟布伦特一起待在这。

"我也留下,如果你愿意的话,"我说,"柯蒂斯和戴尔可以一起去。"

如果手机真在外面,我相信柯蒂斯一定能找到。无论如何,我都想跟希瑟再谈谈。"

戴尔不情不愿地点头。

"好的,"柯蒂斯说,"那我们快穿衣服吧。你带信号收发器和安全带了吗?"

"收发器带了,安全带没有。"戴尔说。

"储藏室里有。"

"需要吗?"

柯蒂斯提高了声音:"你开玩笑呢?巡逻队已经好几个月都没炸过雪坡了,不稳定的雪层到处都是,肯定会有场大雪崩。还有那些冰缝……"

每年的这个时节,山上都非常危险——冰面裂缝太多,但却没有足够的雪能盖上。滑雪季里,园区的工作人员会把小雪堆上的雪刮下来,再把其他的用绳子围起来。

"淡定。"戴尔说。

柯蒂斯转向我们。"我们出去的时候,你们几个也有件事要做。"他从衣兜里掏出一大长串钥匙,像个机械师一样一个个把它们放在桌子上。

戴尔拿起一把说:"这是我家的门钥匙。哦,兄弟,你这可有点过分了啊。"

"不好意思,"柯蒂斯的道歉听起来一点都不真诚,"不得已为之。我们得知道,这些钥匙能不能打开这里的门。"

"你什么时候去拿的?"戴尔说。

"你们吃饭的时候,我可不想让谁把这些东西藏起来。"

戴尔愤愤摔了钥匙,走开了。

我在桌子上看见了我的公寓门钥匙、车钥匙,甚至还有一把小钥匙,是开我自行车锁的。柯蒂斯肯定翻了半天才从我双肩包里那堆棉条和避孕套里把它找出来的——我只是想到他也会来，以防万一罢了。

像是胃里又被揍了一拳。

试钥匙试了一个小时，我终于放弃了。"谁想喝咖啡？"

我端着杯子出去的时候，布伦特和希瑟正坐在餐厅里，挨得很近。我走过去他们就不说话了——让我清清楚楚地知道了他们的谈话内容与什么相关。我拉过一把椅子，布伦特用手梳了梳头发，希瑟装点亮丽的指甲在桌面上轻轻敲着。想到他们俩在一起，我还是觉得很奇怪。希瑟跟我是截然不同的两个类型。我希望她够聪明，不要告诉戴尔，不然布伦特可就真有大麻烦了。

我们一口口喝着咖啡，布伦特的头发太短，现在支棱得各个方向都是。我总想给他弄平，但我现在不能这么做了。他不再是我的布伦特，也不是我印象里的那个人。他眼里的光，消失了。

我回想起不滑雪之后那段浑浑噩噩的时光。我的生命出现了断层，找不到方向，不知道应该做些什么。我不知道我自己是谁，只知道我不能再这样下去，否则我就活不下去了。刚开始我选择喝酒，但宿醉只会让我更难受。

有天晚上，我哥哥拖着我去健身房，然后我才慢慢地从黑暗里爬出来。有时我健身太狠，身体已经累到了极限，但感觉还不错，就好像如果我能再努力一点——跑得再快点或再举五公斤，我就又会开心起来。

无论如何，我能理解布伦特一瓶瓶喝酒的心情。但天知道，我很想他，想念那个之前的他。

我的思绪又转回现在。"希瑟，我能问你件事吗？"

希瑟从杯子一边抬起头看我。

"萨斯琪娅失踪那天,你为什么要上山?"这件事我一直都很好奇,就像我也很想知道她今天究竟为什么会来一样。

"我想看那场比赛。"她的语气理所当然,好像她上山天经地义一般。

"就算戴尔不参加?"

"对呀。为什么不看?我丢了工作,没什么事做。"

布伦特一直在喝咖啡,一言不发。

"但比赛在U型池场地,"我追问,"你为什么要大老远跑到山上去呢?"

"我在第一个轿厢里看见布伦特了,"她瞟了布伦特一眼,"我们聊天来着。"

"聊什么了?"

"那我怎么可能记得住?萨斯琪娅也在,但我不想跟她说话。我们到山间中转站的时候,布伦特说他要坐车上山跑个热身跑,所以我跟他一起上去了。"

她这个说法我不是特别相信。希瑟有时候会在下午休息时来中转站,穿着她那双高跟鞋歪歪扭扭地走,在阳光板上晒太阳。但我从来没在山顶上见过她。主要原因就是她穿得不够暖和,一件皮夹克是挡不住山顶寒风的。

布伦特喝光了咖啡,往吧台那边走过去。

希瑟接着说:"萨斯琪娅在我们前面那个轿厢里,我们俩在山顶上还吵了一架。"

"因为——"

"在光影酒吧我俩打了一架。萨斯琪娅发了通火,然后走了。然后柯蒂斯来找她,说就是因为她,他才弄伤了肩膀。"希瑟的眼睛一直瞟向门口，好像害怕柯蒂斯会发现她在谈论他似的。"我跟你说，他当时都快气疯了。我从来没见过他那么生气。"

"这样啊。"这跟十年前柯蒂斯告诉我的版本一点都不一样，希瑟的话没给柯蒂斯描绘成什么好形象。

"你知道他说什么吗？"希瑟又看了门口一眼，声音压低到我几乎听不见，"他说：'等我找到她，我他妈杀了她。'"

26

十年前

  健身房里满是汗水和香水混合的味道。今晚人很多。我看见那个在 U 型池跟柯蒂斯聊天的澳大利亚女孩，跟着她去了她边上的那个空着的坐姿蹬腿机。

  Roxy 肯定是她的赞助商，她浑身上下都有他们家的心形标志。我看了看她蹬腿的重量——一百公斤，然后给我自己设定在一百二十公斤。我坐下了，她对着我笑笑。

  柯蒂斯在对面做引体向上，健美的腰身随着动作隐隐可见。他荡下来，坐在那个澳大利亚姑娘边上的一个空机器上。"米拉，你认识杰西塔啦？"

  "第一次见，"我说，"很高兴见到你。"

  "你刚刚在场地里的动作棒极了。"她说。

  "你也棒极了。"她比我强太多，我下次得在网上搜搜她的信息，看看她现在排名多少。

  "我喜欢你头发的颜色。"她又说。

  我们俩练腿的时候，柯蒂斯就坐在一边。我能从他的肢体动作中看出来，他喜欢这个姑娘。其实我也觉得她很漂亮——皮肤白皙，双腿修长，就像年轻时的妮可·基德曼，而且——尽管我不愿承认——她看起来性格也很好。

　　她又加了二十公斤，我也立刻起身，又加了五十公斤。这个重量几乎是我体重的三倍，明天肯定会腿疼。五……六……柯蒂斯挑了挑眉，我觉得他完全清楚我在做些什么，七……八……九……我的腿在抖，但我还是坚持做完了最后一个，然后停下来擦了擦前额的汗。

　　萨斯琪娅在体育馆那边抱着个实心球做深蹲，从镜子里看向我们。我看见朱利安也在看着萨斯琪娅。朱利安坐在哑铃椅上，旁边一个自由式滑手身材魁梧，我看见他今天下午和朱利安在一起来着。

　　"我之前给你录了几段录像。"杰西塔做完这组的时候，柯蒂斯对她说。他有时候会把相机带到场地里，我们轮流拍几段录像。"我们今晚会在我那里看录像，你要是想来可以来。嗯，就是说，你可以来吃晚饭。"

　　杰西塔的眼睛亮了起来。"好极了。"

　　柯蒂斯转向我问："米拉，你来吗？"

　　我可受不了他一晚上都用那种目光看着杰西塔，但我得去找布伦特，而且不管怎样，我还是想去看录像的。"好啊，我也去。"

　　布伦特叫柯蒂斯过去看他的动作，柯蒂斯站起身，运动短裤下白皙的大腿在我眼前闪过。我又开始另一组。我现在太后悔加了这么多重量——明天我很可能都走不动了，但杰西塔还在继续，我不能在她结束之前放弃。

　　我刚洗完澡，在布伦特的床上伸懒腰。我喜欢这种感受——

肌肉在燃烧，将体能推到极限。我整个身体都在悸动，我已经快把自己榨干了。

门开了，布伦特腰上围了个浴巾走进来，脸上还有运动遗留下的红晕。我躺回去，静静欣赏他一点点擦干自己的身体。现在我得琢磨怎么能挑起我们之间的关系这个话题。

"戴尔今晚怎么没来健身房？"我问，"他昨天晚上也没来。"

"他昨天跟希瑟吵架了。"

"为什么？"我感觉自己太八卦了。

布伦特笑了。"我怎么可能知道。"

"希瑟不知道这样会影响戴尔训练吗？而且她到底来这做什么？我只看过她滑过，额，一次雪。"

"她在里昂读一年的大学，学法律和法语，假期在光影酒吧打工，然后遇见戴尔的。"

我很好奇为什么布伦特知道这些，他对希瑟还真是温柔，我想。"那她的学业怎么办？"我问。

"我猜是延期了。"

"他们在糟蹋自己的未来，他们两个都是。"

布伦特耸耸肩说："不管怎样吧，今晚希瑟休息，所以戴尔带她出去吃饭了。他们一会儿过来。"

这句话给了我个挑起话题的完美契机。"这就是我为什么这个冬天不想谈恋爱。"

布伦特给了我个疑惑的眼神。

"我跟自己说过要专注在训练上，别的什么也不管。"

他一边擦头发，一边听着。

"你能接受吗？"现在问这句话有点晚了，我想，我应该早点儿问的。不过，这种炮友关系是大部分男生都求之不得的，我

173

不应该感到内疚。

"你说怎么样就怎么样吧。"他把毛巾扔在角落,穿上内裤,摔到床上躺在我身边。

我斜眼瞧着他,他头发还湿着,一缕缕的,像是一簇簇漆黑的尖刺。他是真的能接受吗?我觉得是。

他从床边放着的铝箔片里挤了两片药出来——用来止疼的,他胫纤维有点发炎——拿过水一口吞下去,又躺了回来。

指间抚过他的健硕胸肌,他整个人闻起来有股干净的皂香。刚健身结束,皮肤还是温热的——我的也是。我身上只裹了条浴巾。

他碰了碰我的脸颊说:"瞧你这熊猫眼。"

我咧嘴笑了。"我知道。丑死了。"

"哎,对了,柯蒂斯告诉我,让我注意萨斯琪娅一点儿。"

"什么意思?"

"你们俩现在不分上下。很显然,她肯定不会轻易放过你。"

我想到柯蒂斯在山上说的话——她不喜欢输给别人。一阵不安从脊背蹿上来。"我应该害怕吗?"

"嘿,我只是告诉你他说了些什么。"

我想笑笑忘了这事,但柯蒂斯显然不是杞人忧天那种类型。我看着布伦特的表情,不安感越发强烈,他觉得柯蒂斯的提醒是当真的。

"你为什么不喜欢她?"我问。

布伦特摸了摸下巴。"你知道她跟朱利安在一起的时候什么样吧?她上个赛季跟我在一起的时候也是这样。我当时跟她和柯蒂斯住在一起,你记得吧?"

"她撩拨你了?"

"更像是玩弄。这一秒还岁月静好，下一秒就翻脸不认人。我一开始还挺喜欢她。"

至少我不是唯一一那个被她耍的人。

"那次，她在我和柯蒂斯之间搅了不少屎。"布伦特说。

"她为什么要这么做？"

"谁知道。可能是喜欢吧。柯蒂斯知道她是什么样的人，但她是他妹妹，没办法，所以无论如何他都得护着她。我花了半个赛季才看清楚她是什么样的人。可怜的朱利安还没看清楚呢。她不过是利用别人罢了。"

想起她之前说我的那些话，我也很羞愧。我是在利用布伦特吗？

"米拉，你可不能相信她。"

"她还能对我做什么？"

"我不知道，但训练场太危险了，你得小心。"

但我现在盯着她呢，她肯定做不了什么。"好。那我怎么才能打败她呢？"

布伦特摇摇头。"你不休息的，是吗？"

"我认真的。"

"好吧。你要么能跳得更高，要么就得在技术上更纯熟些，最好双管齐下，"他思考着，"可以试试翻转结合。不，还是别了。"

这是个空翻动作，我知道，但之前从没接触过。"这到底是个什么动作？"

"是外转540°接后空翻。我明天做给你看。但有点难，要是做不好就得脸着地了。"

"听起来不错。我在网上查查，看看能不能找到个视频。怎么能跳得更高呢？"

布伦特拉起我浴巾的下沿，指间在我裸露的大腿上画出一条'之'字形的线。"这是你在 U 型池里的轨迹，是吧？这是我的。"他又画出一条角度更大的线，"我触墙的时候，大概是 45°？"

"好的。"我注意到了这个差别，但之前从来没认真想过。

"我触墙的次数更少，但力度更大，因为我腾空的速度比你快得多。"

"有道理。"所以我在 U 型池里的路线吃掉了太多的速度加成。我在脑海中想象着萨斯琪娅的路线，然后跟我的比对。她的轨迹会更陡吗？我明天看看。

布伦特的手没有从我腿上拿开，感觉不错。我们目光相接。

我把萨斯琪娅从脑海中挤出去。"想再试点更大胆的吗？"

我跟着布伦特，一边走进客厅，一边理顺头发。其他人都在，围在炉火边。柯蒂斯坐在沙发上，杰西塔就坐在他身边，我胃里一阵抽搐。

"就等你们了。"柯蒂斯说。

我的脸瞬间红了。

布伦特咧嘴笑问："米拉，啤酒喝吗？"

"好啊，来一杯吧。"我说。

"健身累成这样还喝酒？"柯蒂斯说，"别让她喝酒了，给她来杯复合镁冲剂。"

"那是什么东西？"

"复合镁冲剂，"柯蒂斯说，"帮助肌肉恢复的。"

我通常会坚持原则拒绝他，因为我讨厌被安排，但杰西塔看起来想喝一杯,而晚上做了这么多训练之后,我可怜的四头肌需要一点帮助,所以我勉强同意了。布伦特去了厨房。

"你也应该来一杯。"柯蒂斯在他身后喊。

"好的,爸爸。"布伦特喊回来。

我从朱利安身上爬过去,坐在一块没人坐的地毯上。炉火噼里啪啦地燃着,我忍不住打了个哈欠。昨晚我躺在床上好几个小时都没睡着,身体疲惫到极限,但大脑依然因为摄入过多的咖啡而兴奋不已。我发誓我再也不喝 Smash 了,但我今天下午太累了,不得不又喝了一瓶。也许安眠药能起点作用,这样就完美了——白天精力充沛,晚上呼呼大睡。

布伦特一手拿了一个杯子回来,坐在我身后,把我圈向他膝盖。别再这么亲密了,戴尔和希瑟也坐在附近,姿势跟我俩差不多,希瑟在看手机,看起来很无聊。实际上我为她感到难过。如果她在学法律,她肯定很聪明,但现在她被困在一间满是臭味的屋子里,里面都是滑雪的人。

"都准备好了?"柯蒂斯问。他的笔记本电脑已经连上了电视。他按下遥控器,把手肘搁在沙发上。他没碰到杰西塔——只是还没碰到而已。

我一口口喝着杯子里的东西,布伦特嘟嘟囔囔地说不好喝,但我觉得还行,就好像没什么味道的柠檬茶。

先是布伦特,是他招牌的内转腾空。他跳得太高了,肯定让拍摄人都惊呆了,都没拍到他脑袋。我注意到他在 U 型池里的轨迹,他落下来,重重摔在地上,大家都齐齐皱眉。

"哦,这看起来有点惨。"戴尔说。

"我转过头了。"布伦特依旧在笑,但我刚才在他屁股上看见一片瘀青。

录像继续，下一个是奥黛特，然后是柯蒂斯，然后是我。我跟平时一样，腾空的时长比其他所有人都少，我很沮丧。我注意到我的滑行轨迹了，这确实是个问题。这就是我明天的目标。

萨斯琪娅出现在 U 型池顶部，一只戴着手套的手指挡住了镜头。那是我的手套。萨斯琪娅第一次拍我的时候，她就是这么做的。

萨斯琪娅坐在沙发上，扭头看我。

"游戏还在继续呢。"我柔声说。

柯蒂斯黑了脸，于是我把脸埋在杯子里。

直到杰西塔穿着粉色外套进入场地，那手指才拿开。我讨厌她比我强。

柯蒂斯坐在沙发上，侧身在杰西塔耳边说着些什么。她点头，应声答话。我心里又拧又搅，他在给她提建议。

杰西塔的身体倾向柯蒂斯一侧，我能感觉得到她已经走进了他心里。他说话的时候，她就那样看着他。我看不下去了，我也不能再看。

柯蒂斯把手放在膝盖上。她的手就在柯蒂斯的手边，他的小指拉住了她的小指。我转过头。

屏幕上不知怎么出现了一个初学者，明显不知所措。戴尔刚做完一个大转体，落地的视线受限，几乎要砸在他头上。

"滚开！"戴尔在屏幕上大喊，大家都笑了起来。

天哪，柯蒂斯和杰西塔在接吻。她轻轻退却柔柔一笑，又迎上去索取更多的吻。我不怪她。柯蒂斯笑着吻她，抚摸着她的脖颈，在她耳边私语。她轻轻点头，站起身跟他一起上楼去了。

我看见萨斯琪娅也在盯着他俩。看起来我不是唯一嫉妒的那个。

27

现在

布伦特在吧台边把酒一瓶瓶拿起来，研究上面的标签。

别再喝了，布伦特。我要你保持清醒，为接下来可能急转直下的情况做好准备。这还没到中午呢，今天还长得很。

我回身去看希瑟。她之前对我说过谎，现在还在说谎吗？但她的故事听起来很逼真。涉及妹妹的事情，柯蒂斯总会有些控制不住情绪。仅仅这个周末，我就看见他在好几件有关萨斯琪娅的事情上无法控制自己了。

"接下来呢？"我问。

"我们找不到萨斯琪娅，比赛就要开始了，所以我把布伦特和柯蒂斯留在山上，自己坐缆车下山了。"

我盯着她的表情和动作，想确定她这些话值不值得信任。她很紧张，眼睛从我看向门口又看向布伦特，但这并不一定是因为她在说谎，也有可能是害怕。

害怕柯蒂斯在调查她。

要是这样，她很可能就会跟萨斯琪娅同呼吸共命运。

在餐厅那头，布伦特又倒了一大杯什么在杯子里。哦，别，布伦特。他一口喝光，穿过屋子站到窗边。

希瑟手里摆弄着茶勺。"那之后我就再也没见过他们。比赛就要开始了,所以我坐缆车回到半山腰的中转站看比赛。"

"我不记得在那儿看见过你。"我说。

"我就看了一会儿,然后太冷了我就回家了。"

戴尔和柯蒂斯迈着重重的步子进来,她吓了一跳。戴尔和柯蒂斯冻得面颊通红,脚下踩出一串雪脚印。

"找到什么了吗?"我问。

戴尔摇头说:"浪费时间而已。"

"我们没费劲打开缆车下那个小屋,"柯蒂斯说,"透过窗户能看见原本放无线电收发器的地方。"

戴尔看了柯蒂斯一眼,攥了攥拳又松开。"有人拿走了,就跟楼下那个一样。"

很显然,他们俩的关系没有在外面搜证这段时间里得到任何改善。

布伦特把额头抵在玻璃杯上骂了一句:"妈的!"

我得告诉柯蒂斯信用卡的事情,但我也想到如果这样,他一定会把戴尔揍到稀巴烂。而且就算他俩有人受伤,我们也没办法叫救护车。我们在一个悬崖边上,一句话说错就足以被推下悬崖。

"所以我得攀岩下去了,是吧?"希瑟的声音在颤抖。

戴尔踢翻一把椅子,希瑟抖了一下。

"肯定有什么我们能做的事情,"戴尔说,"我用电线打着过一辆汽车的发动机,这次我们也可以如法炮制,弄开一辆履带车什么的。"

柯蒂斯哼了一声:"你试试。就算你能点着火,你确定能把车开下山?"

我能看出来,希瑟不太信戴尔的话。

"那我宁愿攀岩。"她说。

布伦特在窗前来回踱步,平时我家猫想出去的时候也会这样。

柯蒂斯看向我,我意识到他在等着我告诉其他人缆车卡的事情。他妈的!如果说了,这些人肯定会不信任他的,这会是压死我们之间信任的最后一根稻草。

我抚摸着兜里缆车卡的尖角。如果我告诉他们,戴尔肯定会认为这是柯蒂斯杀了自己妹妹的确凿证据,而希瑟肯定会站在戴尔这边。布伦特截至目前都在尽力保持中立,但我觉得他已经踩在临界点上了,而缆车卡这件事肯定会让他动摇。这样我就会被夹在中间。

我想了想柯蒂斯的说辞。如果这张缆车卡真的是别人栽赃给他的呢?就是为了让我们与他反目成仇?就好像那个什么破冰游戏一样。

"你在看他吗?"戴尔突然说。

希瑟急忙道:"什么?没有!"

戴尔抓住希瑟的上臂,我朝他的方向跨了一步,布伦特也往这边走过来。

戴尔扬起下巴。"想都别想!"他对布伦特说。

"我谁都没看。"希瑟小声说。

"回去。"我对戴尔说。说到控制欲这种东西,他之前从来没这么戒备过。

柯蒂斯和布伦特也没有。气氛剑拔弩张,好像室外的危险与狂野正一点一滴侵袭着我们。

我把手从衣兜里拿出来。我暂时不打算把缆车卡这事说出来,因为我冒不起他们再打起来的风险。我们都需要保持冷静,齐心协力才能安全下山。

柯蒂斯看了看表。"我们现在就得走了，这样才能在天黑之前下山。"

"缆车顶上那个小房子呢？"戴尔说，"那里可能会有无线电收发器。"

"我觉得不太可能，"柯蒂斯说，"尤其是在下面那个也被拿走的情况下。"

"那倒是，不过他们也可能没费事去拿上面那个。检查一下也只需要几分钟。"

"没时间了，"柯蒂斯打了个响指，"我们并不知道把你妻子弄下山需要多久。"

戴尔看向希瑟的眼神里都是怨毒。

希瑟看着自己的脚尖。现在，很难说她更怕谁，柯蒂斯，还是她自己的丈夫。

"希瑟，"我说，"你要是能行的话，我把雪板借给你，我爬山下去。"

她不知道这对我来说有多重要，我刚刚给出去的可是我十年来首次滑雪的机会，但这可怜的姑娘看起来要吐在自己靴子上了。

"米拉，谢谢。"戴尔嘟哝着。

我又不是为了你，浑蛋。我是为了她。

但希瑟将双臂抱在胸前。"我不记得怎么滑雪了。我已经十年不滑雪了，而且我当时滑得也不怎么样。"

我们几个人交换了下眼神。帮一个紧张的初学者滑下一个千难万险的陡坡可不是个好主意。

柯蒂斯长叹一声。"谁想跟我上去看看？"

我呼吸着山上冰冷的空气。阿尔卑斯山脉在我脚下徐徐展开，好像森森露出的白色牙齿。东边是意大利，往北一百公里就是勃朗峰。站在这里，就好像站在了世界之巅。

天哪，我太怀念这种感觉了。眼前是这片壮丽的白色雪原，腋下夹着雪板，这样的感觉是如此熟悉，就好像其他女人夹着手提包一样。

"不会太久的。"戴尔告诉希瑟。

她点点头，调整了一下围巾。

戴尔本来说要在这儿跟她一起，但她一定是看到了他脸上的向往之色——更有可能的是：她不想跟他待在一起。

"去吧，"她说，"我坐在下面看就好。"

希瑟会放戴尔出去，这让我很惊讶，但我也没有抱怨，毕竟戴尔全副武装之后，看起来又是从前那个意气风发的戴尔了。

布伦特也是，更像之前的那个他自己了。他对那些快化了的跳台点点头，笑得露出了酒窝。"你跟我想的是一样的吧？"

"绝对是。"戴尔说。

有那么一秒，我甚至觉得一切都还没变，我们还都是朋友。

很显然，柯蒂斯不太放心把希瑟一个人留在这儿，但他也没坚持。我觉得他更想让戴尔跟他在一起，而不是在这儿跟希瑟一起，他们俩有可能捣鬼。

"小心些，"柯蒂斯说，"我们就沿着缆车的线路上去，一列纵队。"

"明白。"戴尔说。

我们艰难地爬上斜坡，上面售货的小亭子全都关了，躺椅淹没在雪里。缆车的塑料纽扣从缆绳上悬下来在风中摇摆，发出吱吱嘎嘎的声音。

"要是能让缆车运转起来就好了,"戴尔说,"省得我们走了。"

雪没过膝盖,我跟在布伦特后面,上气不接下气,喘得我自己都鄙视自己。戴尔就在我们前面,他回头看了看,我也回头看了看。希瑟还在那里,就在大门边的雪堆上。

头上,陡峭峰顶若隐若现。想到可能会有雪哗啦一下从头顶倒灌下来,我就禁不住打了个寒战。我们都戴着安全带和收发器,我的旧收发器已经跟其他滑雪用具一起送出去了,但我哥哥每年都会滑雪。很幸运,我从他那里借了一个;更幸运的是,我把它带来了。

我拉开外套领子的拉链,低头去看绑在身上的小盒子,查看屏幕。这个时候,最不愿发生的就是你躺在雪堆下面,思考自己究竟有没有打开收发器。

"啊!这多美!"布伦特说着,我们已经来到落差最大的那个跳台。布伦特探出身来。

"不!"柯蒂斯吼了一声,"不安全!排成一列!"

布伦特哼出一股白气,转身回来。

"后空翻的绝佳地点。"布伦特走到我身边时,我说。"下去的时候咱们搞一个。"我以为他会笑,但他没有。

"你确定你能行?"他说,"你已经——"

"哦,别扫兴。"这种过度保护让我想起了我为什么要和他分手。我刚才说后空翻是开玩笑的,但现在我真的要试一下。

戴尔回头问:"米拉,你还真是总要冒个险,是吧?"

他的语气让我不太开心。我盯着他护目镜的镜片,希望能看见他的眼睛。他这句话是表示尊重,是想握手言和吗?

还是个威胁呢?

我现在想想，他把希瑟自己扔下挺奇怪的，就好像他能肯定她不会出什么事情。

因为他和希瑟就是幕后黑手。

如果真是这样，他究竟想从我们这些人身上得到什么呢？

28

十年前

我仔细地看着萨斯琪娅落进 U 型池。"她第一跳还比我高吗？"

"不好说。"布伦特回答。

我叹气道："这意思就是比我高了。"

布伦特和我坐在底下吃些零食。昨晚很冷，U 型池里肯定还没化开。他摔伤了膝盖，我扭伤了手腕，得有点新雪垫着受伤的地方才行。

有人重重撞在池壁上，看得人倒抽一口冷气。妈的，那是柯蒂斯。柯蒂斯拍掉身上的雪，爬了起来。

"他在练哈肯翻，"布伦特说，"他昨天还练来着。"

杰西塔在缆车最下端等着，柯蒂斯整了整头上的带子，跟她一起上去。他们这一周几乎没分开过。我别开头没再看下去。不过，要是柯蒂斯一定得跟哪个姑娘约个会，我很高兴是她。她还挺可爱的。

萨斯琪娅也在看他们，但她看起来并不高兴。她只想让自己哥哥的所有注意力都放在她身上。

奥黛特也进来了，高高腾向空中。她做了个"麦克扭"——

前空翻接540°转体，做得真不错。我又叹气："我什么时候能跳得那么好呢。"

"她不参加英国锦标赛，是吧？"布伦特问。

"谢天谢地，她不参加。"

"那你就别担心了，至少不是现在该担心的。"

"我一年训练十二个月都跳不成她那样。我的自我保护心理太强了。"

"米拉，振作点儿。"布伦特一只手环住我。

我把他的手推开。"你不理解。你又没有那么强的自我保护心。"

布伦特只是笑，笑得我想揍他。

我看着奥黛特完成全部动作。很少有女生能像她一样完全克服恐惧。但无论我多么努力，我都比不上她。要是条件合适，我也能做"麦克扭"，只不过完成度不好。恐惧如影随形，自我保护的意识会将我拉回来。太让人沮丧了。

唯一的安慰，就是萨斯琪娅也跳不好。她又在练"麦克扭"了——我练得很努力，带得她也开始练。但我能看出来，她跟我一样害怕。

我把一把坚果塞进嘴里。我训练量太大，能量补充不及时，所以我一整天都在吃坚果，就算在缆车上也在吃。安眠药可以让我在晚上睡得不错，但早上起来我总得喝杯能量饮料来保持清醒。

柯蒂斯又上去了。我紧张地看着他，思考他是不是要再试一次哈肯翻。我觉得这样看着都很困难——布伦特也是。他们的技术动作太难，头完全向下，摇摇晃晃地靠近冰面，看起来危险极了，转体转得好像都停不下来落地似的。

布伦特摔的次数多是因为他逼自己逼得太狠。柯蒂斯不怎么摔，但他每一次摔倒都会挣扎着爬起，然后再试、再试，直到成功为止。

柯蒂斯又一次腾空，侧身转体，落下。

布伦特咕哝了一声："这下肯定挺疼。"

柯蒂斯摔在地上，手扶上肩膀。

"要不要去看看他怎么样？"我问。

布伦特咬了一口能量棒说："再等等。"

果然，柯蒂斯挣扎着爬起来，侧滑着下来，一路都在试着动肩膀。他一边按着肩膀，一边走向缆车。

"你看着吧，"布伦特说，"他还会再试的。"

"该劝他停下来吗？"我说，"这么下去，他非得摔断点儿什么不可。"

布伦特笑了。"给你个建议。他摔倒的时候，千万别靠近，看都别看他一眼，免得他把你的头咬下来。"

就跟我哥输了橄榄球赛时一样。

朱利安进了场，前两个动作都是连续翻转。

"我还以为戴尔能跟朱利安打一架。"布伦特说。

"真的？"我说，"为什么？"

"他说戴尔抓板头的动作来着，还说了他的外套。都不是什么好话。这人不知道什么时候该闭嘴。"

我笑了，但柯蒂斯进场之后，我又笑不出来了。我几乎看不下去。他侧身腾起，落地时抓住侧边，然后重重摔在地上。

雪雾散开，但柯蒂斯并没爬起来。布伦特和我匆匆忙忙跑过去，他紧紧抓着肩膀，面容因痛苦而扭曲。

布伦特把柯蒂斯的雪板解下来，一只手环在他腰上扶他起来。"没事的,兄弟,我扶你去缆车那里。"

我踟蹰着,觉得柯蒂斯应该不会想让我看见他这个样子。而且看起来,布伦特自己好像能行。

杰西塔匆匆忙忙跑过来问:"柯蒂斯,你又摔了?"

"我没事,"柯蒂斯咬着牙说,"训练完见。"

萨斯琪娅站在场地顶上看着,看起来漠不关心。

"我马上回来。"布伦特说完,他们两个走了。

十分钟后,布伦特自己回来了。

"他还好吗?"我问。

"去年冬天脱臼过,"布伦特说,"他刚才觉得是脱出来又按回去了。"

可怜的柯蒂斯。不知道他会休息多久。

去缆车的路上,萨斯琪娅从我们身边走过。我瞥了她一眼,以为她会问起柯蒂斯的事。但她径直走过去了,我猜可能是见怪不怪了吧。

布伦特跟我一起向缆车走去。我的护目镜上起了一层雾。摔了那么多次,海绵都湿了。我翻了翻兜,妈的。"你有眼镜布吗?"

"当然有。"布伦特递给我一块,上面有着奥克利的标志。

他又开始耍帅了。登顶的时候,他拉下护目镜。"我给你做一遍翻转结合。"

"别了,"我说,"我找个视频看。"我可受不了看他再摔了。

"我也复习复习,很久没做了。"

他沿着 U 型池一侧加速,然后腾空。第二个动作的时候,我呼吸都屏住了。就在几小时之前,他与我还是一体,看着我的脸,脸上神色无比温柔。现在他高高飞在空中,大头朝下,以一个难以置信的角度侧身转体,下面是坚硬的冰面。

我心潮澎湃,自豪、嫉妒、内疚——他这么做都是为了我,还有恐惧。

大部分都是恐惧。要是他没能及时翻过板来……

他翻过来了——恰到好处——我又能呼吸了。

奥黛特在旁边系安全带,轻轻笑了。"翻转结合就是这样,很吓人。"

我都没意识到她在看我。"嗨,奥黛特。"我现在一定脸红了。

"所以说,你跟布伦特在一起了,是吗?"

我犹豫了一下。"也没有,就是个伴儿而已。"

"他滑得很好。他掰手腕能掰过你吗?"

我挤出一丝微笑。"我们还没试过。但我觉得,对,他应该能赢。"我收拾着心情,"哎对了,你刚才的'麦克扭'很不错。"

"谢谢。"

我应该问问她,待会儿她会不会也尝试这个动作,但我还没有平复呼吸。我不想再对这里的任何人产生这种感觉。互相利用的朋友而已,这就是我和布伦特之间应该保持的关系。

滑过几圈后,我正跟着萨斯琪娅滑过 U 型池的一侧,这时杰西塔突然出现,做了个超级大的 720°转体。今年冬天我不会跟她成为对手,实在太好了。但萨斯琪娅会,下周的 FIS 自由式滑雪世界杯上,她俩就会碰见。我本来也能参赛的,但我在勒罗切公开赛上表现得太差,于是我决定明年之前都不参加国际比赛,只专注于英国单板滑雪锦标赛。

杰西塔前后曲折滑行,在池壁一侧加速向我冲来。从她上半身的姿势我能看出,她在为接下来的大转体做准备。突然,一个黑色的小东西滚进场地里。杰西塔突然转向想避开它,但为时已晚，她已经腾空了。就这样，她的转体离轴，重重摔了下来，板子和腿还搭在池壁顶上。她的大腿撞在池壁边沿，发出骇人的咔嚓一声。

她尖叫着滑下去。哦天哪！我蹲坐着滑下来，想看看她怎么样。萨斯琪娅跟我一起，我们蹲在杰西塔身边。她痛苦极了，话都说不出来，我疯狂向下面挥手求助。

我的大脑飞速转动。那个黑色的小东西，那是什么？我环顾四周却没找到。不过无论是什么，这东西都是萨斯琪娅扔出来的。

29

现在

我艰难地爬上斜坡,朝缆车上面的小屋走去,眼睛紧盯着前面的戴尔。我希望我错怪他了。不过,无论如何都是我们三个对他一个,他会怎么做?

这段路比我想象中的要长,我已经忘了在如此深的雪中行走会有多难。柯蒂斯走得飞快,已经快到小屋了。我往下看了一眼酒店,希瑟还在那里。

"你去年冬天去哪儿滑雪了?"布伦特问戴尔。

"没滑,"戴尔说,"希瑟和我太忙了,刚开始创业。"

"怎么样?"

戴尔犹豫了一瞬:"说实话,挺难的。勉强维持。"

好的,所以戴尔确实很需要钱。柯蒂斯提到这次聚会很可能是勒索,真是这样吗?整个聚会就是戴尔想从我们身上搞钱才弄出来的疯狂之举吗?要是我们不拿钱怎么办?戴尔该怎么办?

柯蒂斯已经走进小屋了。至少门是开着的。突然,我想起来是戴尔提议要到这来的。我紧张地看着他,希望他不要有什么动作。

我们几个也爬进小屋的时候,柯蒂斯出现了,看起来像要杀人。他手里拿着个东西，是张纸。

纸片中央写了四个字，整齐的大写字母，像破冰游戏里那些秘密纸条一样。

游戏还在继续。

我通身一抖，"那是——"

"我知道。"柯蒂斯说。

"什么？"

"是我和萨斯琪娅之前经常说的话。"我说。

"哦，别这样，"戴尔说，"你说真的吗？又不可能是她干的。"

柯蒂斯朝着戴尔走了几步问道："你怎么知道？"

戴尔举手投降。"因为不合逻辑啊。兄弟，我知道她是你妹妹，但请你冷静下来思考一下。就比如，这么长时间她都在哪儿藏着呢？"他看向布伦特，像是在寻求帮助，"她又为什么要跟我们捣这些鬼？"

柯蒂斯从我们中间径直走过，把护目镜拉起来眺望着远方的山峰，就好像在找她一样。

"这就是说，没有无线电收发器了？"戴尔问。

柯蒂斯没有回答，他眯着眼睛看向远方，想让自己看得更清楚一些。

戴尔怒哼一声，自己去小屋里找。

我对布伦特说："你怎么想的？有没有可能——"

"不，不是她。"布伦特跟上次一样立刻回答，这让我不禁犯了嘀咕。他为什么如此确信？他不可能知道，除非……

"那能是谁？"我看向布伦特的脸，却只能看见护目镜，遮住了他大部分脸。

"我跟你说过,"他平静地说,"肯定是朱利安。"

"你真这么觉得?"

"不然还能是谁?那年冬天他多为她着迷。很可能就是他觉得是我们中有人杀了萨斯琪娅,想惩罚我们一下。"

"但他为什么要等这么多年呢?"

布伦特没有回答。

我突然注意到,山坡下面有个东西在动。那是什么?我抬手遮住眼前的阳光。帕罗拉玛的大楼静静矗立。在这个角度上,大门已经看不太清了,看不见希瑟坐着的地方。不过我看见的是个能动的活物,现在这边什么都没有,那肯定是希瑟。我抬头看着天空,哦,也有可能是那片云彩的阴影。

戴尔从小屋里出来,两手空空。"回去吧。"

他低头,看向帕罗拉玛的大楼。可能他终于意识到,把希瑟自己留在那里有些冒险。

布伦特盯着前方的障碍,很显然已经在盘算路线。

柯蒂斯回来了,看了看手里的纸条,塞进自己的外衣口袋。"走吧。"

踩上雪板清脆的咔哒声响起,一直安静的空气都有了活力。这声音引发了无数回忆,我不禁兴奋不已。我系上绑带,十年来第一次,我觉得我自己还活着。就这一会儿,我要把脑海里所有乱七八糟的东西都赶跑。

柯蒂斯向最大的障碍猛冲过去,一下子腾空跃起。

布伦特欢呼起来:"好啊!"

我又开始恐惧——不过是好的那种。有些人选择嗑药来获得这种感觉,而且平心而论,嗑药还安全点,但我总愿意通过运动获得这种快感。这不就来了。我脚下的滑板在雪地上嘶嘶作响,一点点加速。寒风割过我的脸，把我腿上的滑雪裤打得啪啪作响。在健身房里挥汗如雨获得的快感哪能比得上这个。

我到达起跳点，一跃而起。腾空时，熟悉而甜蜜的失重感迎面袭来。我把后手穿过腿后抓住板头，完成动作。松板，安全落地。

"米拉，悠着点儿。"我停在柯蒂斯身边时，他对我说。

"就这一会儿能开心，"我说，"你为什么非要说一句毁了它？"

"现在我们只能靠自己。要是出了什么事，你就完了。"

我的肾上腺素激增。"我看你也没悠着。"

"对，但我还定期滑雪呢，你说你都不滑了。"

"滑雪就跟骑自行车一样。"

"天哪！你可太像我妹妹了……有的时候。"他一定是看到了我的面色，才加了后面这句。"反正不管怎样，别指望摔断了哪儿会有直升机救你出去。"

"我知道。"

柯蒂斯扫了布伦特和戴尔一眼，这两人正蹲在戴尔的雪板前摆弄着绑带。他压低声音说："你怎么没告诉他们缆车卡的事情？"

"我不知道。"

柯蒂斯深深地看我一眼。"你是不是——"然后，他定住不动了，神色里都是惊愕。

我转身，看到布伦特已经腾空，翻转着抓板。他重重落在地上吱啦停住，溅起一片雪花。我跟他击了掌。这才是我认识的那个布伦特。

"注意安全。"柯蒂斯说。

"你是在教我怎么滑雪吗?"

"我是唯一一个还想着现在这些事的人吗?"柯蒂斯大吼,显然已失了耐心,"要是我们里面谁出了事,会影响我们所有人。"

话没说完,戴尔腾空而起,螺旋转体的角度大得惊人。

柯蒂斯抡起双手。"哦天哪!"

我明白他的意思——这里太危险了,但帕罗拉玛酒店里一样危险,这些家伙一直在互相攻击。在准备长途跋涉之前,我们几个最好先在这里放松几分钟。

柯蒂斯嘟嘟囔囔地滑向下一个跳台,随便做了个后空翻。

好的。这是我找回从前那个无畏野孩子的机会,也可能是我最后一次有机会做后空翻,谁知道我还能不能有机会再来滑雪?布伦特在我身边调整着他的护目镜。我没有告诉他我接下来要做什么动作,因为他肯定不会同意。

戴尔大吼:"希瑟呢?"

我用手搭着凉棚挡住阳光使劲看,希瑟确实不在那儿。"可能她太冷,进去了吧。"

"希瑟!"戴尔的喊声回荡在山谷。他飞速滑下去,绕过路上所有跳台。

布伦特叹气道:"千万在底下。"

他和柯蒂斯跟在戴尔身后。

我看向下面的跳台。戴尔已经到酒店了,正在解雪板。我知道我应该跳个后空翻,但得多花几秒钟时间。很快我就会回家做着和以前同样的事情,日复一日。我只有这一次机会。

我加速下去,凭借肌肉记忆让身体做出动作。腾空到最高点时,我腰向后仰,缩紧身体成一团。下落时我才意识到,我翻转的角度太大，只能用板尾落地。我又不顾一切地向前倾身。板头戳进雪里，戛然停止。我的上半身一直在旋转，但腿却被卡住，不能动了。

后腿膝盖一阵剧痛。有那么一会儿，我能意识到的只有疼，只能抓着膝盖。意识恢复，我看到布伦特和柯蒂斯居高临下地看着我，喘着粗气。

"伤到哪儿了？"柯蒂斯问。

我吸着冷气回答："可能是外侧副韧带。我上次撕裂的时候就是这么摔的。"

柯蒂斯扫了一眼酒店方向，戴尔已经不在门口，肯定进去了。

"你们俩去吧，"我说，"我一会儿就追上来。"

"需要帮助吗？"柯蒂斯说。

我摇摇头，勉力直起身来。我小心翼翼将重心移到受伤的那条腿上。疼痛一波波袭来，我紧咬下唇不肯吭气。他们俩都来扶我。

"我能行，"我说，"你俩去吧。"

柯蒂斯爆发了："你为什么总不肯让别人帮你呢！"转身和布伦特一起，匆匆忙忙赶去酒店。

他一句重话就能激怒我。"那你呢？！"我对着他的背影喊。

我拄着滑板当拐杖，一瘸一拐地跟在他们后面。膝盖火辣辣地疼着，每次重心的转换都会让它刺痛。别想了，你之前也这样做过。

我追上他俩的时候，柯蒂斯和布伦特已经脱掉了大部分装备，换下沾满雪的雪鞋穿上滑板鞋。我把我的滑雪板放在墙边，跟其他滑雪板放在一起。

戴尔从酒店里跑了出来说："我找不到她。"

"找过你们房间了吗?"柯蒂斯问。

"她不在,"戴尔看起来害怕极了,"你们有谁看见她进来了吗?她也有可能掉哪个冰缝里了。"

我们交换了个眼神。雪山上的黄金法则是什么?千万别把雪板脱下来。穿着雪板,人的体重会被分散在更大的面积上,如果没穿雪板,掉进冰缝的风险会大幅度增加。我们上去的时候是沿着缆车路线的,因为我们知道最起码几个月之前,园区的工作人员肯定已经清理过一次沿路的冰缝了。但希瑟可能不知道,而且她也不像我们几个还戴着收发器和安全带,她什么都没有。

"我在周围找找。"戴尔冲向车库。

"我们进去看看。"柯蒂斯对着他的背影喊。

"米拉,你还行吗?"布伦特说。

"可以。"

柯蒂斯看着我挣扎着把鞋脱下来,一言不发。我能看出来,他很伤心。

"你俩不用等我,"我对他说。

"好吧,"柯蒂斯说,"布伦特,你搜楼上,我搜楼下。我确定希瑟肯定还在楼里。"

"我回卧室。"我对着他们跑走的背影喊。

我抓起一把雪压在膝盖上。门边有一堆装备。我在一堆安全带、手套和护目镜中翻找我的鞋子。在这儿呢。袜子已经湿透了,但我咬紧牙关,一瘸一拐地走进去。我得把腿架高一些。

我顺着走廊走向我的房间。柯蒂斯一定来过了,走廊灯还亮着。我吸了吸鼻子,胃里一阵绞痛。我怎么觉得我闻到萨斯琪娅的香水味了呢。

我觉得浑身刺痛,后面有人跟着我。

我压着膝盖的痛转身，但没有人。我提心吊胆，一瘸一拐地走着。不远了。我都等不及要走进去把门锁上。身后又传来沙沙声，我又转过身。他妈的！真疼！我扶上膝盖，但身后依然空无一人。

"有人吗？"我喊。

楼上传来一阵沉重的脚步声，肯定是脚步声，我能听出来。布伦特在楼上。这栋楼是不是闹鬼？我走过布伦特的房间，又走过洗衣房。

灯咔哒一声关上，一片漆黑。我讨厌这种愚蠢的计时灯。那该死的开关在哪里？我一手抓着那块冰，一手扶着墙。冰一点点化着，水滴得到处都是，弄得地板很滑。我可不想再摔一次。我轻手轻脚地摸索着向前，那边肯定有个开关。

身后忽然掠过一阵强风。是哪扇门开了吗？我转身，在一片黑暗中努力看过去。"有人吗？"

走廊里还有别人？我颤抖着指尖去摸开关。好极了！在这呢！

灯光亮起，有个什么东西在拐角处一闪而过。我倒吸了一口冷气。

我一定是看错了，绝对是看错了。

那看起来像一缕淡金色的头发。

30

十年前

我给柯蒂斯发了个短信：杰西塔怎么样？

大腿骨折。送到格勒诺布尔去了。

真是……太抱歉了。

可怜的杰西塔。她这个赛季结束了。

我躺在床上辗转反侧，不知该不该告诉柯蒂斯他妹妹在这场事故中扮演的角色。我几乎可以肯定，那个黑色的东西——无论是什么，都是从萨斯琪娅手里飞出来的。但我不能百分之百肯定，一切发生得都太快了，可能那东西只是被风吹落了呢？就算真是从她手里飞出来的，也可能是她不小心掉的。我的直觉告诉我是她故意扔出来的，但即便如此，她可能只是想分散杰西塔的注意力，让她的转体失败而已。

不管怎么样，告诉柯蒂斯也不会带来任何改变。萨斯琪娅会说这只是个意外，而且木已成舟。希望她能吸取教训吧。

第二天到 U 型池的时候，我已经不再去想昨天的事故。但我发现，每次起跳，我都会看看萨斯琪娅在不在附近，确保她不会扔什么东西到我的滑行轨迹上。

好的。她去坐缆车了，我很安全。深呼吸，加油，集中注意力!

离英国锦标赛还有十周,我暂时放弃了做翻转结合的想法。昨天看布伦特做一次已经很吓人了。我要跳得更高,所以我的入池点越来越远。当然,萨斯琪娅很快就明白了我的想法,她也开始这样做。

这次,我腾空足足有二十米,几乎没落在池壁上。第一个动作跳得比我想象的要高,我疯狂地挥动手臂保持平衡,然后也不知怎么,我就落地了。最后一跳的时候速度又快了些,我抖动得厉害,转体没有做完。急刹。太漂亮了。我还站着。

布伦特也入场了。他的轨迹太漂亮,难怪跳得那么高。我数着他最后一跳转体的圈数。一、二、三。他转得太快,快到数不出来。

"那是个180°吗?"他在我身边停下的时候,我问。

他咧嘴笑了。"对。我本打算做个360°的,但没关系。"

"你太厉害了。你不害怕吗?"

"看你做的时候我才害怕。"

"闭嘴。"

"米拉,我说真的呢。你最后一跳几乎失控了。冷静点儿,好吗?"

"什么?我没想到你居然会跟我说这些。"

"对不起。嗯,我去吃点东西,你要不要——"

"不要。"

他朝着背包走去。

奥黛特在我身边停下。"你还好吗?"

我长呼出一口气。"布伦特刚刚让我冷静点儿。真是站着说话不腰疼。"

"跟自己在乎的人一起滑雪很难的。你得学会独立思考，不然……就完了。他们会像个铅球一样把你拽下去。"

真是这样。拴着个铅球怎么可能做出酷炫腾空呢。

"上去吗？"奥黛特说。

"你去吧，我得好好想想。"我想看看萨斯琪娅，看她从哪入池。

"好吧，"奥黛特说，"为我祈祷吧，我要尝试向内转体了。"

奥黛特和我昨天在蹦床上遇到过。

"祝你好运！"我对着她滑出去的背影大声喊。

戴尔坐在雪墙上晃着一瓶能量饮料。我后悔尝试这东西了。我现在已经减少到每天一瓶，总有一天能戒掉。一旦养成了不睡觉的习惯，就很难再恢复。我觉得我需要药性更强的安眠药。

萨斯琪娅来了，我伸着脖子看。妈的！她跳得依然很高。她滑过我身边去缆车的时候，我偏过头没看她。柯蒂斯就在她身后。他肯定是对肩膀的伤采取了什么措施，他不会让这样的伤痛影响自己训练。

"你最后一跳应该抓板尾，"他滑过布伦特身边时说，"这样抓板的时间能长一点。"

去年柯蒂斯在英国排名第一，布伦特排名第二。但照布伦特今年的状态来看，他很有可能冲击首位。为什么柯蒂斯要帮他呢？不过，就算布伦特觉得这事有点蹊跷，他也没有表现出来。他只是若有所思地点点头，好像真的在思考一样，咬了一口苹果。

我追着柯蒂斯过去，抓了个缆车棍坐在他身边。我想看看他到底搞什么鬼。

"以为你会在医院呢。"我说。

"杰西塔不想让我错过训练。"他说。

"她怎么样?"

"她啊,不太好。能坐飞机了之后就飞回家,摔得挺严重的。"

"那真是太糟糕了。你的肩膀怎么样?"

"我陪她去医院的时候检查了一下,"他笑得很勉强,"顺便嘛。"

"怎么样?"

"没那么严重。"

意思就是非常疼,但没到阻止他训练的程度。

我冲着布伦特的方向点点头:"我能问你个问题吗?你刚刚为什么要跟他说那些?"

"哪些?"

柯蒂斯问。

"就……帮他。"

他没说话。

"他挺敢的。"终于,柯蒂斯开口了。

"他是挺敢的,但你们俩是对手啊。"

柯蒂斯耸耸肩。"你就当这是我比赛的态度吧。"

"布伦特帮你了吗?"

"嗯,我们会讨论讨论技巧。"

"你比赛的态度跟你妹妹比赛的态度可不太一样。"跟我的也很不一样,我这样想,但是没说出口。

柯蒂斯的下颌线绷紧了一瞬。"我只是想这么做罢了。"

我的护目镜又上雾了。两腿夹住T形棍,我摘下手套,在衣兜里找眼镜布。"你有眼镜布吗?"

"给你。"

有人把太阳镜掉在了缆车道上。我只有一只脚能使力,手上还都被占着,险险绕了过去。但脚下的雪板滑了一下。

柯蒂斯揽住我的腰说:"没事,我抓住你。"

妈的!我就算如何假装自己已经对他没感觉了都没有用,我对他的感觉就没消失过,甚至比之前更强烈。

"谢谢。"

跟他一起坐缆车上来就是个错误。我需要专注在训练上。就快到顶了,我深深呼吸,想要平复心情。

"还好吧?"柯蒂斯说。

我笑了笑。"挺好。我打算打败你妹妹。"

"我发现了。"他没有笑。

"让我猜猜,你是不是也要说,冷静点儿。"

"谁还这么说过?"

"布伦特。"

"不,我想说的是,放手去做吧。只是……萨斯琪娅在场的时候,小心点儿,好吗?"

我盯着他问:"你这话什么意思?"

我希望他能告诉我究竟是怎么回事。我想起他上次警告我的话,想起他告诉布伦特要小心萨斯琪娅。萨斯琪娅之前是做过什么比恶作剧更过分的事情吗?她真的伤害过谁吗?

没关系,就算这样,我也要打败她。

萨斯琪娅正在池顶穿雪板,我滑到她身边。"我们能谈谈吗?"

她看起来有点惊讶。"当然。"

自从她把我的雪板踢进冰缝里之后,我们基本没说过话。柯蒂斯一边穿雪板,一边往这边看。我四处看了看,想找个没人能听见我俩说话的地方。

"滑到缆椅那边去?"她说。

"好啊,好极了。"我说。

"你们去哪儿?"柯蒂斯看见我们滑向相反的方向,大声喊。

"缆椅那边!"我告诉他。

萨斯琪娅冲下去。这边空无一人。我一个月前跟萨斯琪娅一起来过这里,那时我们还是朋友。鉴于她做过的那些事情,我很不愿意承认我俩之前是朋友,但我怀念和她一起滑雪的时光。

她在一个土堆上转了个180°,我跟在她后面,做了个360°。她看见了,然后在坡边也做了个360°。我想再做个540°,但摔倒了。她大笑。

大家可能都觉得,女生争强好胜不是个好事。在其他女生面前,甚至是奥黛特面前,我都会隐藏自己这一面。但跟萨斯琪娅在一起的时候,我争得非常激烈。她一点都不怕做自己,这让我也不怕了。尽管有时她让我很生气,但有她在,我才觉得我能表现出真实的自己。

要是我们能做朋友就好了。如果我们俩比的是个团队项目而不是个人项目,可能还有些机会。还是……我们依旧会因本性使然彼此竞争?

我们滑到缆椅底部的时候,都气喘吁吁。没有人排队,我们直接穿过十字转门。这太有趣了,我还想再来一遍。哦他妈的!我现在必须得问她杰西塔的事。

一个三人座朝我们缓缓转来。刚才下了点小雪,黑色的皮座看起来像撒了些糖霜一样。

"嘿!"有人在喊。

我回头。

柯蒂斯从坡上冲下来，冲向我们。"等等我！"

萨斯琪娅拖着我的胳膊叫道："快来！"

我犹豫了一下，但萨斯琪娅一把将我塞进座椅，缆椅带着我们上去了。

"顶上见！"我对柯蒂斯大喊。

萨斯琪娅没有放下安全护栏，我抬手去拉。

"等一下，"她说，"先让我把外套脱了，我要热死了。"

于是我没拉安全护栏，只是靠在椅背上。天气很暖。现在才二月初，但感觉好像到了春天。萨斯琪娅把外套围在腰间，也靠在椅背上。

柯蒂斯尖锐的口哨声从我们后面的椅子上传来。

我转过头问："怎么了？"

"安全护栏！"

"他要不要这样。"萨斯琪娅嘟囔着。

我放下护栏，护栏哐啷一声荡下来，压在大腿上。我转向萨斯琪娅，赶紧问吧。"昨天是你朝着杰西塔扔东西吗？"

让我震惊的是，她大笑起来。"你想谈的就是这个？"

我仔细打量她，希望她开心是因为惊讶，而不是因为杰西塔这个赛季不能参赛。

她把手伸进兜里，掏出一块黑色的布。"你是说这个？"

我注意到布片角落的标识——是 Electric 眼镜的闪电标识。"嘿，那是我的眼镜布。"

"我在杰西塔摔倒的地方找到的。是你在上面把这东西扔向她的。"

"是你！"我说。

她又笑了。"为什么我会扔你的眼镜布？"

我张大了嘴。她让杰西塔摔断了腿，却一丝悔意都没有，就好像对这个结果还挺开心似的。"你真是……你一定……"天哪，我都不知道该说些什么。她到底怎么拿到我的眼镜布的？

她回头看了一眼柯蒂斯。"现在你我都是空口无凭。你要是不乱说呢，我也不会乱说。你觉得，他会信谁？"

我刚刚才看到柯蒂斯对他妹妹的保护欲有多强。他确实可能告诉过我要提防着点萨斯琪娅，但如果要他选边站队的话，他很可能还是会相信萨斯琪娅。毕竟血浓于水，毕竟那是我的眼镜布。

我又想到了昨天我给他发的短信。真是……太抱歉了。很容易会被理解成内疚。柯蒂斯还拿我当朋友这件事对我来说太重要，就算萨斯琪娅说我扔那东西只是个愚蠢的恶作剧，我也不确定他会不会原谅我弄断了他女朋友的腿。

萨斯琪娅把眼镜布塞回兜里。"这东西我留着，这是证据。"

31

现在

 膝盖阵阵跳痛。我拿出自己最快的速度一瘸一拐地往前走着。要直面恐惧,这是滑雪教会我的。我转过拐角,后背汗毛直竖。
 走廊里什么都没有。我呼出一口气,那不过是我的想象而已。
 或者是心中的内疚作祟罢了。
 走廊分成一左一右,我走了左边那条。"希瑟!"我大喊。
 "米拉?"
 是希瑟的声音,小到我几乎听不见。
 "你在哪儿?"我大吼。
 "在这……"走廊那头传来几下嗒嗒声。
 我顺着声音寻找,走过两扇门,在第三扇门里找到了她。希瑟从门缝里窥见我,大哭起来,一把将我抱住。
 "那扇门……"她抖得说不出话来。
 "嘿,"我说,"没事的。"
 "那门推不开。"
 "刚才能推开的,可能就是卡住了。"我把门推得大开。

"你看？"

这个房间有点像员工更衣室，有放鞋子和衣服的架子，还有浴室和卫生间。我不记得以前见过这间房，也许可能是因为当时我没开灯。

希瑟双臂抱住自己，浑身颤抖。这次她肯定不是装的，她确实吓坏了。

"你为什么到这儿来呢？"我问。

"我想上厕所，"她快速扫视着走廊，"所以我回卧室去了。回来的时候，我看见了个人。"

"谁？"

"我不知道，但走廊里除了我，还有别人。"

"是布伦特吧，要么就是柯蒂斯。"

"不，不是我们几个中的。"

我的心又开始怦怦跳。我刚说服自己是我看错了，但如果希瑟也看见了……

"是男的还是女的？"

"我没看清楚。我一看见就跑到这里藏起来了。"

我闻了闻。空气中的味道很淡，我不确定是不是我想象出来的。"你能闻到香水味吗？"

她也闻了闻。"闻不到啊。怎么了？"

"柯蒂斯觉得，把我们弄到这儿来的人可能是萨斯琪娅。"

她的脸色看起来太苍白，有那么一瞬间我都觉得她要晕倒了。我抓住她胳膊说："深呼吸。"

"但她……"她觉得这事很难说出口，"她死了，不是吗？"

"显而易见。"但其实我也没那么确定。

希瑟惊得目瞪口呆。我不知道她到底是怕鬼，还是只怕这个鬼。

"无论如何,戴尔吓坏了,"我说,"你最好去告诉他们你还活着。"

她目光炯炯,看了看走廊两端问:"你跟我一起去吗?"

"你自己去会快很多,"我跟她说了我膝盖受伤的事,"去吧,我尽力追上你。"

她不情不愿地走了。

膝盖火急火燎地疼。我渴得要命。水槽边恰好有个玻璃杯,我一瘸一拐地走过去,门突然砰一声关上了。杯子看起来不太干净,于是我转向水槽,拧开水龙头,用手捧着冰冷的凉水送进嘴里。这里的水压比我卧室里还要差,只有细细一条水流。

喝了两捧之后,我靠在墙上,给接下来得一瘸一拐地走回房间做点心理准备。

恰在我转身离开的时候,有人闯进来。

我轻喊一声。

柯蒂斯揽住我的腰说:"嘿,是我。"

我气喘吁吁。一是因为震惊,二也是因为他放在我屁股上的手。"我找到希瑟了。"

"嗯,"他说,"我看到了。"

我没动,他也没有。他跟我一样也穿着滑雪外套,我们俩的距离近到领子上的尼龙搭扣都能扣在一起。我能闻到他的味道,他身上的汗味和防晒霜的味道。

"膝盖怎么样?"

我笑了笑。"很疼。"

他也笑了。"你就非得跳那一下,是吧?"

"对。"

"后悔吗?"

"不后悔。"

他放在我屁股上的手收紧了一下,我心里也有个地方收紧了一下。

"我卧室里有个护膝,"他说,"但我现在不知道该怎么办。米拉,你不能滑雪下山了,你真是让我快疯掉了。"

但他看起来可不像快疯掉的样子。不像刚才似的,他目光柔和,是我们到这以后最柔和的一次。可目光里不只有柔情,还有些别的。

我抵着他向前几步,他后背抵在瓷砖上。

"米拉。"

我很开心即便如此他依然扶着我,因为我实在站不住。"怎么了?"

"你在做什么?"

"你觉得呢?"

他的表情十分渴望,但又有些混乱。他喉结上下一动,说:"有件事情我没告诉你。"

我心里阵阵恐慌,像是有什么裂开了。我抽身出来。

我只能想到一件事,只有一件他可能瞒着我的事。

是他吗?是他杀了萨斯琪娅吗?

请告诉我我是错的,但还可能是什么事呢?

柯蒂斯从来都是一副比其他人道德底线高的样子。如果真的是他杀了萨斯琪娅——我们还有什么希望?如果我连他都不能相信,我还能相信谁?还会相信谁?

他朝着我迈了一步说:"米拉,原谅我。"

他要对我做什么?

我使劲推门,但门没开。我回头看了他一眼,又用更大力气拉门。妈的!这扇门跟卧室门不一样,这扇门没有把手。肯定有人在外面用钥匙把门锁上了!"你锁的门吗?"

"我没有。米拉,你听。"

压下内心的恐惧,我努力听。柯蒂斯不可能锁门,如果是他锁的我肯定能看见。我一边盯着他一边砸门。

"别砸了。"柯蒂斯说。

希瑟的声音传来:"米拉?柯蒂斯?"

"这里!"我重重砸门。

门吱呀开了。希瑟站在外面,上气不接下气。是她锁的门吗?

"快!"她说,"布伦特受伤了!"

32

十年前

我按响布伦特房间的门铃。

是柯蒂斯来开的门，他穿了件帽衫，袖子卷起来，浑身都是面粉。"布伦特要去里苏尔，明天要给 Smash 拍写真。他忘了告诉你了。"

"哦。"我从门里退了出来。

"待会儿再走吧，"柯蒂斯说，"我做比萨吃。"

"嗯，也行。"我跟着他走进厨房。

他走路的姿势有些僵硬，重心放在左腿上。

"你受伤了吗？"我问。

"没事，每年这个时候我都会闹点小灾小痛。"

"布伦特有止痛药，我觉得——"

柯蒂斯打断了我的话："我不相信止痛药。"

面团放在料理台上，揉成整齐的圆形。我早该猜到他是自己和面做比萨的。在外面晒了这些日子，他的鼻子和脸颊都晒黑了。做饭使他满头大汗，头发湿漉漉的。我看着他给一只红椒去籽，动作迅速又敏捷。不知怎么，我觉得要是和他上床，感受一定与和布伦特上床截然不同。他的指尖划过我的肌肤，会是怎样的感受呢？

柯蒂斯扫了我一眼，发现我在看他。我的脸腾地红了。也不知为什么，他跟他妹妹一样，都能马上知道我在想些什么。我真希望刚才他没看出来我在想什么。

"喝酒吗？红酒，还是啤酒？"他说话了，语气毫无波澜。

"我还是喝水吧。"我给自己倒了一杯。

柯蒂斯冲着那堆蘑菇点了点头。"帮我切个蘑菇吧，行吗？"

我去拿了把刀。"之前在山上的时候，你追着我和萨斯琪娅下坡，你看起来吓坏了。"

他换了换脚。

"为什么？"

他耸了耸肩。"我不知道，可能……英国锦标赛马上就要开赛了，你最好别跟她一起训练，以防万一。"

我笑了，笑容里透出那么一丝不确定。"为什么？你觉得她还会做些什么？"

他低头盯着比萨，很显然一点也不想继续这个话题。

我突然想起来件事，问："那个安全护栏？"

柯蒂斯突然抬头。

脊背蹿过一丝凉意。"你不会觉得她……"

总坐缆椅上上下下的人可能不会费劲去把安全护栏拉下来。这不是什么大事。我从来没从缆椅上掉下来过。座椅有个向后倾斜的角度，几乎不可能掉下来。

除非有人推你。

"不，"柯蒂斯说，"当然不会。"

但很明显，他口是心非。至少他觉得有这种可能。

我把蘑菇切成薄薄的片。"这么说吧，我以后不会再跟你妹妹一起坐缆椅了。"

我们俩沉默地忙碌着。柯蒂斯是对的吗？萨斯琪娅在我的酒里下药，把我的滑板踢下冰缝；她的鲁莽导致杰西塔出事，但她真的会把我推下去吗？缆椅下面就是山石，我要是掉下去，必死无疑。

柯蒂斯的手机响了。他扫了一眼屏幕，皱起眉头。"你好。什么时候？哦不行，那时候 Burton 美国公开赛马上要开赛了。他们最好派个摄影师来。"

他挂掉了电话。

"你经纪人？"我说。

"对。"他看起来压力山大。

"红也有红的烦恼。"我调侃他。

他从我手里抢过刀。"你要是再这样，我们可能就得吃冻比萨了。"

我低头看手下这堆蘑菇，一头雾水地想我到底哪儿错了。

柯蒂斯又从冰箱里拿出一堆蘑菇，飞快地切成两半。他的力气太大，大到蘑菇都从案板上弹起来了。"就这么切，看到没？不然就蔫了。"

"我宁愿热个冻比萨吃吃，也不愿意费这么多事。"

"相信我，肯定很好吃。给我拿点罗勒，可以吗？"

我扫了一眼料理台上摆着的那排小瓶子，瓶子里装着各种香料。罗勒……找到了。

"要新鲜的！"他听起来有些恼火。

我从他种的那盆罗勒上揪了几片叶子，切了切，罗勒味立马散发出来。

"别！"柯蒂斯大喊。

"又怎么了?"

"千万别切,切会损失罗勒的风味,手撕就好。"

我把刀摔在案板上。我们俩要是男女朋友关系,我现在就会让你闭嘴,把你推到墙边吻上去。要么干脆省了这步,直接把你拽上楼。

他这火爆脾气在厨房里让人头疼,但我确定,床上他肯定是一把好手。

"别这么看着我,米拉。"他说,声音轻到我几乎没听见。

我深深呼吸。"对不起。"

他转头背对着我说:"我只能控制自己到这份儿上了。"

我相信他也感受到了。我的身体紧张到不行。两个月后就是英国锦标赛了,我整个赛季都在锻炼,已经快要爆炸了。

柯蒂斯长长呼出一口气,依然背对着我,指了指客厅。"你最好去客厅里坐坐,这边我自己就行。"

我一步步挪到沙发上。他说得对,我不能那样看着他。我不会对不起布伦特,也不能对不起杰西塔,柯蒂斯也不会。他和布伦特的排名不相上下,但也不知怎么就交了朋友。如果刚刚我和柯蒂斯之间有了些什么,一定会影响他们之间的友谊。

我把湿衣服拨到一边,坐下了。今天臭袜子的气味格外强烈。三双雪鞋靠在暖气边。我从茶几上拿起一本《雪线》,封面是柯蒂斯,从一个看起来深不见底的缝隙中高高跳起。我漫不经心地翻着杂志,想找个采访什么的。这时,我听到萨斯琪娅的声音。

"晚上吃什么?"

非常好,就是我想要的。

"呃,比萨。"柯蒂斯说。

"好极了。"萨斯琪娅说。

是柯蒂斯请她来的,还是她不请自来?我不知道。

她走进客厅,看见我的时候脸垮了一瞬,不过她瞬间就调整好了表情。"米拉也在呀。"

"嗯。"就算为了面上好看,我也应该跟她寒暄两句,但我脑海中都是她在缆椅上坐在我身旁,右手伸到我身后。

萨斯琪娅脱下滑雪外套扔在沙发上,差点砸到我的腿,又摘掉了头盔和手套。她把马尾辫拆开,头发一瞬散下来,瀑布一样在她背上掀起波浪。她真的会推我吗?

我突然想到,如果我见到她就坐立不安,她一定乐见。这就是柯蒂斯的目的吗?为了恐吓他妹妹的死敌?

萨斯琪娅从滑雪裤里掏出滑雪手套放在暖气上,离开客厅。我听到厕所门锁滑动的声音。

她的缆车卡静静躺在茶几附近的地板上,一定是从她口袋里掉出来的。我站起身来,刚想把缆车卡揣进我兜里,一个声音从门廊里响起。

我抬头,是柯蒂斯站在那里。"你在做什么?"他平静地问。

我没有回答。

他的眉头蹙起来。"别这样。"

他怎么能知道我在计划些什么呢?我在他面前真的是透明的吗?"什么?"

"你知道是什么。"

我讨厌这种被他看穿的感觉。我扫了一眼卫生间,确保萨斯琪娅还在里面。"她把我雪板弄丢了,我半天都没能训练。"更别说她还偷了我的眼镜布,让可怜的杰西塔不能参加这个赛季的比赛。"为什么我就不行?"

他没说话。

"你是她的监护人吗?她可以补办一张的,售票处就能办。"

"你知道她会报复的。"卫生间里传来冲水的声音,柯蒂斯往前走了几步,"给我。"

我努力把胳膊伸远。

他太阳穴附近的青筋紧了一紧,说:"我不想因为这个跟你打架,米拉。"

"要么别管我。要么帮我打败她。"

他的脸扭曲了。"你不能这么要求我,她是我妹妹。"

厕所门打开了,萨斯琪娅蹑手蹑脚地走进客厅,看到我们俩的样子扬了扬眉毛。"你们俩关系不错呀,我没有打扰到什么吧?"

我把手背在身后,缆车卡从我手里滑落到地板上。我走向门口,说:"其实,我不太饿。"

33

现在

布伦特坐在通往二楼多功能厅的楼梯下面,不停地揉着头。
我冷静下来,走到他身旁的台阶上。"你还好吗?"
"还好。比这严重的我都经历过。"
柯蒂斯站在走廊灯的开关旁,手放在开关上,准备一黑灯就按开。
"发生了什么?"我问。
布伦特眨了眨眼说:"我不知道。"
他浑身酒味。"你就不能喝点别的?"我问。
他皱起眉头。"不能。"
我看向柯蒂斯。布伦特是因为喝醉了才摔倒的吗?我能看出来柯蒂斯也是这么想的。但几分钟前布伦特还跳了个后空翻呢,他不可能因喝醉而摔下来。
"我找到他的时候,他就坐在这儿。"希瑟说。
那年冬天,我也看到布伦特几次摔到脑震荡,但他总是很快就恢复,然后再起来踏上雪道。但这次看起来更糟糕。他眼神呆滞,目光涣散,环顾四周,好像并不知道发生了什么。
"有人推你吗?"我问。

布伦特手抵在前额上说:"我不知道。"

是萨斯琪娅推的你吗?

但也可能是希瑟或戴尔,甚至是柯蒂斯。毕竟是柯蒂斯让布伦特上楼的,他很有可能先把他推下楼,然后再来卫生间找我。我扫了一眼柯蒂斯,刚才的对话依旧让我悸颤不已。柯蒂斯也看向我,眼里都是悲伤。

布伦特挣扎着站起来,摇摇晃晃往前走。

柯蒂斯扶住他。"嘿,别急兄弟。你要不坐下歇一会儿。"

"我没事。"布伦特说。

但他都保持不了平衡,抓着栏杆才不致倒下。

柯蒂斯一直站在他身侧,做好扶他一把的准备。他看了一眼表,骂了一句。

"几点了?"我问。

"快两点了。我们得研究研究,到底是走还是继续待在这儿。"

"我想走,"我说,"我可不想再在这儿住一晚上了。"

"但你的膝盖……我原来觉得我和布伦特可以滑雪下山,让他们把缆车打开,你们几个坐缆车下去。但现在……"柯蒂斯扫了布伦特一眼,"可能还是得我和戴尔下去。"

哦不!我不相信戴尔,我能看出来柯蒂斯也不相信他。不过戴尔去哪儿了?我往走廊两侧看了看。

"我也不想把你们留在这儿,"柯蒂斯说,"但现在别无选择。"

此时此刻,我都不能确定我更怕他们几个中的哪一个。我一个都不相信。

希瑟站在旁边。看起来十分紧张。"我觉得这里不只有我们几个。我刚才在走廊里看见个人,"她对柯蒂斯说,"就是你们几个都在山上的时候。"

"我也觉得我看见了个人。就那么一秒,在转弯那边,"我一边说,一边感到不安,"而且那个人……抱歉,柯蒂斯,但我觉得那是你妹妹。我发誓,我看到了浅金色长发。"柯蒂斯在卫生间对我说过那些话之后,我无法确定我看见的是人还是鬼,或者仅仅是我反应过度下的想象罢了。

柯蒂斯闭上了眼睛。"妈的!"

"无论是谁,我都被锁在卫生间里了。"希瑟说。

我也记得那扇门是怎么把我锁在里面的,可能就是坏了。

"哦天哪,头疼死了。"

"你到底喝了多少?"柯蒂斯问。

"我什么也没喝。不是喝酒的事。让我洗把脸吧。"

左手边就有卫生间,柯蒂斯扶着布伦特走过去。

希瑟顺着走廊往前走。"戴尔?"她大喊,"戴尔,你在哪儿?"

"你进来之后看见过他吗?"

"没有。"她走到转弯处,站在那里,很明显不想让自己远离我的视线。

柯蒂斯和布伦特从卫生间里出来。

"没有水。"柯蒂斯说。

"什么?"我说。

"去厨房看看。"他提议。

我已经准备好忍着痛挪过去,但柯蒂斯伸出一只胳膊环住我的肩。他的眼神让我不敢拒绝。我忍不住瑟缩着颤抖,我现在觉得他的触碰很奇怪。

厨房的水龙头也只能流出细细水流,很快就没了。柯蒂斯试了试热水阀,也什么都没有。

"肯定是管道冻住了,"我说。这也解释了之前卫生间里为什么也没有水。

"你觉得外面有多少度?"柯蒂斯说。

"可能有零下十摄氏度?"

柯蒂斯点点头。"是挺冷,但也没有那么冷。"

他说得对。帕罗拉玛全景酒店是可以抵御严寒的,我之前有一次来这里滑雪,那次都零下三十摄氏度了。严格来讲,现在的温度在当地还谈不上入冬,管道居然冻上了,很奇怪。

"有人把水阀关上了吧。"我说。

游戏还在继续。

是萨斯琪娅关的水阀吗?从柯蒂斯的表情来看,他也是这么想的——当然也可能是我们中的哪个捣的鬼,或者是别人,比如朱利安?

"你们谁出去铲点雪回来,我来化。"我说。

"我去。"柯蒂斯抓过一只平底锅。

"好在还有电。"布伦特说。看起来他好点了。

柯蒂斯停下脚步问:"谁带手电筒了吗?"

我们三个都摇头。

"我有个小的,"柯蒂斯说,"但如果要把谁留在这儿的话,就得多找几个。手电筒也行,蜡烛也行。"

这里的走廊没有窗,加起来有几英里长。我咬着嘴唇,想到如果停了电会有多黑。

柯蒂斯扔下平底锅,沿着走廊跑下去,布伦特跟在他后面慢慢跑着。

"嘿,你可以吗?"我大喊,但布伦特已经跑走了。

此时此刻，我十分感激希瑟在这里陪着我。我在厨房里的碗橱里找蜡烛，但一个都没有。

为什么一停水就觉得渴呢？我拿着个杯子放在冷水龙头下，但水流太小了，还没接满半杯就没有了。我一口喝掉。身后有人过来——是布伦特。

"嘿，"我喊住他，"你要是觉得还可以，能不能去帮我铲点雪？我要渴死了。"

"当然可以。"他拿起柯蒂斯扔下的平底锅。

"等等！"我又拿出一个平底锅递给他。雪很松散，一锅雪化不出多少水的。

布伦特拿过锅，走了。

柯蒂斯大步走进来，一只手里拿了个小号的镁光手电，另一只手里拿了副护膝。"把这个穿上。"

"谢谢。"

"要帮忙吗？"

"我自己来。"他说完那些话之后，我有点不敢看他的眼睛。我把裤腿拉上来，把护膝小心翼翼地戴在保暖裤外面。

"我们得谈谈。"

"好。"我说，但我其实并不想跟他谈。

柯蒂斯从兜里掏出一个铝箔板说："吃一粒。"

止痛药，药店里随时能买到的那种。"你带的？"

"对。"

我仔细检查了一遍，铝箔是完整的。"我觉得你不相信它们。"

"对，我不信。"

"好的。"这句话好像确定了他的身份，至少在我印象中，他就是这样的人。他这样一个不相信止痛药的人,居然会带止痛药来参加这个重聚活动。不过,他这么做是因为他关心没有他强的人,还是出于他对任何事情都要做好准备的习惯,我不知道。

我拿出两片,干吞了下去。

他开始翻橱柜。

"你找什么?"

"手电,或者蜡烛,都可以。"

"我已经找过了。"

"那我去餐厅看看。"柯蒂斯匆匆忙忙走了。

布伦特去铲雪去了太久。最后他终于回来,上气不接下气,两只锅一个摞在另一个上,雪堆得满满的。

"你出去的时间可太长了。"我说。

他把锅放在电炉上。"我去铲没人踩过的雪了。"

我抓起一把压在我膝盖上,把炉火开到最大。"你头还疼吗?"

他摸了摸头。"有点儿,不过还能忍。"

柯蒂斯拿了一个装在小玻璃杯里的蜡烛走进来,还拿了个打火机,一起放在料理台上。

"好极了。"我说。

"找到手电了吗?"柯蒂斯问布伦特。

"没有。"布伦特说。

柯蒂斯转向希瑟问:"戴尔带手电了吗?"

"我不知道。"希瑟看起来一无所知。

"不过戴尔到底去哪儿了?"我说。

"他不是说去检查外面了吗,回来了吗?"柯蒂斯问。

"我刚出去没见着他。"布伦特说。

"我也没看见他。"希瑟说。她现在真有些疑神疑鬼，眼睛不断瞟来瞟去。

柯蒂斯转向布伦特。"你去看看他俩的卧室，我去外面喊喊他。小心些。"

没过一会儿，他们都回来了。戴尔不在卧室里。

"我嗓子都快喊哑了，但没人回应，"柯蒂斯说，"这事不对劲。我们没时间了。"

"他带着收发器呢吗？"我问。

"没有，"柯蒂斯说，"我担心的就是这点。他把收发器跟雪板和绑带一起放在门口了。我们最好找找他。米拉，你在这待着。"

"我去穿靴子。"布伦特匆匆出去。

柯蒂斯看了眼打火机和蜡烛，示意我说："把这些收好，免得待会儿停电。"他又看了弯着身子靠在墙边的希瑟一眼，把我拉进走廊，贴在我耳边说："你小心点儿。"

"什么？"我吓了一跳，轻声说。

"希瑟看着是有点弱，但女人心，海底针。"

我看着他的背影消失在走廊那侧，想起希瑟和萨斯琪娅活埋我的那一天。

34

十年前

　　希瑟把最后一团雪砸在我头上。冷意穿透全身，从滑雪外套和裤子的防寒面料中渗进来。我眨眨眼，看着灰蒙蒙半明半暗的光线，慢慢深呼吸，徒劳地想着我不是真的陷入了这种境地。

　　我在雪崩中失去了一些好朋友。朵琳·克拉维特，U型场地赛排名第五的法国选手，在今年夏天的自由滑中被大雪扫落山崖，没人找到她，和她一起滑雪的那个人也被埋了。她们生命的最后一刻，也是这种感觉吗？她们挣扎了多久才死去？不，我不想知道。

　　我用指尖碰了碰冰面。其他女生现在应该开始找我了吧。萨斯琪娅和奥黛特，带着调到寻找模式的收发器，在上面的雪地上走来走去，想要根据我脖子上绑着的无线电收发器发出的信号确定我的位置。

　　希瑟是最不可能做这事的人，但她现在正在上面添砖加瓦。我觉得现在就是她在这个冬天的高光时刻——活埋了我。我跟戴尔讨论滑板的时候，她很生气，讨厌我们相处得这么好。不管怎么样吧，山上的积雪深度是十米，所以埋了我是件很简单的事。

　　等等。我的收发器开了吗？我上山之前鼓弄它来着。妈的！

雪太深太厚，我根本动不了，没办法拉开夹克检查一下。

恐慌一点点爬上来。我想出去。他们在哪儿？

这次训练是萨斯琪娅的主意。外面雪下得很大，白茫茫一片。U型池里的视野太差，所以我们上了山想自己堆个跳台，但很快就发现，堆完的跳台连看都看不到。

"要是不知道怎么用，有收发器也没用，"萨斯琪娅说，"谁想上去被埋住，米拉？"

"我可不想。"我说。

"为什么，怕了吗？"

她满意的眼神迫使我张开了嘴，我像个傻子一样钻进她的圈套。"好吧，我来。"

傻大胆米拉又来啦！为什么非得是我呢！

极度不安之中，我想到了柯蒂斯的警告。但萨斯琪娅已经和我保持距离好几周了——他肯定跟他妹妹说了些什么——她也不像是在策划什么的样子，在她哥面前是这样，在其他人面也是这样。

要冻死了，手几乎失去了知觉，我应该把手套戴上的。

萨斯琪娅和奥黛特在上面忙活什么呢，怎么花了这么长时间！柯蒂斯在坡下计时。我们很自然地把这看成了一场比赛——女生与男生之间的对决。还是萨斯琪娅的主意。姑娘们，快点吧！你们在哪儿呢？

我什么也听不见。氧气还能支撑多久？

别慌！布伦特一会儿也要被埋呢，他才不会害怕呢。他什么都不怕。我试着控制我的呼吸，用鼻子一点点呼吸。如果必要，我可以把手伸出去，他们看见就会来把我拉出来的。

光！光从我头上的一个小洞里透下来。萨斯琪娅的脸出现在小洞口，她扫了我一眼，我如释重负地笑了。

"什么都没有。"她说。

雪砸了进来。

她在干什么？她明明看见我了？她是看见我了吧？

现在更黑了。她是在洞口堆了更多的雪吗？恐惧满溢出来，她到底在干什么？

"嘿！"我大吼。但我听不见他们说话，我觉得他们也听不见我。

我伸出手臂使劲往上推，雪擦过我的指尖，薄薄的冰片从脸颊飞过。我眨眨眼，睫毛湿湿冷冷。我又挥出一拳，但雪已经压得很紧实了。是我的幻觉，还是呼吸真的变困难了？

奥黛特去哪儿了！她怎么不来帮我？我大口呼吸。不！慢慢呼吸，空气不多，省着点用。

柯蒂斯和戴尔不会让她们拖太久的，是吧？但其实他们会的。我们花的时间越多越好，这样他们就能更快，就可以击败我们了。布伦特帮不了我，他去亭子里买零食了。希瑟到底记不记得她把我埋在这了？就算她记得，她可能也不会着急来救我吧。

这主意真蠢。我根本没必要这么做，我们为什么不像其他人一样直接把收发器埋起来呢？我调动全身所有的力气再次尝试，双手用力向上推。雪兜头盖脑地罩下来，灌在我嘴里。我大声咳出来，真的很害怕。

我突然意识到，更糟的是，整件事是萨斯琪娅提议的。

35

现在

  餐厅墙上挂着的牡鹿瞪着双死气沉沉的黑眼睛。它苍白的毛皮纠缠在一起，鹿角上满是灰尘。它在看我——这种感觉总是挥之不去。

  餐厅里只能听见壁炉台上摆钟规律的滴答声，还有火焰的毕剥声。我花了十分钟把壁炉燃旺了一些，这地方所有的东西都湿漉漉的。

  希瑟像只被困住的绿头苍蝇一样撞来撞去。"他到底去哪儿了？"

  我也很担心。戴尔不傻，但现在这种情况下，就算是好手也难以避免意外的发生。他可能受了伤，躺在哪儿动不了，或者被哪处滑落的雪埋在下面，又或者掉进了哪个冰缝里。

  除非这是他和希瑟精心策划的阴谋。如果这样的话，柯蒂斯和布伦特就危险了。又或者萨斯琪娅在外面？无论如何，他们都不安全。

  窗外的天空已经变成铅灰色，深黛色的峰顶依稀可见，最后一丝日光已经消散。有一点是确定的：我们今天不可能下山。我是真不想在这里再待一晚上。

我把手指靠近火焰，但却止不住身上的颤抖。柯蒂斯给我的护膝下面是我自制的冰袋。布洛芬一点用都没有，膝盖依然很疼。酒精可能会有点用，但我想在他们回来之前保持冷静。

"那该死的钟吵得我头疼。"希瑟说。

"那牡鹿搞得我头疼。"我说。那双死气沉沉的眼睛见过多少类似的场景？帕罗拉玛酒店建起之前，这里不过是一片小木屋，是十几年前登山者的避难所。几张旧照片展示出当年的情形。这只牡鹿当年也在这吗？它看起来可有些年头了。

希瑟在木头堆里翻来翻去。

"你干什么呢？"

"要是能找到手机，就能喊人来帮忙了。"

那地方我们至少翻过两遍了，但我没说出来。

"啊——"希瑟抓起钟往墙上猛掷。钟撞在木板上，玻璃摔得地板上到处都是。我之前都不知道她居然这么暴力。

这是个机会。在这种脆弱时刻，她更有可能说真话。"你知道不是我邀请你来这里的，对吧？"

她点头。

"所以是谁呢？"

她咬着嘴唇说："我不知道。"

"我正在想到底谁安排了那个破冰游戏，"我吐露心声，"我想知道，你和布伦特到底有没有……"

她开始抗拒。

"我没有别的意思，只是如果你俩真的有那方面关系，我们得想想还有谁知道。"

希瑟回头看了一眼走廊，然后猛地转回头看向我说："对，我是跟他睡过了。高兴了吗？"

"好的。"尽管我非常想知道是不是我和布伦特在一起的时候发生的,但我不会问她。我没有立场对布伦特提要求。我跟他说了,我不想谈恋爱,而他也确实是我所有的约会对象中占有欲最弱的一个。虽然我和布伦特之间的可以被叫作约会,但我们只有上床的时候才会单独见面。

还有一次是在一间非常潮湿的桑拿房。

但希瑟为什么要背叛戴尔呢?

现在她承认了,防线就已经打破了。"其实,我觉得戴尔也背叛我了。"她说,"他跟萨斯琪娅。"

"你说真的?"

"我去健身房见戴尔,看见他俩一起从蹦床那屋出来。萨斯琪娅脸上挂着那种自鸣得意的笑容。"

"等等,是不是英国锦标赛的前一天?我记得。萨斯琪娅让戴尔去找她的时候,我也在。"

戴尔其实并不热心,但萨斯琪娅贿赂他,说剩下的赛季戴尔的饮料她包了。所以她笑,可能只是因为她学会了怎么做翻转结合。

"不管怎么样吧,从那之后戴尔就变了。"希瑟说,"我问萨斯琪娅她笑些什么的时候,她……没有确切地说……但话里话外的意思,都是她跟戴尔就在健身房做了爱。"

他们是真的做了爱,还是萨斯琪娅故意跟希瑟这么说?萨斯琪娅确实爱跟别人捣鬼,我倒是觉得她未必真跟戴尔睡过,但我不想告诉希瑟我为什么这么想。

"我又去问戴尔,他矢口否认,大发雷霆。但……"希瑟看向我,看起来想寻求安慰。

"要是他们真睡过,我不会一点儿没听说。"

希瑟又回头看了一眼,压低声音说:"无论如何吧,那天晚上,我跟布伦特睡了。"

"好的。"所以布伦特没有背叛我,因为头一天我刚跟他分手。

"我去戴尔那里,想跟他谈谈,但戴尔不在,只有布伦特在。"希瑟努力控制自己,声音紧巴巴的,"他抱了抱我,然后我就崩溃了。不知怎么我就亲上去了,他问我确定要这么做吗?然后就带我上了楼。"

泪珠顺着她的面颊滚落下来。

当年的布伦特,体贴入微。宽厚的肩膀是哭泣时的好依靠,还是个复仇的完美工具。可这太危险了——戴尔随时可能回来——但布伦特总是喜欢冒险,我也知道他对希瑟总有着别样的温柔。不过,我还是很惊讶。他和戴尔是朋友,我猜他可能是因为跟我分手太难过了,而希瑟恰好在他最脆弱的时候出现。

"还有谁知道这事?"我问。

"萨斯琪娅。没有别人了。"

我震惊极了。柯蒂似乎觉得我们在这里的遭遇都是她妹妹搞的鬼,而希瑟刚刚告诉我的恰好证实了这点。

"时机确实不大好,"希瑟说,"布伦特放我出门的时候,萨斯琪娅正好在外面。她看见布伦特在门口抱了抱我。前后一联系,她就知道了,还问了我。"

对,我一点也不惊讶。萨斯琪娅就是这么敏锐。

"我没承认,但我猜我肯定是太紧张了,说的话有点不能让她信服。她头都快笑掉了。"

我都能想象出萨斯琪娅的表情。可怜的希瑟。

"我差点儿扇了她一巴掌,"希瑟身侧的手紧握成拳,"别理她,我对自己说,走吧。我那天晚上得上班,所以我就回家换衣服去了。"

希瑟叹了口气:"我不小心碰洒了萨斯琪娅的饮料,但她觉得我是故意的。她说她要告诉所有人我跟布伦特乱搞。我说我会先告诉别人她跟戴尔乱搞。场面一度很难堪。"

"嗯。"我慢慢点头。火确实已经拱起来了。

希瑟继续说:"萨斯琪娅肯定说她没跟戴尔睡。'可怜的戴尔,'她说,'我现在马上就去告诉他你和布伦特的事。'她不停地激怒我。"

"于是你就打了她。"

"对。"

"她告诉戴尔了吗?"

"没有,至少我不知道。"

"你昨天也没告诉他?"

希瑟低下头说:"他会跟我离婚的。"

"真的?就因为一件十年前发生的事?"

"你不知道戴尔。"希瑟平静地说。

但之前,我已经看到戴尔的占有欲了。可能她是对的。她对戴尔的了解比我多得多。"柯蒂斯知道吗?"

"除非布伦特告诉他了。"

各种问题在我脑海里咕嘟冒泡。这事跟萨斯琪娅的失踪有关系吗?我一直想知道为什么布伦特和希瑟那天会在山上。他们上去的原因真的是想私下谈谈吗?因为想谈谈而上山,这时间成本太高了。但缆车确实是个没人能听到他们谈话的完美场所。除了萨斯琪娅……萨斯琪娅怎么了?萨斯琪娅打断了他们吗?萨斯琪娅会用她知道的事情敲诈布伦特,让他帮她练习翻转结合吗?布伦特是个好人,他可能已经准备好就算不参加锦标赛热身也要保护希瑟。但那之后又发生了什么,一场悲剧吗?

还是什么别的?

无论如何,刚刚与希瑟的对话给了我两个信息:

1. 希瑟会说谎——无论是对我,还是对她丈夫。

2. 布伦特和希瑟知道如何闭嘴。那他们还隐藏了什么秘密?

36

十年前

我被封在这个寒冷、黑暗的墓穴里,指甲扒着边上的雪,想要出去。指间下的冰摸起来像花岗岩。我不停地扒啊扒,手肯定破了,但已经冻得麻木,根本感觉不到。然而,我还是被困在这里,没法出去。

我的呼吸越来越急促,冰穴的两壁向我逼近。我无法呼吸。我挖的方向对吗?快!我试着集中注意力,但太黑了,我根本不知道哪里才是出去的路。

喉咙里泛起一股苦味,我要吐了。我大口呼吸,但什么也吸不进来。

"救命!"我大声喊。双手在面前乱扒,我必须从这里出去,我不想死在这里。

雪块滚落进我张开的嘴里。我努力咳出去。

不知哪里透出一丝光,然后变成一个洞。柯蒂斯的脸露出来,他看见了我。他大喊我的名字,伸长胳膊挖下来。是柯蒂斯和戴尔。我应该帮他们一把,但我抖得太厉害,胳膊都不听使唤。

洞终于够大,柯蒂斯倾身将我拉了出来。我躺在雪地上大口呼吸,他脱下外套盖在我身上。那外套像个裹尸布似的,我一把掀开。我现在无法接受任何东西盖在我身上。我只想呼吸。

萨斯琪娅的声音传来:"我这个收发器好像出问题了。"

"我看是你出问题了!"柯蒂斯大吼。

我听到了奥黛特冷静的声音,但没听见她在说什么。

周围都是走来走去的人影——萨斯琪娅,柯蒂斯,还有戴尔。我大口呼吸着鲜美的空气。布伦特肯定还在买吃的。

"你怎么可能找不到她?"柯蒂斯对奥黛特说。

"萨斯琪娅想自己找。"奥黛特说。

我站不起来,但我不喜欢他们这样看着我——好像我是个脆弱的瓷娃娃。但我根本动不了。

柯蒂斯在我身旁跪下来。"想喝点水吗?"他拿出水瓶,他的水瓶,递到我唇边。我吞了一大口,又躺回雪地上。

奥黛特俯身下来问:"你还好吗,米拉?萨斯琪娅的收发器坏了。"

我一个字也不信,但我看得出来,奥黛特是信的。她就是这样的人——总愿意相信人们身上的善意。

柯蒂斯从兜里掏出一个蛋白棒撕开递给我。"吃点儿。"

我摇头。我根本吃不下。雪花飘飘洒洒落下,落在我的脸上,再一次把我埋在下面。我一个激灵站起身。眼前一片昏黑,但我依然坚定地站着,深深呼吸,直到这种感觉过去。

我的包还在边上放着。我背上包,"我要下去。"

"等等——"柯蒂斯说。

但我一分钟也不想待,就想赶紧下山,离这里远远的,离萨斯琪娅远远的,离看见这事的所有人都远远的。

我踩着滑板冲进茫茫白雪,雪花在护目镜边飞舞。黑色的雪道标记隐约可见,一个接一个地飞向身后,只有这样我才能知道自己在前进。我跟着标记往下,雪道上空无一人。除了我们,没有人傻到会在这种天气里出来。

她那样做是可以要了我的命的。但我该做些什么呢?我又能做些什么?

我到中转站的时候,腿抖得跟滑了两趟似的。我本打算直接坐缆车下山,但现在我都到了,坐缆车好像就真的承认我失败了一样。下去了我又能做什么呢?在我的小公寓里走来走去?这次他们伤我太深,可能只有滑雪能治愈我。

我不管不顾地去了缆车那里,没有人排队,我直接跳上一辆空轿厢。

门马上要关上那一刻,柯蒂斯跳了上来。他把他的雪板靠在我的雪板上,肩一松放下双肩背包,一屁股坐在我对面。我把手使劲压在腿上,希望这双腿不要再抖了。我不想让他看到我这个样子。

"你还好吗?"

"嗯。"我转头看向窗外,庆幸自己戴着眼镜。

"萨斯琪娅玩得太过了。"

我转回头看他,惊讶于他最终居然真的开口说自己妹妹的不是。

他低下头看自己的雪鞋,下颌线紧绷,身体僵硬。我对他的怜悯暂时压过了我的愤怒。这些年来,他妹妹把他拉进这种境地多少次?她在学校上学的时候也是这样吗?我都能想象出来:萨斯琪娅,美艳小婊子,六年级女王。所有男生都喜欢的女生,所有女生都想跟她做朋友,因为她们不敢不跟她做朋友。

除了在英国锦标赛中打败她之外,我还能做些什么来回击呢?"那就帮我赢了她。"我说。

柯蒂斯抬头看着我问道："米拉，你为什么这么想赢她？"

不知怎么，这次我对他敞开了心扉——有可能是因为一脚踏入鬼门关的感觉，也有可能是获救之后的如释重负。"你知道，哪天是我生命中最开心的日子吗？"

"去年的英国锦标赛？"

"才不是。去年我第二跳失败了，窘死我了，而且我也没赢。我最开心的那天，是我十二岁那年学校运动会。我四百米第一名，八百米第一名，还是一百米接力的最后一棒，也赢了。我当时并不是校田径队的。我只是比其他女生更想赢罢了。"

柯蒂斯叹气道："跟我说说你的 U 型池动作。"

我努力回忆着，这可能不是最好的机会，但可能是我唯一的机会。"嗯，我入池，内转180°腾空，外转反手抓雪板前刃……"我一点点列出我所有的动作技巧，没有隐瞒，他整天看我做这些。

"你首先需要练的就是抓板，你现在抓的是脚，不是板。"

我低下头。抓板的时候抓到了脚，可真不是什么漂亮的动作。

"有时候你五个手指抓，有时是三个手指。"

柯蒂斯一点点拆解我的动作，列出了至少六项我需要改进的地方。我听着，心沉到底。真希望我带个笔来记笔记。难怪萨斯琪娅总在我前面。布伦特和戴尔也会给我建议，奥黛特也会，但都没有这么深入、这么中肯。我觉得自己被批得体无完肤。

"布伦特建议我试试翻转结合。"他说完之后，我说。

柯蒂斯扬起眉问："有女性滑手曾经做过吗？"

"比赛里没有。"

他想了一会儿，然后皱眉。"不行，至少现在不行。你现在还没等翻转结合做完就摔了。"

"什么？"

"你太怕摔了。"

他说得可太对了。我真的害怕。摔倒会摔断骨头，摔倒会让我整个赛季都报废，甚至赞助商都有可能暂停赞助。我有过这种经验。但指出这个问题对解决它并没什么帮助。

而且我讨厌他注意到了这点。"现在离英国锦标赛太近，我可不想摔坏哪里。"只有两周了。

"对，但怕摔已经让你不敢做动作了。找个雪厚的高台，让自己摔一次。摔倒没那么可怕。然后你再考虑翻转结合的问题。"

我看着他，内心不确定得很。摔倒太冒险了，就算身下有厚厚的雪也无济于事。他到底是哪边的？他真的想帮我，还是说，他实际上是来帮萨斯琪娅的？

37

现在

希瑟在餐厅的窗前走来走去。不过要不是我伤到了膝盖，我也会像她一样的。

"他们要是不回来了怎么办？"她说。

"他们会回来的。"我说。

天已经黑透了。他们在哪儿？他们怎么还没找到戴尔呢？我又瞄了一眼桌子，看蜡烛和打火机是不是还在，免得灯万一灭了。我其实跟希瑟一样害怕。柯蒂斯和布伦特可能在找人的时候掉进冰缝里了。我要出去找他们吗？但如果捣鬼的那个人——萨斯琪娅、戴尔或是别人——伤害了他们呢？他们就在外面，躲在哪里，等着我去救他们。

我努力找了个话题："那……结婚是什么感觉？"

希瑟走过来。"就……还行。"

"嗯。"

她又走回去，跟我说着他们的朋友、亲戚和新公司，但我能看出来，她一开始说得对。他们的婚姻就是……还行。

她颤抖着呼出一口气。"嗯，我得吃药了。药在我卧室。你跟我一起去吗？"

"好的。"刚说完我就后悔了。小心点儿。她有没有在计划着什么?

我还穿着滑雪外套和滑雪裤。我把桌上的打火机和蜡烛塞进外套兜里,把自己拉起来。我们把沿路每一盏灯都按亮。

我在希瑟身侧一瘸一拐地走,希瑟问:"疼得厉害吗?"

"挺厉害。"没必要撒谎。我咬着牙,不要让自己每迈一步就倒吸口冷气。

身后,双层大门轰然关上。

灯灭了。

希瑟尖叫起来。我做好了她扑进我怀里的准备——或者什么其他人扑进我怀里,同时去摸兜里的蜡烛和打火机。我努力去想这座酒店的布局。如果有人从大门口进来,我走这条路是最快的,然后就可以把自己锁在卧室里。如果他们从那个方向过来,我就左转再左转……然后呢?

我能听见有人在拍墙——我希望是希瑟。

"找不到开关了。"她说。

"别找了,停电了。"我点亮打火机,看到希瑟脸色苍白。我的手抖得厉害,努力点亮蜡烛。

别怕,米拉。害怕无济于事。

最后我终于点燃了蜡烛,往走廊两侧看了看。只有我们俩。"赶紧去拿你的药,然后回餐厅去,"我说,"餐厅有火光,会亮一些。"

我们到了她的卧室。

"药在卫生间里。"她说。

我举着蜡烛一瘸一拐地走进去。希瑟翻遍了她放在卫生间里的包,拿出个铝箔板。她抬起头,突然尖叫起来。

我向后趔趄了一下。她的手抖着指向镜子。有人用口红潦草地写了两个字——有罪。

希瑟满含恐惧地看着我。

什么意思，谁有罪，希瑟还是戴尔？因为什么有罪？烛光下，希瑟急促的呼吸粗重可闻，我的也是。我掀起浴帘，举起蜡烛照亮屋里的每个角落。没有人。

衣柜。

我环视四周，想找个能充作武器的东西，但什么趁手的也没有。

"拿着。"我把蜡烛递给希瑟。我不相信她，但现在我别无选择。我想把两只手都空出来，如果里面有人，我就先出手，再说话。

我一步步走向衣柜，希瑟站在我身边。我一把拉开门，衣柜是空的。我把蜡烛拿了回来。

希瑟的手抖得厉害。她挤出两片药干吞下去，对上我的眼睛。"我有焦虑症。"

"我们出去吧。"

烛光中，我们沿着走廊往回走。有罪。可能是说他们俩偷了萨斯琪娅的信用卡，或者跟什么勒索情节有关系。回到餐厅的时候，我也抖得厉害。

"我得吃点东西。"我一瘸一拐走到厨房。

希瑟跟着我进来了。我的膝盖隐隐作痛，现在最好把这条腿吊高。但希瑟什么都做不了。我又点了几支蜡烛好能看得更清晰一些，然后找了找橱柜里有什么可以即食的东西。有几罐西红柿，还有几罐金枪鱼。真有意思，昨天肯定比这多。

我磨着奶酪，紧盯着希瑟和门口。膝盖上的伤降低了我的战斗力，但我也确定，如果有必要，我还是可以搞定希瑟的。但如果她和戴尔一起上呢？

希瑟突然冲向走廊。我跟着她出去。

"我听见了，"她轻声说，"就刚才，你听见没？"

"没有。"走廊里一片漆黑，什么声音都没有。"可能只是管道的声音。"

"楼里肯定还有一个人。"

我回头看了一眼笼罩在阴影里的餐厅。"刚才是什么声音？"

"吱呀声。就像关门声一样。"

"可能是风。"我说，试着让语气确定一些。

我们回到厨房里。这里离壁炉太远，我的牙齿已经在打战，但我依旧没把冰袋拿下来。可不能让膝盖肿起来，没准儿我还得走下山呢。

远处传来一声响。希瑟倒吸一口冷气，抓住我的胳膊。

走廊里有声音响起——是柯蒂斯和布伦特。

希瑟立刻冲出去问："找到他了吗？"

答案显而易见，只有他俩，没有戴尔。

柯蒂斯几乎不敢看她的眼睛。"对不起。"他关上手电筒，我们一起走进亮着烛光的厨房。

希瑟又把目光投向布伦特，难以置信地问："你们居然没继续找？"

"外面太危险了。"柯蒂斯说，"对不起，希瑟。我真的非常抱歉。但我们太累了，总是犯错。"

他和布伦特看起来十分疲惫。我知道他们不是轻言放弃的人。布伦特抓下帽子，又抓了抓他湿漉漉的头发。

"要用电话的时候怎么一个他妈的电话都没有！"柯蒂斯

嘟囔。

希瑟抢过手电筒说:"好,我自己去找。"她听起来要疯了。

我拉上外套拉链。"我跟她去。"天已经黑了,不可能让她自己去外面的冰天雪地。我膝盖已经这样,肯定走不远。但要不是我坚持做那个后空翻,戴尔可能根本不会自己一个人跑出去。

柯蒂斯挡住门。"你们会掉进冰缝里的。"

希瑟想要推开他。"我们不能把他扔在外面!"

"希瑟,我刚才已经踩在冰缝的浮雪上了,"布伦特平静地说,"柯蒂斯抓住我。我们脚下的雪都塌了,太吓人了。"

"他可能还在外面哪里躲着呢,"柯蒂斯补充说,"明天早上太阳一出来我们就出去。"

我看了布伦特一眼,他摇了摇头。我觉得戴尔可能没机会了。这个时节夜间气温可能会降到零下十五摄氏度。

我又转头看柯蒂斯,他还觉得是戴尔和希瑟在捣鬼吗?难道戴尔是故意消失的?有机会我得问问他。不过,希瑟现在的绝望还是很有说服力的。她又打又踢,就是想出去。

布伦特上前拉住她,她瘫倒在他怀里。布伦特看向我,脸色尴尬。布伦特扶着希瑟,这场面太古怪了。

"你膝盖怎么样?"柯蒂斯问。

我耸耸肩,没什么必要抱怨。"有运动胶带吗?"

"有,但我还是觉得你得冷敷二十四小时,然后戴护膝好些。"

"我留着明天下山用。"

柯蒂斯的眼里闪过一丝担忧。"你膝盖现在这情况,有点困难。"

他靠在我身侧的墙上,我看着他的胸膛一起一伏。他看起来累坏了。

布伦特还在劝希瑟。

"电什么时候停的?"柯蒂斯问。

"差不多二十分钟之前。"我说,"电闸在哪里?"

"我们在外面找了找。电表箱在楼体外墙上,上面有个大挂锁。"

所以要么有其他人和他们一起在外面,要么就是他们俩其中的一个关了电闸。

希瑟把脸埋在布伦特胸前,连打带踢。"都是你们的错!你逼我来的!"

布伦特压低声音说:"不是。昨天晚上我就告诉你了。"

"我不相信你。"希瑟说。

"等等,"我说,"布伦特逼你来的?"

希瑟目光炯炯盯着布伦特,然后看向我,满脸倔强地说:"他要挟我。"

38

十年前

冰从四面八方压过来,沉沉压在胸上。我不能呼吸。我挥动双手,满面绝望。

"嘿!嘿!"布伦特的声音沉沉透进脑海。

我睁开眼,不是冰,只是羽绒被而已。布伦特一整个赛季都没洗过的羽绒被,安全又温暖。我努力呼吸着污浊的空气,想要控制我的呼吸。

"你还好吧?"

"做噩梦了。"

"别怕,过来。"

我把脸埋进他胸膛。那梦太真了。我不知道我明天还能不能面对雪山。萨斯琪娅接下来要对我做些什么?因为如果我还想继续,我就得面对她:总会有下一次的。

我觉得自己来到了岔路口,面前有两个选择:要么是跟这群人保持距离,两耳不闻窗外事,一心只顾训练,尽量不在萨斯琪娅在的时候到布伦特这来;要么狠狠回击。

我不能让她赢。

但我有实力跟她一战吗?

"好点了吗？"布伦特的气息吹动我的头发。

"好多了。"

他爬下床，拉开窗帘，窗外的光线照亮了他的脸。"外面已经踩出路来了。想上山呼吸呼吸新鲜空气吗？场地肯定已经被雪埋了。"

埋了，听到这个词我不禁打了个寒战。

勒罗切铺满鹅卵石的主街已经被清理干净了，两边的雪堆得高高的。放眼望去都是皑皑白雪，像块厚厚的毯子。路牌上的积雪有几英尺厚，摇摇欲坠的；屋顶和阳台上的积雪有半米高，停在路边的汽车埋在雪里，几乎看不见。

布伦特、柯蒂斯和我沿着路中央散步。石头小教堂也被雪盖上了，铁十字架和栏杆上盖着厚厚一层。店主正在用除雪机清理店门口和外墙。

今天是四月一日，但感觉比二月还冷。我把外套一直拉到下巴。我之前去看过医生，开了些更强效的安眠药。这药效确实很强，我早上起来还觉得晕晕乎乎，走路都找不到平衡。

"我得去趟运动 2000 商店，"布伦特说，"我的户外椅昨天摔坏了。"

柯蒂斯和我并排坐在商店外面的雪堆上等着。巧克力的香味从附近的西点店传来，我有点馋。

"你最近有杰西塔的消息吗？"我问。

"嗯，昨晚打电话了，"柯蒂斯说，"她两周后可以拆石膏，然后就开始复健，应该能赶上去澳洲冬训。"

"好极了。帮我问个好。"

"会的。"

街上，有个男人拿着个雪球在追一个女人。我不由得笑了。他们俩应该已经五十多岁了吧。新雪总会把人们心中那个小孩子召唤出来。

远处，轰隆轰隆的声音在山谷中回荡。我笑不出来了。那是滑雪巡逻队，他们会炸掉雪坡，故意引发雪崩，否则雪坡塌下来就会把人埋在下面。他们今天要做完这项工作，在确定安全之前不能让任何人上去。我盯着被大雪掩住的山坡。昨天的事之后，我觉得我已经失去了勇气。我再也不想被埋一次了。

更大的爆炸声响起，我哆嗦了一下，眼睛却不由自主地去寻找雪崩溅起的雪雾。

"所以，这么多运动里，你为什么选了U型池？"柯蒂斯问，"为什么不跑步，或者做点别的？"

他是看出我的不安了吗？我觉得可能是吧。"可能是因为《蜘蛛侠》吧。"

他笑得咳了起来，问："什么？"

"我小时候，我哥哥和我都很迷《蜘蛛侠》，觉得他能粘在墙上实在太酷。我们之前还尝试过。在墙上放个床垫，然后猛冲过去。然后我就接触了U型池。你知道吧，U型池的池壁有两层楼那么高，而我们从某种程度上讲，确实可以粘在上面。"

柯蒂斯大笑，他一定觉得我十分奇怪。

"你呢？"我问，"你为什么选U型池？"

他想了想说："如果是在公园里滑滑板，能跳几次？也就四五次，最多了。大跳台，只能跳一次。但U型池里可以在不到一分钟的时间里做差不多十个动作。没有比这更刺激的了。平时我总愿意想得很多，乱七八糟的东西都在脑子里，但在U型池里时，我脑子里是空的。我能专心致志，专心思考如何使用力量或者什么别的。"他咧嘴笑了,"我从来没跟别人说过这个。"

"彼此彼此。"

我们目光相接,他多看了我一会儿,看得我面红耳赤。

布伦特出来了,柯蒂斯站起来。布伦特在的时候,他的语气就变了。应该是出于什么男性自尊之类的吧,我猜的。

"再见,卢克,"我低声说,"愿原力——"

"别说了。"柯蒂斯嘟囔。

想想也挺好笑。如果那晚在山上勾搭上的是我和柯蒂斯,那我们现在可能也已经分手了,老死不相往来的那种。我拒绝了他,却以一种别样的方式了解了他。无论怎样,这是最好的结果。

不过这也没妨碍我想要他。

我们坐进缆车里。妈的,萨斯琪娅和奥黛特已经在里面了。柯蒂斯对奥黛特点点头,坐进远处的角落里,没跟他妹妹说一句话。

但布伦特大步走到萨斯琪娅身边。"你怎么能这么坏呢!"

不,布伦特。别这么做。

缆车厢里一片寂静。我坐在一旁,无助极了。

布伦特抬起手臂,好像要抓她的胳膊似的。"别再招惹米拉。明白了吗?"

萨斯琪娅扬起眉毛,看起来一副想笑的样子。布伦特可不像是个凶恶的人。

柯蒂斯往他们俩那边走了几步。

"我现在都不敢相信,我之前居然还喜欢过你。你只不过是个被宠坏的、没有安全感的孩子罢了。你身边的人都心知肚明。"说完,布伦特放下胳膊,回到我身边。

我长舒一口气。这种感觉有点奇怪。布伦特不愿意跟别人发生争执，他居然会为了我这样做，我还挺意外。"谢谢，"我轻声说，"但我可以自己处理。"

缆车的另一边，萨斯琪娅脸上的幸灾乐祸渐渐消失。布伦特真的吓到她了吗？我觉得是真的。尽管她总是虚张声势，但她总归还是怕的。

奥黛特拍了拍她的屁股，手却没拿起来。天哪！她们俩在一起了吗？

萨斯琪娅猛然看向我，好像能听见我心里的话一样。她眼里又恢复了光彩，嘴唇又勾了起来。她知道我看见了。

我觉得一阵天旋地转。

你没有朋友。我小时候我妈这么说过。但我妈说得不对。人对人的忠诚是有等级的。我曾经觉得奥黛特是我的朋友，我也觉得萨斯琪娅是，但到头来，奥黛特只是萨斯琪娅的。

现在我知道了，我都不知道之前怎么就没发现。其实迹象很明显。她们俩总是偷偷对彼此笑，她们坐在一起的样子。我知道萨斯琪娅总去奥黛特家，但我以为她俩是为了避开我们几个。

她俩为什么要藏着掖着呢？因为她们俩都是公众人物吗，还是因为她们不想让家人知道？

我们之前还讨论过抓板和空翻的问题。奥黛特对我的话很感兴趣，我还觉得受宠若惊来着，但她可能转头就告诉她女朋友了。我感受到一种背叛。

奥黛特对我抱歉地笑笑，但我没有回应她。

缆车在中转站停下。

我下车的时候，萨斯琪娅在站台上等我。她靠过来，在我耳边说："别着急，我会让他回头的。"

布伦特、柯蒂斯和我坐车上了山,把萨斯琪娅和奥黛特落在后面。我逼着自己把注意力放在滑雪上。不管柯蒂斯是不是故意的,之前与他的对话都让我想起我爱上 U 型池的初心。那种可以粘在墙上,对抗地心引力的感觉。这种感觉我永远都享受不够,现在当然也还没享受够。我不能让萨斯琪娅把我吓跑。

这就是为什么我必须继续战斗。如果我要抓住冲进前三的机会,我就得全力以赴。

我们堆跳台的时候,柯蒂斯关于落地的建议划过我的脑海,因为现在恰是尝试的最佳时机。故意摔一次,这是我之前从来没想过的。但柯蒂斯是对的,我的恐惧正在阻碍我前进的路。

我滑下来,在空中摆出超人的姿势,脸朝下摔进雪里。我憋得喘不上气来,但确实没有我想得那么糟。雪很软,就像枕头一样,就好像摔进了个冰冷的垫子里。

布伦特立刻跑过来问:"你还好吗?"

我稍笑了笑,把满是雪的护目镜摘了下来。"没事。"

爬上坡的时候,柯蒂斯对我点点头表示赞许。又下雪了,大朵的雪花落在脸上,好像冰冷的吻。我挺直身子,朝山顶走去。

再摔一次。然后再摔一次。

可怜的布伦特不知道到底怎么回事。

"我说的是,试一次就够了。"第四次的时候柯蒂斯说。

"我还是怕,"我对他说,"我要继续摔下去,直到我不再害怕为止。"

39

现在

我盯着希瑟问:"你说你的邀请函是我发出的。"

她哭得太厉害,几乎说不出话来。"第一封是的。"

我糊涂了。"第一封?"

她的眼影已经花了,黑色的泪水顺着脸颊流下来。我从厨房料理台的纸巾盒里抽了一张纸巾,递给她。

她擤了擤鼻子,颤抖着深呼吸。"我们接到了你的邀请函,但我俩并不想再回到这里,所以我发了个邮件,说我俩去不了。几天之后,我又收到一封邮件,"她努力让自己平静下来,"是布伦特发过来的。"

布伦特眉头皱起,摇了摇头说:"我没有。"

"邮件上说什么?"我问。

"不去我就把你们的秘密说出去,"希瑟说,"只有这句话。"

布伦特看向她的表情尽是恐慌。

"没关系,"我对他说,"我知道你俩睡过了。"

布伦特猛地转头看向我。他张嘴想说些什么,欲言又止,然后才说:"对,我确实跟她睡过。不过这事都过去十年了,跟现在有什么关系?"他扫了一眼柯蒂斯和希瑟,"但这什么邮件的事，我一个字都不知道，我发誓。"

我的大脑再次混乱起来。这么说，除了我，所有人拿到的都是我的邀请函，而我拿到的邀请函来自柯蒂斯。我们都接受了邀请，只有希瑟没有。她拒绝邀请之后，又接到一封邀请函，或者说威胁信更合适一些，是布伦特发过来的。这是不是说明布伦特就是幕后黑手？是他邀请了我和柯蒂斯，又弄成我们彼此邀请的样子吗？但他又是为什么呢？

我觉得我应该相信布伦特，而不是希瑟，但我无法不去想昨晚在他卧室里时他的眼神。

"所以你怎么解释这封邮件？"我说。

布伦特用手抓着头发，又看了一眼希瑟。"嗯……可能是有人知道我们俩睡过，然后用这事威胁她吧。"

我想相信他，但我也不能确定。"谁还知道你俩的事？"

"据我所知，没有。"

萨斯琪娅知道，我想，但我没有说出来。膝盖上的疼痛让我头昏脑涨。我靠在墙上，还有好几个小时我才能再吃下一片布洛芬。

希瑟又开始哭，布伦特伸手安慰她。

她一把拨开布伦特的手。"都是你的错！"

"别这样，别这样。"布伦特想让她冷静下来。

柯蒂斯靠在我旁边的墙上，头向后仰着，眼睛闭着。我不知道他是在思考，还是太累了。

肚子咕噜噜响了起来，我得吃点东西，不然就要晕过去了。我挤出身上最后一点力气，直起身，把番茄金枪鱼罐头倒进盘子里。要是戈登·拉姆齐①在一定会大发雷霆，这东西被我弄得像狗食一样，但我觉得在场的人都不会在乎。

我们坐在壁炉边上的时候，气氛已与昨晚大相径庭。我们几个弯着身子，端着盘子，沉默地吃着。外面风声呼啸，玻璃被吹得格格作响。我想象着戴尔在外面某个地方瑟瑟发抖的样子。太阳一旦落山，气温就会骤降。

希瑟已经不再歇斯底里，她安静地抽泣着，肩膀时不时一耸一耸，面前的食物一口未动。

柯蒂斯拉过一把椅子。"把腿放这上面。"

我试着抬起腿，但太疼了，带得大腿都疼。我吸着冷气，把脚放回地毯上。

柯蒂斯蹲下身。"我来帮你。"他一边轻轻抬起我的脚，一边看着我的脸。

"谢谢。"到现在，他碰我依然让我觉得很奇怪。我想跟他谈谈，但我在等一个机会，等一个布伦特和希瑟都没注意我们的机会。

布伦特今晚喝了白兰地，他又给自己倒了一杯。

"肯定是——"柯蒂斯说。

布伦特打断了他："别说。"他喝光杯子里的白兰地，又倒了一杯。

"希瑟，你得吃点东西。"我说，但她好像没听见我说话似的。

"嘿，这钟怎么了？"柯蒂斯问。

"别问。"我说。

他跪下来，用滑雪夹克的袖子把碎玻璃扫到墙边。两根生锈

---

① 戈登·拉姆齐（Gordon Ramsay），英国名厨、餐厅老板。迄今为止，他的餐厅总共获得了14颗米其林之星。

的钉子从壁炉左边的墙上伸出来,相隔一英寸。我不记得昨天见过这两个钉子。有什么东西曾挂在那里吗?我使劲想,可能是张照片,有人把照片拿走了?

希瑟的声音不大,但怒气冲冲:"布伦特,我们沦落到这步田地,都是你干的好事!"

我余光瞄见布伦特抬头看我和柯蒂斯有没有在偷听。柯蒂斯没听见,他还在处理那堆碎玻璃,我也装作没听见。

"嘘,"布伦特低声说,"你小声点儿。"

布伦特到底不想让她说什么?

40

十年前

  我翻腾着越过空中,又摔在地上,不知道今夕何夕。摔下去……又摔下去。蹦床还在下面吗?我做好了最坏的打算。

  戴尔猛地将我拉起,T恤刺啦一声撕裂。蹦床在脚下弹起,把我们抛向空中。我摇摇晃晃地保持着平衡,而他文着身的手臂稳住了我。我们已经练得满头大汗,他也脱得只剩下一件T恤了。

  "抓板之前都很好。"他说。

  我在练习翻转结合的落地动作。成功概率不高,但却是我进入前三的最佳选择。布伦特常来看我训练,但他正在参加英国锦标赛两天前举行的单板项目测试。我本想去问柯蒂斯,但又看到蹦床上的两个人动作会很亲密,就放弃了——我可不敢保证我俩靠这么近的时候,我不会做些不该做的事。

  于是戴尔成了最佳选择。戴尔得一次又一次地抓住我。对于这种动作来说,蹦床有点小,其实就算练个空翻它也有点小,一个动作结束之后,我都快掉下去了。

  "我什么地方错了?"我问。

  戴尔擦着眉毛上的汗。"抓板的时候重心偏了。你想看我再示范一遍吗？"

"不用了。"他已经示范好几十遍了，每次都能在空中摆出一个流畅又有型的侧翻动作。他做得很容易，但我还没上雪板，只是想象着抓板的动作，就已经这样了。等我弄明白这个动作我再上雪板吧——如果我能弄明白的话。

"再跳高点儿，别抓板，试试看。"他说。

"好的。"

"等等。"戴尔把T恤也脱了下来。

我努力不盯着他看。他一边的肩膀上有个巨大的部落文身，胸肌健硕，上面文了一条蛇。如果是柯蒂斯赤膊站在我面前，站在离我这么近的地方，近到他身上的热气都能扑到我身上……嗯，好在不是。

戴尔向后退了几步，我才开始做动作。我向上跳了三次，一次比一次高，然后他跟我一起及时起跳，这样我们就不会跳两次。跳到第四次的时候，我直直向上跳去，然后空翻。不过，就算我现在大头朝下，我也能觉出来这次又没做对。旋转的时候，我的手抽在戴尔身上，他闷哼一声。

落下时，戴尔抓住了我。我努力站稳。

"对不起。"我喘着粗气说。

他的手还抓着我的腰，我们紧紧挨着，他的胸贴着我的胸，坚实而潮湿。他的胸膛比布伦特的要宽，更像柯蒂斯的。

"我伤到你了吗？"我问。

他的脸颊红红，我想都没想就抚了上去。柔软的胡茬擦过我的手掌，他灰绿色的眼睛盯着我的脸，瞳孔放大了几分。我体内一阵躁动。还没等我反应过来，我就亲了上去。

就那么一秒，他回应了我的亲吻，唇边用力贴在我的下唇上。我们一触即回，很难说是谁先撤的身，但戴尔看起来跟我一样震惊。

"对不起，"我说，"我不该这么做。"

"是的，"他说，"你不该这么做。"

我现在觉得糟透了。

不过，我依旧觉得他是个忠诚的人。尽管我觉得别人突然亲上来的时候，大多数女生会尖叫着跑开，但大多数男人都无法抵御这种诱惑，无论他跟这姑娘之间是什么关系。又或者这只是我在愤世嫉俗而已。我只认真谈过一段恋爱——至少我觉得我很认真，但两年前我因膝盖韧带撕裂从英国锦标赛回来的时候，发现一个所谓的朋友，在我当时所谓男友的家里。

戴尔摩挲着他的下唇，好像想要擦掉刚才那个吻的痕迹似的。我确定他不会告诉希瑟。当然，希瑟如果知道了这事一定会杀了我，可她更想杀了他。戴尔肯定明白这点。

他看向我说："我不能再陪你练了。"

"没问题。"我说。

他从蹦床上爬了下去。

妈的！现在没有人陪我练动作了。

我在空中翻了个身，然后重重摔回地面，完全不知道自己在往那个方向飞。不过这次，我身下不再是蹦床了，而是雪地。我摔进雪里，侧着身子。

胸腔里痛得冒火，我觉得我的肺腑都快从嘴里飞出去了。我大口急促地呼吸，肺腑并没有飞出去。

只是疼而已，后知后觉的疼，尽管我今天已经摔了好几次，依旧无法适应这种疼痛。我努力大口呼吸着氧气。疼死了……

至少我还在呼吸。我想着身上这些部位，都还好，都能动。我的头被重重地撞了一下。不过还好，至少我摔的地方是软的。

布伦特居高临下看着我说："可以了。别再练了。"

他跟我都在山上，在远离人群的那边。我们凑合垒了个雪墙，在下面垒了厚厚的雪，好让我能练翻转结合。如果我在U型池里试的话，肯定会摔得站不起来。

现在，我的裤子里是雪，运动内衣里也是雪，到处都是雪。我把大部分雪抖掉。"没关系。我下次就练好了。"

"对不起，"布伦特说，"我实在看不得你这样。"

"没关系，已经很感谢你了。我之前也没觉得我会笨成这样。"我的护目镜落地时摔飞了。跑哪儿去了？原来在那边。我站起来，晕晕乎乎的，深一脚浅一脚地去拿。

布伦特跟在我身后。"我说真的，米拉，你不能再练了。再这么下去肯定会摔断点什么的。今天就到这吧。"

"是你建议我练翻转结合的。"

"对，不过现在我宁愿没提过这事。"

我擦了擦护目镜说："再试一次，没准儿两次。"

"你连头盔都没戴。"

"是谁这个月摔了两次，还只戴着个棒球帽训练的？"

他抓下帽子，把手插进头发里。"我不能让你这么对自己。"

"我乐意。是我自己的决定。现在离缆车停运还有两个小时。"

"你得在蹦床上多练练。"

"我没时间了。"

"你为什么要逼自己这么狠呢？你滑得已经很好了。"

"对，是挺好。但我想赢。"

布伦特摇头说："赢得比赛不是一切啊。还有其他事情的。"

"比如呢？"

"比如家人，朋友，还有生活。"

我肯定是疯了。"我家里人都不理解我。我妈觉得我不像个女孩，但在我爸和我哥眼里，我又太像个女孩。我家那边的朋友都不明白我为什么会喜欢滑单板。所以你是对的，对我来说，赢比赛确实不是一切，因为它比所有其他的事情都重要。但我还不够强。"

"你知道我爸怎么说的吗？我爸说，尽力而为，因为这是你唯一能做的。"

"你知道我爸怎么说的吗？他说，米拉，再努力力。"

"你爸怎么这样！你应该为自己活着，而不是为其他人。你要是摔下来，摔坏了也是你自己疼啊。"布伦特走过来拉我，但我甩开了他。"现在就是你的巅峰，你得享受这个时刻。十年后你回头看，会希望自己依然能够做现在的这些动作。"

"你不能理解，是吧？这是我最后的机会。如果我这次不能成功完成一次翻转结合，我明天就去场地里试，后天就去锦标赛上试。要是还不能，那就算了。我就只能放弃滑雪，找个工作。"

"所以你就要一直练，一直练到把脖子摔断？"

我知道，我要是再站在这儿跟布伦特争论，我就该失去理智了。"我跟你说过让你放弃吗？"

布伦特叹了口气。"我知道，我很抱歉说这些，但我是关心你。"

"那就别关心了，好吧？我们俩不是这么说的。"

有那么一会儿，他没说话。过了一会儿他又说："你看，我不知道我俩现在是什么关系，但咱俩之间确实有关系吧？而且我确实关心你，就这么简单。"

"那咱俩解除这种关系吧，无论是什么关系。我们只是朋友。现在你不用帮我了，你也不用看着。我只想让你再在这儿待上十分钟。如果我真摔得狠了，旁边没有人的话我就会困在这里，没人知道。"

"你的意思是，"他的声音很小，听起来很受伤，"你因为这事跟我分手？因为我关心你跟我分手？"

我抬头看向雪墙的斜坡，怒火中烧。我又开始害怕了。"谈不上分手。咱俩压根儿就没开始过。"

"我管不了自己，我没办法不关心你，米拉。而且，我真的觉得你也关心我来着。"

我没时间跟他掰扯这些。"我到底哪里错了呢？是要再快一点吗？"

布伦特摇摇头，穿上雪板。

"布伦特！"我大喊。

他走远了。

我又爬上雪墙。无论他在不在，我都得练。我踩上雪板，向四周望去。有三个人从障碍滑雪的雪道上滑下来，六个人登上了缆车，但没有一个人看向我的方向，甚至都听不到我的声音。我得等他们再走近些。

我总是以自己不需要任何人为傲，但现在我发现，事实并非如此。有的时候，就算在单板滑雪这种如此孤独的运动中，你都会需要他人。

还是没人看向这边。我太想起跳了，但现在起跳太冒险。不管了！我猛地冲下去，该来的总会来。如果我今年不能打破自己去年的纪录,我怎么回去面对家人?又或者更糟糕的,我要是比去年排名还低了怎么办?

我都不敢想他们会说些什么。

早跟你说过了,米拉。

振作点儿。

冷风灌进我的外套和裤子。很快,我开始浑身颤抖,但我依然躺在这里。

布伦特受伤的表情沉沉砸在心底,一点点啮噬我的心。我从来没承诺过他什么,但我为什么这么内疚?

这样不行,我得跟他谈谈。下定决心之后,我穿好雪板滑下山。但我没在U型池里看见他,哪里都找不见他。

奥黛特过来,先吻了吻我的面颊。"你今天没训练?"

知道她跟萨斯琪娅是一对儿了之后,她每次出现在我身边我都觉得怪怪的。"我在山上练翻转结合来着。"

"不错呀,成功了吗?"

"快了。"我不想说太多,她会告诉她女朋友的。"布伦特跟我分手了。"

她碰了碰我的胳膊说:"很抱歉。"

"可能这对我俩都好。就像你说的,他是我的锚。"

她一脸同情地看着我说:"其他运动中就不会这样,可能竞速滑雪就不一样。但U型池里太容易受伤了。"

"你跟萨斯琪娅好像就控制得挺好。"我没来得及阻止我自己说出这句话。

"说实话,我担心死她了。"奥黛特转头去找萨斯琪娅。

萨斯琪娅就在那儿,正往缆车方向走。

"你俩为什么要保密呢?"我问。

"她不想公开。"

"好吧,"我看出奥黛特心里不舒服,"对了,你刚才看见布伦特了吗。"

"看见了。他跳了一次,伤到了膝盖。几分钟之前下山去了。"

"什么?"我心里一阵恐慌,"他还好吧?"

"我看见他是走到缆车那边的,应该没什么大事。"

但会严重到他都不肯练完再走吗?Smash是几年英国锦标赛的主赞助商,布伦特是他们的明星滑手。他腾空的照片印在园区内各个广告牌上。看起来他好像无所谓似的,但我知道,他压力很大。

突然,我想起萨斯琪娅的威胁,心内一惊。我会让他回头的。会是真的吗?是萨斯琪娅让他摔的?我太想问问奥黛特,布伦特摔倒的时候,萨斯琪娅在没在旁边了,但我不敢。我下山,自己问布伦特就好了。

萨斯琪娅已经上了缆车,居高临下地看着我。我没有十足把握这么说,但看起来,她一脸心满意足的样子。

41

现在

　　这个地方快要把我弄疯了。餐厅里烛光摇曳，布伦特坐在希瑟身边，要么是在安慰她，要么就是让她不要说出不该说的话。我在努力思考那些话会是什么，脑海里不停冒出一些可能性。

　　丑陋无比。

　　比一夜情更糟糕。

　　我跟希瑟和柯蒂斯在卫生间的时候，布伦特在做什么？伪装自己摔到了头？如果他真砸到了头，恢复得也太快了些。他去外面装雪，用的时间也太长了些。有没有可能是他在外面对戴尔做了些什么，然后把人丢进冰缝里了？

　　炉火噼啪地响。柯蒂斯起身又添了几把柴。不过照这么想，柯蒂斯也消失过一段时间，他说是去找手电筒，而他又不喜欢戴尔。我知道柯蒂斯脾气大，但有没有大到看戴尔不顺眼就要了他命的地步呢？

　　柯蒂斯和戴尔在这件事上，会联手吗？

　　牡鹿的两只黑眼睛直勾勾地盯着我。我的目光又转向旁边那两个什么也没挂的钉子。这两颗钉子上，之前挂的是什么呢？和这事有什么关系吗？我不知道。

我什么也不知道。膝盖太疼了，疼到我无法思考。我试着去想上次受伤我花了多长时间恢复到能走路，但这其实取决于我摔得多严重，取决于我是只扭伤了外侧副韧带，还是也扭伤了其他的韧带。

灯又亮了。

"有情况。"我说。

柯蒂斯哼了一声。"嗯，但谁知道灯还能亮多久呢？"

"是啊。"至少我知道，不是他或布伦特开的灯。

"有人在玩我们。"柯蒂斯说。

但是谁呢，是戴尔吗？

"而且我觉得是我妹妹。"柯蒂斯面色阴沉，起身去门口查看，好像萨斯琪娅会出现似的。

我又想了想他今天下午在浴室里对我说的那些话。如果人真是他杀的，为什么他还会觉得外面是萨斯琪娅呢？我转头看向其他人，想知道他们是怎么想的。

希瑟站起身。"我去睡觉了。"

我觉得她可能没听见柯蒂斯说话，又可能她太担心戴尔，心里已经放不下其他事情。她眼睛哭得通红。我都无法想象这件事对她来说会有多痛苦——如果背后捣鬼的不是她和戴尔的话。

我拿起一个烛台。"给你，拿着这个，免得灯又灭了。你还有火柴吗？"

希瑟拍拍衣兜。"有的。"她看向走廊的眼神闪烁着不确定。

"我跟你一起去。"我勉强站起身来。

但布伦特动作比我快。"我跟她去吧。"

柯蒂斯扶着他的额头，说："我是疯了才会觉得外面是萨斯琪娅。"

我看向走廊，确保希瑟已经走了。我要是把信用卡的事告诉柯蒂斯，他一定会大发雷霆，不过希瑟也花够了。"你知道萨斯琪娅信用卡的转账记录吗？一共花了多少钱？"

"差不多三万元吧。"

"在法国花的，还是英国？"

"法国，还有欧洲其他商店、餐厅。我妈和我爸不知道该怎么办。如果真的是她，或者是其他人，我们该怎么办？他们给她办这张卡就是怕有什么紧急情况。她的赞助商给她的赞助费远没有我的多。不过你也知道她，她看上的东西都很贵。"

我注意到他的措辞，他说话的语气就好像萨斯琪娅还活着一样。他真的觉得萨斯琪娅还活着。我之前一定是误解他了，他怎么可能会杀了自己的妹妹呢？但除了这个，他还有什么可瞒着我的？

柯蒂斯叹了口气："爸爸最后还是把这张卡停了。我父母因为这事吵架，差点儿就离婚了。我妈妈好几周都没跟他说话。"

"他们不能追溯这些开销的来源吗？"我说，"通过监控录像什么的。"

"警方尽了全力，但那些餐厅没有监控，有几家商店有，但画质太差了。什么线索都找不到。"

我深吸一口气。"你可能不会喜欢这个消息，"我对他说，"但用这张卡的不是萨斯琪娅，是戴尔。"

柯蒂斯看着我，目瞪口呆。我对他讲了我刚才在戴尔卧室里偷听到的话。

亏得戴尔和希瑟现在不在。柯蒂斯实在是生气极了。他努力控制着，但他紧紧咬着牙，青筋劲颤，脚踩在地板上，嗒嗒作响。

"不过也挺奇怪，"我说，"他们用卡，不是应该需要密码吗？"

柯蒂斯苦笑一声道："她把密码写在便利贴上，跟卡放在一起，就扔在厨房料理台上。我因为这事跟她吵过一架，但她就是不改。她就这样，有时候丢三落四的。对她来说，那不是她的钱，她不在乎。"

他沉默了一会儿说："所以是戴尔偷了她的信用卡。但这也不能解释我们为什么能闻到她的香水味。还有那些头发，和莫名其妙出现的缆车卡。"

"你什么意思？你是说，是她自己选择抛弃原来的生活，消失不见？"

"可能是吧。"

"她快乐吗？"别太冒进，我叮嘱自己。

他沉思着说："我不知道。"

"你家里知道她和奥黛特的事情吗？"

"什么？"

哦不！他不知道。萨斯琪娅的亲哥哥，不知道她妹妹有女朋友。不过我其实并不意外。萨斯琪娅复杂得很，我从来不知道哪个才是真的她，所以可能柯蒂斯也不知道。

"奥黛特和萨斯琪娅，"我说，"她们俩在一起过。"

柯蒂斯皱起眉说："不，不可能。"

"相信我。"

他不停眨眼，一脸不信。"我知道奥黛特是，但——"

"你怎么知道的？"

他犹豫了一下才说："那个赛季开始的时候我约过她，她直接告诉我的。"

这事我先记下来，待会儿再慢慢消化。

"所以你的意思是，我妹妹是……"

"我没办法给她打标签，但她和奥黛特当时确实是一对儿。"

"你确定？"

"当然。"

柯蒂斯的目光转向壁炉，一直盯着。

"如果当时你们就知道，你家里会是什么反应？"我说。

他没有回答。

"柯蒂斯？"

他的面容扭曲了。"她没告诉我。"

"你家里会让她跟一个女生谈恋爱吗？"

"嗯，会的，他们会接受的。妈的！我怎么能不知道呢？"

现在钟没了，屋里一片寂静。

"所以，你觉得她主动消失了十年，"我说，"然后回来……回来做什么？"

他转头看向窗外，窗外一片黑暗。"我想知道的，也是这个。"

我感到一阵不安。"如果她想捉弄我们，为什么要等上整整十年呢？"

"我从来就没弄明白过她的想法。"

萨斯琪娅的声音在我耳边响起。我会让他回头的。

我最终没有查出来，到底是不是萨斯琪娅导致布伦特在英国锦标赛前摔倒。布伦特说是他的绑绳松了，所以摔倒了。他卸了雪板去吃东西，而我觉得可能是萨斯琪娅在他雪板上动了手脚。她就是这样，太聪明，做任何事情都不留把柄。

柯蒂斯站起身来。"好吧，我累死了，你膝盖还伤着。现在也没什么能做的事情。"他从上衣兜里掏出镁光手电,"这个拿好。我送你回卧室。"

我站起身,眼睛落在墙上那两颗光秃秃的钉子上。电光火石之间,我突然知道上面原来挂着的是什么了。

那是一支旧冰镐。

42

十年前

今天，脑海里的钟响得特别大声。是时候了，今天是英国锦标赛前的最后一个训练日。但我还没练好。

每次腾空，我都想做翻转结合，但总会被什么东西阻碍。我试着欺骗自己，说不过是常识而已。常识告诉我，如果我今天摔坏了，明天就不能参加比赛了，我的赞助商就会悄悄换个能拿更多奖项的运动员赞助。

不过我自己知道，在内心深处，我害怕。

U 型池里挤满了人。这一整周，英国各地的滑手要么飞过来，要么开车过来。今天他们都会在这儿，努力逼近自己的极限。几个我去年在英国锦标赛时认识的女生过来跟我打招呼，其中一个是克莱尔·多娜荷，第一名的常客。布伦特精神焕发，酸痛的膝盖上已经缠好了绷带；柯蒂斯好像也搞定了哈肯翻；戴尔摔了手腕，提前下场去理疗。

但这些事，我只是模模糊糊地有个印象。昨天，我有好几个翻转结合都快能落地了，我也知道我错在哪里。我应该这样做吗，还是不应该这样做？我只要成功一个……

但这是怎么回事？索道操作员正在拉绳关闭 U 型池。哦，现在四点了。妈的！我一直在忙着练翻转结合，还没练其他动作呢。我迷迷糊糊地走到我放包的地方。

柯蒂斯在跟内特·法尔莫聊天，法尔莫去年锦标赛排名第三，前两名是他和布伦特。

"听说你今年练了点新花样。"内特说。

柯蒂斯假作惊讶地问："你没练？"

我注意到，他根本没回答内特的问题。

内特笑了。"我猜明天我们就知道你在搞什么新花样了。"

柯蒂斯耸耸肩。"太滑了，练不了太多。"

不过我知道，滑不滑的，根本不会影响他。

奥黛特也过来了，短发藏在卢西诺的头盔下。"今天怎么样？"

我挤出一丝笑说："还凑合。还活着。"

自从两周前萨斯琪娅把我埋了之后，她就一直对我不错。

她应该是要问我明天打算跳什么动作，但我不想说。我指指柯蒂斯和布伦特，先发制人。"你觉得他们俩明天谁会赢？"从他们之前的练习成果来看，我觉得很难预料。

"得看裁判更看重什么了，"奥黛特说，"如果他们更喜欢技巧性，那就是柯蒂斯，但如果看高度，那可能是布伦特。"

萨斯琪娅过来拿她的包，看起来有些得意。但她有理由得意。除非她出什么大差错，否则明天一定会打败我，而她不会出什么差错的。她跟她哥哥一样，状态一直很稳定。去她的！我原以为，如果我意愿强烈，我就能打败她。但很可能她也跟我一样，非常想要打败我，而她在滑雪上比我早了十年。

过去这两周她都离我远远的。我猜是柯蒂斯跟她说过什么了。不过她也很有可能是在等待合适的时机。

"准备好了吗?"她问奥黛特。

"可能吧。"奥黛特说。

我心中警铃大作。"她又不参加这次比赛。"我说。

"哦,她参加的。"萨斯琪娅说。

我几乎要窒息了,"她不是英国人。"

"我需要积分。"奥黛特说。

我盯着她问:"你说什么?"

"英国锦标赛不是什么大赛,奖金也算不上什么,"奥黛特说,"但其他国家的人也可以参赛。我们不会参与英国国内的排名,但会在国际雪联积分。今年我摔伤手腕的时候丢了几分,我得补回来。"

如果说之前我还只是紧张得反胃,现在我都快吐了。我的前三之梦到这儿就结束了。真糟糕,这简直太糟糕了。

如果奥黛特参赛,纸面上确实不会影响英国的国内排名,因为她不是英国人,但会影响我的真正排名,更重要的是,会影响其他潜在赞助商的看法。

萨斯琪娅笑里藏刀,我知道她对这件事也不开心。不过她什么时候知道这件事情的?

我面无表情地拿起雪板,跟在这群人后面,开始进行每日一比——比赛滑回园区。对于男生来说,这不过是个无伤大雅的游戏,但对于我们女生来说,这却是私人恩怨。奥黛特总是赢,这点没什么可意外的,但萨斯琪娅和我也能齐头并进。在这点上,我还是得感谢前男友史蒂芬,而我猜她要感谢的,是她哥哥吧。

雪道顶端就是所谓的起跑线,萨斯琪娅和我冲了过去。

我得回击,要么反击,要么回去哭鼻子。"你看见我之前做翻转结合了吗?"我提高声音问。

这句话将萨斯琪娅脸上的笑容一把抹没。她和奥黛特对视了一眼，又转回身，满眼不相信。

布伦特就在边上系绑带。自从昨天我跟他分手之后，他几乎没跟我说过话，不过就过了一会儿，他过来跟我对了个拳。"是啊，你确实成功了，米拉。"

他的手套和我的手套撞在一起，我看了他一眼，表示感谢。

萨斯琪娅盯着我。这确实是虚假的胜利，但这是我唯一的机会了。

萨斯琪娅拍了拍柯蒂斯的肩。"你待会儿能在蹦床那边看我训练吗？"她甜甜地问。

柯蒂斯的目光从她身上移到我身上，又移到奥黛特身上。"不能。你问问你朋友能不能陪你？又或者说，你没有朋友？"

萨斯琪娅拿下护目镜，面色铁青。很显然，她也想练翻转结合，但又不想让我们这些参赛选手看见，而现在奥黛特也要参赛了。

嗯，如果我能再加把劲儿，让她相信明天我一定会跳翻转结合，可能她就会冒些不必要的风险。

"都准备好了吗？"柯蒂斯大喊，"走！"

这场比赛没什么规则，我把板头调向下山的方向，重心压在前脚上。我们一路冲下去：布伦特和柯蒂斯，我、萨斯琪娅和奥黛特。我的雪裤在风中猎猎作响，风声在耳边呼啸。男生们如往常一样在前面开路，奥黛特跟在他们身后，截至目前萨斯琪娅和我齐头并进。而我急速转弯避过一个摔倒的滑手时，大腿肌肉叫嚣着抗议。

雪道突然急转向右，柯蒂斯随着急转弯道转弯，而布伦特一直向前，从下面小峭壁上飞跃而过。他总是这样，因为他是布伦特。我不喜欢从高处落下的感觉，所以一般会跟着其他人滑下雪道，但我今天觉得自己什么也不怕，又或者更像是已经什么也不在乎了。雪道上挤满了来度假的滑雪者，从峭壁那里下去可能会更快。所以我勉勉强强提了提速，向那个小峭壁冲了过去。

还没等我来得及改变主意，我就已经腾空，急速俯冲向下，强烈的失重感袭来。落地时，强烈的撞击让我扭伤了膝盖，几乎使我侧翻过去。大腿肌肉火辣辣地疼，我努力找回平衡，滑了出去。

布伦特的身影已经消失在前面的冷杉树里。我追着他向前滑去。树上盖着厚厚的雪，在树影之下，冷冽空气里满是松针的味道。齐膝深的雪地上满是紫色的影子。滑雪的人都梦想着这样的雪地条件，但我太想赢，根本没时间享受。

树木越发浓密，速度也越来越快，我的注意力都放在了躲避树木上。枝条抽打着我的脸，雪落在头上、肩上。很快我就可以看见雪道了。果然！就在那里！

我努力去找萨斯琪娅米白色的外套。妈的！她几乎快到转弯处了。雪道在这里陡然收窄，只有几米，仅能容一人通过。雪道的一边是裸露的山石，另一边有个大瀑布。萨斯琪娅和我要同时冲过去，只是我得从上面冲过去而已。

她余光一瞟，看见了我。我不会退出，而她必须退出。

除非她也不想退出。我能看出来，她确实不想。因为我是从上面飞下去，我的雪板会承接所有落地的冲力，而她的雪板会滑出雪道。

我们越来越近了，我已经做好准备要接受冲力。就在我们的雪板要接触的那一刹那，有什么东西拉着我的滑雪外套，使劲把我往后拽。

什么！——雪板在我脚下打了个转，我摔在雪地里，身边现出一个身影。

果不其然是柯蒂斯。他怎么跑到我身后去了？

他把护目镜扯了下来，脸色通红，而我知道他是因为生气，不是冻的。

我觉得脸颊发烧——生气、羞愧，兼而有之。我的手微微发抖，如果我们真的撞上了，我一定会推她的。一定会。

他挺了挺身子，咧了咧嘴，一手去扶肩膀。哦天哪，是刚才拉我的时候又扯到肩膀了吗？

"米拉，你为什么，为什么非得这么做呢？"

我可以告诉他，我的哥哥杰克在我们玩过的每一项运动中都打败了我，甚至在他毕业之前就成了橄榄球明星。我可以告诉他，在那之后我爸爸是怎么忽视我，把注意力都放在哥哥身上的。我可以告诉他，我有多希望在他们面前证明自己。

但这都是借口。

柯蒂斯摇了摇头，说："你跟她，其实一样。"

我什么都说不出口，我知道他说得对。

而最糟糕的是什么？萨斯琪娅已经遥遥领先，呼啸着划过终点线。她打败了我，又一次打败了我。

43

现在

柯蒂斯一只手搂着我，我一瘸一拐地走出餐厅。
而我脑海里想着那支冰镐锈蚀的刀刃。
我想告诉柯蒂斯这件事，但如果是他拿走的怎么办？
"在这儿等等。"说完，他走进厨房。
他拉开一个抽屉，然后一顿，抬头看我，满面震惊。
"怎么了？"我问。
"刀，刀都没了。"
"什么？"我跛着脚过去看，"妈的！我之前弄晚饭的时候还在呢！"

柯蒂斯重重拍在料理台上，吓了我一跳。所以，有人拿走了那支冰镐，还拿走了所有的刀，让我们这些人手无寸铁地待在这里。

我突然有了个很糟糕的想法。"我希望他们没把我们的滑雪装备拿走。"

"有道理。"

我们沿着走廊匆匆忙忙走出去。目前电源还通着，但我已经做好了再次断电的准备。我们走到大门，看见雪板什么的还在那里，松了一口气。我把手套、护目镜、安全带和收发器揣进兜里，把靴子绑在一起，挂在脖子上。

柯蒂斯把他和布伦特的靴子绑在一起，拿起两块板子。"你能行吗？"

"可以。"我拿起我的板子。弯腰的时候瞥见了戴尔的板子，孤单单靠在墙上。我一下子就忍不住了。

柯蒂斯也在看那块雪板。

"我们不会再见到他了，是吧？"我抖着声音说。

他双唇抿得紧紧的，只是说："我不知道。"

我们俩一路无话，气氛沉郁，一直走回卧室。走到我屋子的时候，我把雪板扔在地上，小心翼翼推开门，又一次暗骂这门为什么只能从里面锁。谁都能进来，很有可能现在还在里面。

"等等，"柯蒂斯大步走进来，检查了衣柜和卫生间，"都没人。"

"谢谢。"我有点尴尬。

他盯着我看了一会儿，可能看出来我害怕，因为他的目光柔和下来。"明早我们第一件事，就是出去。如果你有需要，就敲墙。"

我送他出了门，锁上了门。我依然很警觉，四处看了看，但一切似乎都跟我离开的时候一模一样。

放松，米拉，没人能进来。

要是手里拿着那个冰镐，任何人都能砍开门进来，但至少我能听见。然后呢，大声呼救？

要是没人来救我怎么办？

我瞥了一眼房间里的小窗户。最糟糕我也可以打破窗户逃出去。可能可以吧，我腿脚还不利索呢。这窗子够大吗？我拉开窗帘，然后几乎喊出声来。

雾气蒙蒙的窗子上写着三个字：我想你。

我汗毛倒竖。不是她，不会是她。

我盯着这三个字。字体跟破冰游戏里卡片上的字体是一样的，跟希瑟镜子上有罪那两个字，也是一样的。布伦特刚才来过走廊，可能是他。我希望是他。我得弄明白这事。我僵硬地转回身，一把拉开门，检查走廊的情况。

布伦特打开门，手里拿着个白兰地瓶子。

"你在我窗子上写字了吗？"我问。

他眨了眨眼，问："什么？"

我一瘸一拐地走进屋，门在我们身后关上。"有人在我这写了我想你。"

"不是我。"

我几乎无法呼吸，不可能是她。她不可能想我。

尤其是在我做了那件事之后。

布伦特盯着我，说："你觉得是萨斯琪娅。"

"我不知道。"

他的表情变得僵硬。"你想她吗？"

我心里满是愧疚。"布伦特——"我完全知道他在说些什么。

他又灌了一口白兰地，说："米拉，晚安。"

我们没有拥抱，我们现在已经不可能先拥抱再说再见了。我一瘸一拐地走出去，我们之间的关系已经无法修复了。是我的错，我伤害了我们之间的友谊，也伤害了他。

回到我的房间之后，我把窗子上的字擦掉。有人——可能是萨斯琪娅也可能是别人——在这栋大楼里神出鬼没。门上的挂锁看起来已经不够安全了，我四处寻找，想看看有什么我能躲进去的东西。我能找到的最合适的东西，就是我那管防晒霜。

我躺在冰冷狭窄的小床上，布伦特的声音在脑海里响起。你因为这事跟我分手？因为我关心你跟我分手？

他真的是个好人——当时他还没成年呢，他什么也没做错。萨斯琪娅说得对，是我在利用他。单板真的改变了我，它把我变成了个冷血的怪物。今天在山上，我就发现了——我居然更关心自己要不要跳个后空翻，而不是关心希瑟的安危。

我看向一片黑暗，想起了史蒂芬。

不是因为掰腕子，是因为你，米拉。你每次吵架都想赢，甚至每次对话你都得占上风。

我想起文尼，健身房里的一个武术教练，几个月之前我还跟他约会来着。米拉，我不想再努力跟着你保持一致了。

并不只是因为比赛，对吧？根本就是因为我就是这样的人。

布伦特的声音又响起：赢得比赛不是一切。

但对我来说，赢得比赛就是一切。我想要的，无论有什么后果，我都要努力得到。友谊不重要，其他人的感受也不重要。尽管这种做法会让人在比赛中赢得胜利，但却会在生活中带来问题。

这就是为什么我没有真正的朋友，这就是为什么我所有恋爱都没办法修成正果。现在，我为此付出了代价。我变成了彻头彻尾的孤家寡人。

奥黛特的脸庞在我眼前浮现。我又往黑暗之中躲了躲。柯蒂斯说她还在坐轮椅，手臂也做不了什么大动作。但现在的科技这么发达，她真的不能恢复哪怕一点点吗？

我不敢相信连柯蒂斯都问过她的近况，而我却没有。她也算是我的朋友了。她说她再也不想看见我，但这句话是在事故刚发生的时候说的。现在已经过去了这么久，她应该已经接受了吧，可能想得也不一样了。

我欠她的，我得再试一次。

但我不知道我是不是足够强大，强大到能在做了那样的事情之后，还去面对她。

柯蒂斯的声音传来：你跟她，其实一样。

我蜷成一个球。膝盖生疼，但我活该。我原本希望这次重聚能给我个机会，让我修复之前的关系，但我搞砸了，人与人之间的关系没有那么容易修复。布伦特依然因为我们分手而伤心；柯蒂斯怀疑我做了什么可怕的事情——我确实也做了件可怕的事情；而希瑟和我从来就不热络，现在依然如此。

至于戴尔——因为我自私地坚持要尝试后空翻，拖延了我们寻找希瑟的脚步，而这可能间接导致了他的死亡。

指节深深压入眼眶，一想到他还在外面，我就受不了。但我不会哭的，在安全离开这里之前，我都不会哭。

我的秘密快要将我吞噬，而现在是时候坦白了。我掀开被子，又一次跌跌撞撞冲向走廊，敲响了柯蒂斯的房门。

门里传来脚步声，挂锁落下，门开了。柯蒂斯穿着长袖保暖衣裤站在门口。我逼着自己去看他的眼睛。告诉他。我张开嘴，但不知道该怎么说。

柯蒂斯一直看着我，目光里一半是忧伤，一半是疲倦，还有一点好奇。走廊里冷得像冰，我把双臂抱在胸前，他后退一步，让我上床坐着。

我并没有想到会这样，但脚步已经先于意识行动。我一瘸一拐走过去，把我自己安置在窄窄的木板床上。脸侧的羽绒被柔软又顺滑，床垫上还有他的体温。

柯蒂斯把卫生间的灯打开，把卧室里的灯关掉，也爬了上来。

44

十年前

　　光影酒吧里人头攒动,灯光炫目,乐声震耳,欢歌笑语飘出老远。这里已经完全被参加锦标赛的运动员占领了。我从穿着五颜六色滑雪服的人群中挤到吧台前。我本不想出来的,但不出来就会显得很小家子气。哦不,柯蒂斯也在吧台边,而且他还看见我了。

　　我不情不愿地跟他打招呼:"你肩膀怎么样?"

　　"没什么大事。"

　　他已经原谅我了吗?我分辨不出来,因为他的目光越过了我的头顶。我回头,果然是萨斯琪娅。

　　她穿着件亮银色的紧身上衣,跟奥黛特一起坐在卡座里。朱利安正拉着她们俩去跳舞。奥黛特看起来很想扇他一巴掌,但萨斯琪娅在笑——逗他,跟他调情。这整个冬天,她似乎都在这么对他,钓鱼似的,不远不近。我看着都紧张,因为总有一天鱼线会绷断的。也许柯蒂斯也是这么想的,他看起来就跟要冲过去一样。

　　"你怎么看朱利安?"我问。

　　"没怎么看。"柯蒂斯说,我大笑。

希瑟上完一桌的东西，我冲她招手，但她没看见，又开始给下一桌点单。

在屋子那头，萨斯琪娅已经劝服了朱利安，让他坐下。她可真是不费吹灰之力。

"你知道吗，我其实很羡慕你妹妹。"我勉强开口。

柯蒂斯谨慎地看着我问："羡慕什么？"

"她从来不在乎别人的眼光。"

"这是件好事？"

"女生总会太在乎其他人怎么看自己。我知道我就是这样的人，我也不喜欢这样，可我控制不了。但你妹妹，一点都不在乎。"

"我觉得这不是什么好事。"

"你们男生都这样。"

他皱起眉头。"是吗？"

"对啊。你们男生不会在乎那么多。你只专注于你想要的，对吧？但如果女生这么做，就会有人跟她说你不行。这就是性别差异，就是这样。"

柯蒂斯的表情僵住了，手撑在吧台上。觥筹交错间，我又看见朱利安站起来，他看起来气坏了，但萨斯琪娅对他甜甜笑着，于是他冷静下来。

柯蒂斯转向我说："你知道吗，她从来没认真谈过恋爱。"

"没有吗？"

"她从来没带过哪个男生回来见父母。"

因为她是和女生约会的吗？他知道这事吗？他肯定知道，他是她哥哥呀。但我没立场说什么。"你父母严厉吗？"

"不严厉，一点都不严厉。"

"你向他们介绍过多少个女朋友了?"

柯蒂斯开始掰着手指头数,一路数到十,又继续往下。嫉妒逐渐溢满胸腔,但他最后笑了。"开玩笑罢了,只有三个。"

"跟她这样的妹妹一起长大,是什么感受?"

"你怎么这么多问题?"

我耸耸肩。"就是好奇而已。"

他摸了摸下巴,很显然不想回答,而我又一次感受到他作为哥哥,不肯说妹妹坏话的坚持。忘了吧,就当我没问过。我刚想开口,他开口了。

"就真他妈是场噩梦,"他笑了笑,想缓和这句话的语气,"我可能确实比她大,但我早早就知道,不要惹她。"

"什么意思?"

"我跟一个朋友曾经在我们当地的游泳池那里偷过她的衣服。那时候我们也就十七岁。我朋友提议的,我知道这肯定会惹事,但我并没阻止他。无论如何吧,她最后只能穿着泳衣走回家。"

我笑了,想象着这幅画面。"所以,她当时也就,十五岁?那滋味可真不好受。"

"不过,她也报复回来了。我妹妹就是这样,她总能报复回来。"

"她做什么了?"

"也没什么显眼的。不过学校里的所有人都开始在我背后窃窃私语。而且毕业舞会上,没有一个人愿意跟我跳舞。"他笑了,"这事之前可从来没发生过。"

我也笑了,想象着高中时的柯蒂斯独自一人站在大厅里困惑的样子。

"直到暑假过了一半我才发现为什么。她在学校里散布说,我是个抖 M。"

我笑得更欢了:"那你是吗?"

他抬了抬眼眉。

我笑不出来了,心头涌过一股热流,尽管我很确定他就是说着玩。

他挤出一丝笑:"不管怎么样吧,我们讲和了。从那以后,她就不怎么理我了。"

很可能是因为,有哥哥在身后给她收拾烂摊子,是件很方便的事。但我没说出口。外人嘛,总有些事情能说,有些事情不能说,泾渭分明。而这就是一条我不愿逾越的线。

"嘿!"柯蒂斯挥了挥手,吸引了希瑟的注意力。

"想要点什么?"希瑟今晚看起来有些心不在焉,眼睛也肿了。她哭过了吗?

"一瓶法奇那,再来——"柯蒂斯看向我。

"我也一样。"

柯蒂斯肯定在想为什么我没给布伦特点东西,又或者是布伦特已经告诉他了。他们俩之间会讨论这种事情吗?布伦特站在一群我不认识的男生中间,我扫了他一眼,心里涌起一阵失落。我失去了一个朋友。

"那个,给我拿两杯吧。"我说。

柯蒂斯拿出十欧元递了过去。

"别——"我讨厌男生请我喝东西。我抽出钱包,但没赶上。希瑟已经从柯蒂斯手里拿过了钱,而我也没力气跟他争执。

"谢了。"

柯蒂斯拿过他那瓶。

"等一下,"我说,"明天的比赛,我需要你的建议。我是求稳呢，还是搏一把？"

他犹豫着没有说话。现在离比赛这么近，我这么问是不是越界了？

"布伦特说，你最近一直在练翻转结合，"他最终还是开口了，"你成功落地了吗？"

我再三看过周围，确定萨斯琪娅和奥黛特听不见我们说话，才开口说："没有。但我有好几次都快成功了。"

柯蒂斯的嘴唇抿得紧紧的。"明天你什么时候比赛？"

"早上十点。"

"那场地里肯定硬得像钉子似的。"

我的肩膀耷拉了下来。他说得对。那时候，雪还没化，地上硬得很。

他看着我的脸，像是在找什么答案。"米拉，你为什么这么想赢呢？"

"我跟你说过，我喜欢赢的感觉。这么多人里，你应该最能理解这种感受。"

"我觉得，你比我还想赢。"

"我哥哥是个橄榄球星，"我的声音哽在喉咙里，"我想告诉别人，我也有天赋。"

他的语气温柔了下来。"你确实有天赋。你不需要比赛来证明这点。"

我咬着嘴唇，免得自己哭出来。

"我比赛的时候，你知道我是在跟谁比吗？"他问。

"布伦特？"

"不，是我自己。"

"什么？"

"我争取滑到自己能滑到的最好成绩。要打败别人，确实，我也在努力打败他们，但我控制不了他们。我只能控制我自己。忘了萨斯琪娅吧，忘了你哥哥，就为你自己，比赛，为你自己。"

我能在他的话中听出他的逻辑，而这个方法显然在他身上是奏效的。但他没有穷其一生追赶别人。生下来，他就是第一。我没这个命。我狠狠咽了咽口水。"你不会懂的。你已经赢了。"

电光火石之间，我发现柯蒂斯成名的时间跟我哥哥其实差不太多。是不是因为他，萨斯琪娅才会长成现在这样呢？我有点同情她了。虽然我很不愿意承认，但她跟我，真的很像。

柯蒂斯又紧张起来。屋子那头，朱利安的脸涨得通红。"我得过去。"说完，他匆匆忙忙离开了。

我拿起我那两瓶饮料。

"都是扯淡，你知道吧，都是扯淡。"耳边有个声音说。

我惊了一跳，转头看见戴尔站在吧台边上。这是我们那个莫名其妙的吻之后，他第一次跟我说话。"你说什么？"我问。

戴尔对着柯蒂斯的背影扬了扬下巴。"柯蒂斯·斯巴克斯绝对是这个世界上最好胜的人。真是打得一手好心理战。他说的话，你一个字都不要信。"

45

现在

　　柯蒂斯和我躺在他这张小床上，脸对着脸。我一伸手就能碰到他，他身上的保暖衣温暖又柔软，床单上有他的味道，而这感觉太好，好到我实在想哭。

　　告诉他吧。但我什么都说不出口，只能盯着他看。

　　他紧紧咬着牙，我感觉到，他也在挣扎，纠结着要不要告诉我些什么事情。

　　"你想要什么？"他的声音低缓又轻柔。

　　我太紧张了，浑身都在发抖。我没回答他，他把手放在我的脸附近，好像不能自已似的，粗大的手指抚过我的下唇。"你是因为这个来找我吗？"

　　我的喉咙哽住，我不知道是因为他眼里的紧张，还是因为我太想要他。又或者是因为这么久以来他都在我身边，无论我想要他在，还是不想要他在。但我没有开口说话，因为一旦开口，必然会溃不成军。

　　柯蒂斯一定对我的反应十分困惑。他从没见过我一言不发的时候。"想让我吻你吗？"他低语。

　　喉咙哽得更厉害。

他凑近了些,近到他的呼吸打在我脸上,好温暖。就这样吧——我想不出除了吻他,我还能做些什么。我的嘴唇微微张开,做好了准备。

但他并没有再继续。"没确定你想让我吻你之前,我不会吻你的。"

我抱住他的头,将他拉向我。他翻过身,正正经经地吻我——浓烈而深邃。他尝起来一股牙膏的味道,闻起来一股烟熏的味道。他的手指插进我的手指里,十指相扣,把我的双手分别带到头颈两侧,掌心轻轻压在我的掌心上,整个人将我压在床垫上。

我知道他会这样。他会主导,就像他一直以来那样。

他的胡楂刮过我的脸,粗糙的触感与滚烫娴熟的吻形成了鲜明对比。我从来没有过这样浓烈的吻。可能我并不是这十年里,唯一一个想象这副场景的人。

为了他,我情愿深陷进去,但不是在这里,也不是现在,不是在这个满是谜团的地方。这里太可怕了,如果可以,我恨不得下一秒就从这间屋子里跑出去。

柯蒂斯抬头呼吸,目光依然落在我脸上,让我想起他有多擅长阅读我的思想。我对他眨眨眼。

"还好吧?"

"嗯。"

"想停的时候告诉我。"他等了一会儿,我没说话,于是他又低下头,更加温柔地吻我——吻我的额头,吻我的脸颊,吻我的下巴。他的吻落在其他所有地方,只是不吻我的唇。而我忍不了了,我实在太想要他。他一路吻下去,滚烫的嘴唇落在我脖颈上。他依然压在我身上,我可真受不住了。

他的唇又来找我的唇，我双唇轻启，让他进来。而他不过是蜻蜓点水，舌尖一触即退，然后却把指尖伸进来。我想看他失控，但我才是失控的那一个。我在他身下拼命挣扎，想把手抽出来，因为我还想要更多。

最后，他终于让我尝到了他舌尖的美味。我用鼻子使劲呼吸，好像我们在水下一样。他的呼吸也很粗重，他的防线就要被攻破了。

如果他知道我对他妹妹做了什么，他就不会这样亲我了。

我得告诉他，在他再往前一步之前，我得告诉他。不过我一旦告诉了他，他就会恨我。

而现在，这感觉太美妙了。

我终于抽出一只手，放在他后背上。他停了下来，跨坐在我身上，把上衣剥了下来。半明半暗之间，我欣赏着他美妙的身躯。不是健身房里那些健美运动员那种鼓鼓的、刻意练成的肌肉，而是运动员强壮而坚韧的肌肉群。即使是现在，十年过去了，它们依然在。

我贪婪地看着他，他也居高临下地看着我，好像还噙着一丝笑。

我的指间滑过他紧实光滑的肌肤，抚过那些沟壑，摸着他身上的伤疤。他可太美了。

"可以吗？"他伸手去拉我的上衣。

"嗯。"

他把我的上衣脱掉。空气冰冷，我的乳尖高高耸起，他又用手指拨了拨，小葡萄耸得更高。他抽出手来，直挺挺坐在我身上，肩头一起一伏。

刚才发生了什么？

"我得告诉你件事情，米拉。"他的大腿紧紧靠在我身侧，"我刚才在浴室里就想告诉你的。"

哦，不。我觉得我知道他要告诉我什么了。但这说不通啊。除非他跟我说过的话都是谎言——什么他觉得萨斯琪娅还活着，就在外面，还问我觉得是谁杀了她；对我说这缆车卡是别人栽赃给他的。我胃里一抽，他肯定是从萨斯琪娅兜里拿的，拿它做个变态的纪念品之类的。

柯蒂斯湛蓝的眼睛望向我，满含忧虑。"在我告诉你之前，我想让你知道，我对我的所作所为感到很抱歉。"

他这句话只有一种可能，我的脑海里闪过很多画面：他的大手扼在他妹妹的喉咙上，或者用厨房的哪把大刀捅进他妹妹的胸膛，又或者将她推下山去——

他扫了一眼门口说："只是别告诉他们，好吗？"

他眼中闪烁着炽烈的光芒。他告诉我之后，要做什么呢？会像对萨斯琪娅那样对我吗？把我扔在外面的冰天雪地里？

我把他从身上推下去，挣扎着爬起来，一瘸一拐地走到门口，膝盖一阵剧痛。

柯蒂斯跟着我，不肯开门。"米拉。"

"让我出去。"

"你别这样。"

我听出了他音色中的急切。他妹妹有的是手段激怒我们，她就喜欢把人推到极限，就是为了逗人玩，看看会发生什么。二十年过去了，他会对自己妹妹发火，也是可以理解的。

我转过头面向他。"你不用告诉我。"我的声音在发抖。如果他说出来，就会在监狱里待上一辈子。我还是不知道的好。

"我必须说。我刚才就应该告诉你的。"他吞咽了一下，"你会恨我的,但我还是希望你能理解。好吧……"他深深呼吸。

我想伸手捂住他的嘴。只要他告诉我,我就得报警。

得报警吧?

46

十年前

　　我看着柯蒂斯穿过人群去处理朱利安的事，大脑一片混乱，一点儿也不知道我明天到底应该做什么。

　　戴尔说得对吗？柯蒂斯到底可不可信，还是说，他始终都站在萨斯琪娅那边？

　　戴尔还在试图吸引希瑟的注意力。他一般都不会坐在这儿等着拿饮料，但今天晚上，希瑟似乎不怎么愿意理他。他们肯定又吵架了。希望她没发现我跟戴尔接过吻，我们都不想让希瑟知道这事。

　　我拿着饮料穿过人群去找布伦特，不知道他是否会接受我给他买的饮料。"我想祝你明天好运。"

　　布伦特接过饮料，笑容很悲伤。"你也是，米拉。"

　　"谢谢，我很需要你的祝福。"

　　"你知道，我从来没想拖你的后腿。"

　　"我知道。"我喝了口饮料。这饮料真甜，我应该喝纯果汁的，但今年冬天，我们几个人也不知怎么，超级喜欢喝这个。

　　柯蒂斯的声音随着音乐声飘过来。"她没兴趣，你明白了吗？"他对朱利安说，又换了法语，可能是又重复了一遍刚才这句话，好让他真正明白。

"所以奥黛特现在也是你的对手了，是吧？"布伦特说。

我嘟囔了句："别提这事了。"

"别担心。她参赛又不影响英国排名。"

"但影响观众评价。"我换了个话题，"柯蒂斯在滑雪上给过你建议吗？你信他的吗？"

布伦特答得毫不迟疑："信啊，怎么了？"

"只是……你觉得他真会帮你？你不觉得奇怪吗？帮你，你会打败他的。你不觉得他会……"我搜肠刮肚想找个恰当的词。

"你是说，故意给我错误的建议？不会的，他不是这样的人。"

"但他那么好胜。"

屋子另一侧，朱利安已经不见了，柯蒂斯正在跟一群我不认识的人聊天。

"你认识的柯蒂斯，"布伦特说，"是一个认识很多人，看起来还挺友好的男生。但他可远不止如此。每个人心里有个圈子，外人都可能是潜在的对手，但如果你进了这个圈子，他就会为你两肋插刀。"

"这样啊……"我慢慢说。

"但你得能赢得他的信任才行。"

"你赢得他的信任了？"

布伦特点头。"花了点时间，但是的。"

"戴尔在他的圈子里吗？"

"没有。戴尔可烦他了。"

"还真是，我也发现了。"两个人都很强势，都想占主导地位。"那我呢,我在圈子里吗?"

布伦特转头看向别处。"难说。"

换句话说,就是没有。这个答案有点伤人,但我能体会到其中的真实。在萨斯琪娅把我埋在雪堆里之后,我可能曾经短暂地进入过那个圈子,但昨天那场比试又把我踢了出去。

我一口口喝着饮料,思考我的小圈子里都有谁。我哥,不行。只要他想,他就能让我活在水深火热之中,而我跟我父母的关系也不怎么样。布伦特和我也很亲近,但也没能再往前一步。再就是奥黛特,但她也没能再往前一步。单板已经让我跟所有家里的朋友都疏远了,这都是我的问题,因为我主动选择了滑雪,而远离了他们。他们的二十一岁成人礼,订婚宴会什么的,我都没去。我选择了滑雪。

所以,我的圈子里没有人。我就没有这么个圈子。

在我周围,大家笑闹着聊天,这里围了一圈,那里围了一圈。怎么会变成这样呢?在我职业生涯最重要的比赛前夜,我独自一人坐在这,没有朋友,孤孤单单。

布伦特碰了碰我的手说:"想让我早上过去吗?我们俩可以一起上山。"

"好啊,好极了。"一丝希望的火花闪现,可能会有用吧,布伦特跟我还会是朋友。

希瑟匆匆忙忙从萨斯琪娅的卡座中出来,拿了一堆空瓶子,碰倒了萨斯琪娅还剩半瓶的饮料。萨斯琪娅说了句什么,希瑟直起身,双眼冒火。萨斯琪娅也站起身,银色上衣闪闪发光。她们吵了起来。尽管音乐声太大,我听不见她们说些什么,但希瑟看起来越来越生气。

奥黛特震惊地看向萨斯琪娅,然后挣扎着起身。她用法语对萨斯琪娅吼了句什么,跑了出去。

希瑟到底说了些什么?

萨斯琪娅靠在希瑟耳朵边上,说了句什么。

希瑟一巴掌扇在她脸上。"你这不要脸的!"她吼得很大声,大到我都能听见。

萨斯琪娅也用力扇了回去,直打了希瑟一个趔趄。

我眨了眨眼的工夫,戴尔从吧台边上冲过去推了萨斯琪娅一把,推得她后退了几步。她撞翻了一把椅子,他们两个都跌在卡座上,戴尔压在萨斯琪娅身上。

柯蒂斯过去把戴尔拉了下来,他们俩扭打起来。人群四散开来,音乐声也停了。酒吧里一片寂静。

"你得管管你妹妹!"戴尔大声吼。

"她又不是条狗!"柯蒂斯吼回去。

"是吗?这我可不知道。"戴尔说。

柯蒂斯猛地挥出一拳,我甚至都没看见他胳膊动一下。戴尔踉跄一步,手捂着下巴,随后冲了上去。他挥拳打向柯蒂斯,但柯蒂斯躲开了,他只刮到了柯蒂斯的耳朵。

三个身材魁梧的保安走进来,两个抓住柯蒂斯的胳膊用力扭到他身后。柯蒂斯低呼一声,脸色瞬间白了。哦,他妈的!他肩膀还有伤呢。

戴尔又想去打柯蒂斯,但另一个保安站在中间,戴尔一拳打在他身上。也不知从哪里又钻出来好几个保安,最后面穿制服的男人用法语说了句什么。

一开始出现的三个保安抓着戴尔和柯蒂斯走向后门。戴尔摩挲着手腕。他肯定伤得挺重,因为他都没再出手。

希瑟看向戴尔离开的方向,面露担忧,但穿制服的男人把她拦了回去。

"到底发生了什么?"布伦特说。

"我不知道,"我说,"我完全清醒,也没看明白。"

"最好去看看他们把他俩带哪儿去了。"布伦特跟了出去。

现在,桌边只有萨斯琪娅。这次她又是一副泰然自若的样子,让我不得不注意她。她意识到我的目光,对我耸了耸肩,好像这事跟她无关一样。

我挤过人群走向后门,跟上布伦特的脚步,但被一个保安拦住,只能走正门。

穿制服的男人正在跟希瑟说话。很显然是在骂她,因为她的头都快埋到胸前了。

我经过萨斯琪娅身边,她抓住了我的胳膊。"他们不会有事的,你在这儿待着吧。"

"你这么觉得?"我说。

"他们都是成年人了。"

保安都回来了。柯蒂斯、布伦特和戴尔可能已经走到半路。

萨斯琪娅指了指她身旁的座位。"坐。"

我犹豫了。她想做什么?我可不想跟她一起玩,但这又可能是绝佳机会。我还没想出来什么正大光明的比赛策略呢,如果我能探出来她明天打算冒多大风险,我就能知道我需要冒多大风险。

我犹犹豫豫地坐下了。

"你知道他们为什么没把我也带出去吗?"萨斯琪娅说。

"为什么?"

她看了一眼块头最大的那个保安,他正在巡视,双手抱在胸前。"他们巴不得把事情闹大呢。好打一架,你知道吧?扯衣服什么的。"
　　希瑟穿着皮夹克从出口离开,看起来心烦意乱。
　　"我觉得她被炒了。"我说。
　　"活该。这傻娘们儿。"萨斯琪娅说。
　　我环顾四周,其他人都走了。现在只有我,和她。

47

现在

"是我,"柯蒂斯说,"是我邀请你来这里的。"

脚下的木地板又一次颤动起来,只是这次,好像大楼下面的冰裂开,整个楼都掉进去了似的。

我必须得离开这里。我疯了似的冲向门口,膝盖疼得要裂开一样,但与我内心的疼痛相比不值一提。

"我妈妈始终不能接受萨斯琪娅的失踪,"柯蒂斯平静地说,"她已经崩溃了三次了。"

我打开门锁。我上身几乎什么都没穿,但我不在乎。

"宣布萨斯琪娅死亡那天,妈妈想自杀来着。"

我握在门把手上的手迟疑了一下。才过去两周,难怪柯蒂斯还走不出来。

"我真是没办法了。这是我找出真相的最后办法,因为她还会自杀的。"

我慢慢转身。

柯蒂斯看起来跟当时搜救队来找他妹妹的时候一样,整个人支离破碎。"要是我能找到尸体,可能就会让妈妈了结这件事。我们就能……"他的声音哽咽了,"葬了她,或者至少知道她到底怎么了。什么都不知道才是最糟糕的。妈妈总是想象那些糟糕的事情，比如她被绑架了，或者那些大概率看起来不过是场意外的事情。我觉得，我这么做可能会给她带来一丝安宁。但我从没想过，事情会变成现在这样。"

我找了找上衣，但没看见，于是我把手臂抱在胸前，问："那你当初怎么想的？"

"大家来过个周末而已。找个机会一起玩一玩，了解一下大家的近况，聊聊之前的事情。"他扯下一床被子披在我身上。"给，裹上吧，不然会冻死的。"

"我本来打算把你们都灌醉，看看能不能问出些什么来。就算有点线索，找到个原因也好，什么都行。我知道你们当时有很多事情都没告诉我。但已经过去这么长时间，我觉得你们可能想说了。"他摸着自己的手臂，"可能我会知道点什么，也可能不会，但至少我试过。想坐一会儿吗？"

我摇摇头。他说的没一句真话。真恶心。

他也拉了床被子裹在自己身上，盘着腿坐在地板上。

"那个破冰游戏是怎么回事？"我问。

"那跟我没关系。"他一定看出我没相信，迅速补充道，"我说的是真的。我也不知道那些东西都是哪儿来的。我的计划没什么见不得人的。"

"我们的手机，是你拿走的吗？"

"不是。我给你们发了邀请函，还付了住宿费。但我只做了这些，我发誓。"

膝盖疼得厉害，我离他远远的，坐在床上。"为什么大老远把我们弄到这儿来呢？"

"我之前想过，要不要就在英国本地，在伦敦找个酒吧什么的。但事情最后闹成这样,我不知道大家还想不想看到彼此。我觉得如果我邀请你们来这里,你们可能无法拒绝。"

"更像是无法离开吧。"

"我说真的,我计划的不是这样的。我知道这上面除了我们不会有别的客人,但我以为会有工作人员什么的。"

"你为什么要借我的名义给他们发邀请呢?"

"几年前,我给布伦特发了好几封邮件,但他从来没回过。因为妈妈的事情,我有点着急。我,我知道这么做不对,但我当时实在没别的办法。我觉得如果布伦特看到是你发的邀请,他可能会来。而且,如果戴尔知道是我邀请的,他肯定不会来的。不过即便如此,希瑟还是拒绝了。"

"所以你就威胁她。不去我就把你们的秘密说出去。"

"对。"

"所以你知道布伦特和希瑟的事,你怎么知道的?布伦特说没人知道。"

"我听见了。去光影酒吧之前,我在屋里睡觉。希瑟的声音并不难认。"

"于是事情变成现在这样,"我得屏蔽膝盖的疼痛,专心把这个谜解开,"你找谁预订的房间?"

"是个叫罗米恩的,当时主管不在。我不确定这时候他们能不能让我们上山——天气阴晴不定的——但我还是打了电话,说了我的要求,他们给我回了报价。"

"你跟他们见过面吗?"

"没见过,都是通过电话和邮件联络。我昨天路过的时候发现景区办公室锁着,但罗米恩跟我说过有这种可能。他说我要的东西都会给我准备好。所以当我们出了缆车发现没人,我就觉出不对来了。"

"但你什么也没说？"

柯蒂斯看起来有点尴尬。"我说了就达不到目的了。我本来觉得跟着要求走，看看到底会发生什么。无论如何吧，破冰游戏里还是得到了点有用的信息。"

"那你怎么解释从昨天到今天发生的这些事？"

柯蒂斯扫了门口一眼，压低声音："有其他人进来过，这些都是他们安排的。"

"这里还有其他人？"话一出口，我就意识到了问题。破冰游戏里那些卡片，能写出那些东西的人肯定是我们的熟人。但怎么可能？

"你想想，"柯蒂斯说，"这边荒凉得很，没有工业区，大部分工作都是季节性的。主管都走了，这时候肯定不会有很多员工，想要贿赂一个可太容易了。我觉得可能都不用花太多钱。只要他们知道只有我们在上面就行了，他们就能关掉缆车，捣捣鬼。"

这些话让我心惊。为什么他要说这些话？

我还是很想相信他，于是盯着他的脸问："把人困在这上面，工作人员会丢工作的吧？"

"如果是临时工，就无所谓了。可能那些人达成的协议就是我们想坐车下山的时候会给他们打电话，或者我们自己想办法下去。"他皱起眉头，"这地方到处都是我妹妹的气息。"

他眼里的悲痛是真实的。"但她为什么要这么做呢？"问这句话的时候，我也有点局促，因为我至少知道一个原因。

"我也不知道。"他盯着地上的阴影看了一会儿，然后转过头看我，"不管怎么样，我都很抱歉。"

我不知道应该看哪里。就算其他事情不是他做的，他也确实在邀请函这件事上骗了我。

但至少他最后告诉我了。他比我勇敢得多。在某种程度上，我能理解他的举动——家人对他来说很重要，甚至是他怀疑我的原因。我看过我最丑陋的部分，而且他说得对，他也不知道萨斯琪娅最后那几个小时是怎么度过的。

"为什么现在告诉我？"我追问。

"我在等，等我能确定的时候。"

"确定她不是我杀的？"

"对。"

"你现在能确定了？这可真是个好消息。"

他没回答。

我盯着他说："你依然在怀疑我。你怀疑我，刚才还那样对我？"

他耸耸肩，眼里含着悲伤。"米拉，我喜欢你，一直都喜欢你。她对你做的那些事，这些年我想了又想，觉得如果真是你……伤害了她，可能也是意外，或是出于自保。而如果真的是这样，我也能接受。"

他看着我的脸，现在是我坦白的时候了。恰在此刻，敲门声响起来。

柯蒂斯骂了一句。

"最好去开一下。"我说。

他爬起身，把门开了个缝。

"我听见有声音。"

完了。是布伦特的声音。

"米拉没有应门。"

"呃……"柯蒂斯回头看了看我。

我把被子拉到下巴上。"没关系,开门吧。"

柯蒂斯把门打开,布伦特看见我,震惊极了。我又伤害了他一次。

"我什么也没听到。"柯蒂斯说。

"我也没有。"我说。

布伦特在门口走来走去,显然十分不安。"像是关门的声音。希瑟也不在房间里。"

柯蒂斯与我对视一眼,我的心脏又开始怦怦地跳。戏一出接一出地来。

布伦特不情不愿地走进来,我闻到了白兰地的味道。他喝了整整一瓶吗?闻起来像。

柯蒂斯锁上门,把帽衫的帽子拉到了头上。"穿件衣服吧,米拉?"他扔给我一件保暖上衣,还有两件他的毛衫。

"我出去吧,你好能换衣服?"布伦特僵硬地说。

"不用。"我说。没有什么他之前没见过的,他们两个肯定都是这么想的,不过我很感激他俩都没说出口。

膝盖已经僵直,我小心翼翼把腿从床上搬了下来。我换衣服的时候,布伦特转过身去,柯蒂斯的衣服太大了,但至少很暖和。

"现在可以看了。"我说。

布伦特把手插进头发里。"所以我们现在该怎么办?"

柯蒂斯的眼神很防备。"我觉得,我们应该去找希瑟。"

布伦特点头。

我注意到,他现在已经无意识地听柯蒂斯的话了。布伦特害怕了。

而这点让我也很害怕。十分害怕。

"我们应该拿个武器什么的吗？"布伦特说。

我深吸一口气。

柯蒂斯停顿了一下问："你想的是什么样的武器？"

我看到了柯蒂斯看他的眼神，那是一种审视的目光，就是为了看看他的反应速度。如果他现在身上就带着家伙，肯定会反应很快。

"外面有很多棍子和长矛。"布伦特说。

还有冰镐。

布伦特幽黑的眼眸对上我的。"还有冰镐。"

天哪。我想到一个站在那些门外面的黑影，举着冰镐，做好了准备。

我想张开嘴告诉他们餐厅里的冰镐不见了，但布伦特还在看我。是他拿走了冰镐吗？或者他拿了那些刀？我的推理能力烂透了，但如果真是他拿的，他认为我们没察觉到便最好不过了。

"你们屋里有什么可以用的东西吗？"柯蒂斯问。

"我有个螺丝刀。"布伦特说。

"去拿来。"

布伦特消失在门口。

门关上那一刻，柯蒂斯靠过来问："你信他吗？"

我犹豫了一瞬。我熟悉布伦特身上的每一寸肌肤，但我真的了解他吗？现在，十年后，我真的了解他吗？我无法忘记昨晚他眼中的神色。"你信他吗？"

"我不确定。"柯蒂斯在他的双肩包里翻找起来。

"你知道楼下餐厅里有个冰镐吗？"

"知道啊。"

"那把冰镐不见了。"

柯蒂斯猛地抬头。"什么时候的事？"

"我是晚饭时发现的。"我现在觉得没早点儿把这事说出来实在太不明智了。

他骂了一句，拿出一个紫色塑料把的大号螺丝刀——就是十年前我从他手里借走的那个。"这个，拿着这个。"

"你呢？"

"你拿着吧。"

我接了过来。

"听着，如果外面的真是我妹妹，你离她远远的，好吧？让我来处理。"

真是噩梦一样。想到她能死而复生，还搞了个这么精密的计划，就为了……为了什么？

柯蒂斯向门口投去担忧的眼神。"布伦特应该回来了。米拉，你信我吗？"

"我——"我不知道，"我需要时间来消化你告诉我的那些事。"

"听着，从现在开始，我一定会跟你说实话。但你得信我，我们一出那个门……"

走廊里传来一声尖叫。是女性尖利的叫声。

我一把拉开门冲了出去，酸痛的膝盖几乎让我跪在地上。我看见希瑟挥舞着那把不知所踪的冰镐。

所以是她在背后捣鬼。她和戴尔。

布伦特站在走廊下面，离她有几米远，举着手臂，一只手里攥着螺丝刀。他又站在谁那边呢？

希瑟挥舞着冰镐向我冲过来。冰镐确实不是新的，但杀伤力依旧很强。我举起螺丝刀。冰镐对螺丝刀,我觉得我赢的希望很渺茫。

柯蒂斯站在我身后,手里什么都没有。

希瑟为什么要这么做?戴尔在哪里?那些刀又在谁手里?我想回头看看走廊下面,但我不敢移开目光。我得相信柯蒂斯,他能守住我背后的。

希瑟的目光锁在我手里的螺丝刀上。"退后!"

她双手攥着冰镐,指节攥得发白。我觉得,我只要动一下,她就会劈头砸过来。

灯灭了。

48

十年前

黑暗中，萨斯琪娅的脸从我眼前闪过。我们在光影酒吧的舞池里舞蹈，绿色和橙色的光落在她脸上。

杀手乐队的歌声又响起，这个冬天我可听过太多次这首歌了。频闪灯打在萨斯琪娅银色的紧身衣上，一闪一闪的。每个人都在看她，但她好像丝毫不觉——又或者她压根儿就不在乎？

她和我好像在玩"剩者为王"。截至目前我还没什么问题，因为我没喝酒，但反过来我又觉得，她可能也没喝。显然，我没办法把她灌到影响明天比赛的程度，但我也许能让她精疲力尽。昨晚我睡得很早，而且同时打三份工让我能在只睡几个小时的情况下依然保持清醒。希望她不会也这么能熬。

她还是打败了我。

我们一直跳到音乐声停。保安把我们往出口赶。走到街上，萨斯琪娅和我对视了一眼。

我们之间剑拔弩张的氛围已然不在。明天，我们就会成为赛场上的对手，但我之前想要赶她出局的那些雄心壮志消失殆尽，她也什么都没失去。但我觉得我们两个都不可能排到前两名。奥黛特可能会拔得头筹，第二很可能是克莱尔·多娜荷，她今天在场地里光芒四射，晚上我又没看见她。她肯定在家养精蓄锐了——聪明的姑娘。无论如何，除非萨斯琪娅搞砸了，或者我奇迹般地跳出一个翻转结合，否则她就肯定能拿第三。还有其他女生之前也跳得不错，我甚至怀疑我是否能得第四。我唯一的希望就在那个翻转结合上了，或者至少让萨斯琪娅觉得，我会跳翻转结合。

我们马上要走到萨斯琪娅家。有人在外面，蹲在邮箱边上。是朱利安。他在这儿做什么？他站起身来，看见了我们。他手里拿了个东西——是支马克笔。他在萨斯琪娅家门口的邮箱上用法语写了句什么。

"那什么意思？"我问。

"冷面婊子。"萨斯琪娅说。

朱利安窃窃地笑。我大步走过去，一记重拳打在他肚子上。他摔倒在地。有个哥哥的优势终于显现出来。杰克和我总是打架，我很小的时候就知道，如果我想打他，就得狠狠地打，这样至少我还有时间跑到妈妈那儿去。

萨斯琪娅用新奇的目光看向我问："为什么要这么做？你根本不喜欢我。"

我自己也不太确定。"我是今晚唯一一个没动手的，加入一下大家。"

她大笑出声。朱利安还没能起身。

萨斯琪娅掏出门钥匙。妈的！我本应该拖着她，让她精疲力尽。我还记得戴尔之前说柯蒂斯的那些话。打心理战是吧？我从来都没玩过这种心理战。但要么出手，要么偷偷躲回家哭去。此时此刻，萨斯琪娅最没想到的是什么？既然我们这么像，理论上来说，能让我吃惊的事情，也能让她吃上一惊。

友谊。

"我刚发现，"我说，"你还没去过我那儿呢。想去我那儿坐坐吗？"

她回头，一脸怀疑。"我得睡觉了。"

"为什么？害怕明天发挥不好吗？"

激将法之前在我身上有用，在她身上应该也有用。她低下头，伸出胳膊。我挽起她的胳膊，我们沿着街往前走。我回头看了看，确保朱利安没跟着我们。他还躺在地上哼唧呢。

周围，雪花安安静静地落下来。

萨斯琪娅看了看天说："一会儿会下得更大的。"

"希望他们会打扫场地。"

"肯定会。"

脚下的雪化了，又冻成冰。我穿着耐克，她穿着可爱的小皮靴，我们踩在冰上，一起往前滑去，咯咯笑着，抓着彼此保持平衡。

"这就是我需要的，"她说，"在比赛前摔断脚踝。"

显然，我们俩现在能想到的，只有明天的比赛。

"我希望明天不会下雪，"我说，"我可不想在一片白茫茫里跳翻转结合。"

我永远学不会说谎——我哥哥总这么说。但萨斯琪娅瞪我一眼，我感受到她内心的动摇。

我领着她穿过马路。"就在这儿。"我把钥匙插进锁孔里，打开了公寓的门，有些尴尬。

她走进屋。"哦——"

我笑了。"我第一次来这儿的时候也是这个表情。"

这地方有十六平方米，靠墙放着一张双人床。厨房门后的角落里有个小冰箱,还有两个带着古旧转盘的电炉子。只有关上冰箱门才能进卫生间。而这间房是我在赛季末能找到的唯一住所。

萨斯琪娅看着我,好像在问我为什么要把她带到这里来。

我搜肠刮肚地找话题。我对这种维系女生友谊的事情历来不擅长。但随后,我觉得萨斯琪娅可能也不擅长。我们总是在互相竞争,从来没对彼此示好过。

我看到她手腕上银蓝相间的手链,这条链子我已经看见她戴过好几次了。"你的手链真好看。"

她毫无兴趣地瞄了它一眼。"奥黛特给我的,给你吧。"

"没事,我不要。"

但她还是摘了下来。"你拿着吧,我现在不喜欢了。"

我觉得她可能不只在说手链。我不知所措地看着她把手链放在我的床头。

她的目光落在枕头上揉成一团的 Burton 牌 T 恤上,那是布伦特的。她转向我,唇角噙着调皮的笑意。"不说别的,他床上功夫还行吗?"

"奥黛特行吗?"我立刻呛回去,因为我不想告诉她任何布伦特的事情。其实,我也不该提奥黛特的,要是屋里有另一个人,我就不会提到奥黛特。

萨斯琪娅的眼里闪过一丝火花。"你呢?你怎么样,米拉?"

我一阵阵紧张,我们都想压彼此一头,就像在山上一样。

我抬起眼眉,装作无所谓的样子。"你觉得呢?"

她伸手去碰我的头发,一直盯着我看,想看看她的举动有没有吓退我——还是想激起我的胜负欲让我更进一步?我分辨不出。

"说真的呢,"她说,"因为我哥哥会愿意知道的。"

她的语气中充满了嫉妒，仿佛她哥哥的欲望就是那个她无法从我手里夺走的东西。但她提到柯蒂斯，真是吓了我一跳。接下来她就会问我对柯蒂斯的想法了，在我开口缴械之前，我得尽快结束这个游戏。我得出个杀招，让她招架不住的那种。

我伸手捏住她的下巴。"可能不错。"

我本以为她会推开我，但她没有。

"我试试。"她在我耳边说。

好的，现在她吓到我了。

但我可不能让她看出来，我只能想出一个符合逻辑的举动。我俯身过去吻她，她身躯微震，我觉得她应该有些意外，但她回吻了我。

随后，我脚下一空，摔了下去。这跟我起跳腾空的时候感觉一样，强烈的失重感。我觉得她会抽身而去，但她却把这场游戏推到了一个新的高度。

我从来没同哪个女孩接过吻，没像这样亲过嘴。她的嘴唇比布伦特的软多了，她的吻也完全不同。但她跟奥黛特在一起呢，她肯定会在我退出之前抽身的。

不过，我认识她这么久，什么时候见过她抽身而去？

我眯着眼，睫毛掩映下，我看到她那双湛蓝的眼睛，跟她哥哥的简直一模一样。她审视着我，我把她推回床上，深深吻下去。她拉开我滑雪外套的拉链，于是我也拉开了她的，把她的毛衣脱了下来。

她笑着摘了我的胸罩。"那就来吧。"她把紧身衣的拉链送到我手边。

拉开拉链的时候，我手都抖了。她纤细指尖拂过我的肌肤，引起阵阵战栗。让我震惊的是，我似乎知道如何抚摸她——至少她有反应。那奥黛特呢？我觉得很内疚，但内疚还不足以让我停下来。

我对我自己说，我这么做都是为了赢得比赛，一场是今天我们俩这场私人较量，一场是明天的公开较量。我告诉自己，这些都是因为她那双眼睛，现在盯着我的那双眼睛，跟柯蒂斯的太像了。

但真相可能更简单。整个冬天，我都对她有种奇怪的迷恋，而现在我在这里，与她之间的距离比我能想象的更加亲密。在她对我做了那些事情之后，现在的举动听起来确实很疯狂，但我觉得，就在此时此刻，我是爱她的。哪怕只有一点点。

49

现在

冰冷的走廊里伸手不见五指，我所有的感官都在紧张感受着空气中可能会传来的风声，和可能会随之而来的冰镐。

"都别动！"希瑟尖叫。

她的声音太尖利，我退缩了，双手举高护住头——虽然我不确定在冰镐的攻击之下，胳膊能提供多大保护。

我身后有什么东西动了动，吓了我一跳，但膝盖的痛让我根本跳不起来。

"放下冰镐。"是柯蒂斯的声音。他是怎么做到听起来这么冷静的？

我退到他身后，他顺着我的胳膊摸到螺丝刀，握了握。我松手让他把螺丝刀拿走。最终我还是更信他。

他绕到我身前，朝着希瑟走去。他要做什么？

"你为什么要把我带到这儿来！"希瑟哭喊着，"你想从我这儿得到什么？"

她的声音里满是绝望。我摸索着向前，碰到柯蒂斯的肩膀。我不想让他伤害希瑟。"柯蒂斯，不是她。"

"米拉。"柯蒂斯警告我。

我推开他向前，希望我是对的。

"别，米拉。"柯蒂斯说。

我没理他。"希瑟？"我听到自己声音中的颤抖，"布伦特听到有声音，而你不在房间里。"

一片沉默。

"布伦特，你在吗？"我的声音又颤抖起来。

"这里。"听起来布伦特站得离我们很远，"我找到了两个开关，但没用。又停电了。"

一双手抓住我的肩膀，我又一激灵。"手电在哪儿？"柯蒂斯在我耳边轻声说。

"嗯，在我卧室里。就在床边的地板上。"

"我去拿。"他把螺丝刀塞进我手里，"别动。"

他转身离开，带起一阵风。

"希瑟？"我说，"你吓死我们了。"

没人回答。

"柯蒂斯去拿手电了。"我说。

好几十秒过去，我只能听见我们几个呼吸的声音。

又一阵风掠过，走廊亮了起来。柯蒂斯拿着手电，站在我卧室门口。希瑟靠在墙边发抖，手上紧紧握着那个冰镐。布伦特在走廊那头。

我往前一步，伸出手，手指明显在颤抖。"希瑟？"

冰镐从她手里滑下来落在地上。她瘫在地板上，放声大哭。

布伦特瘫倒在地，手抓着胸口。"希瑟，你真是吓死我了。"

我本可以坐在希瑟身边，但我现在蹲不下去，只能把我颤抖的手放在她肩上。

"没事了。"布伦特把她拉起来，紧紧拢在怀里。

"我找到……"希瑟一边抽泣,一边努力想说些什么。

"找到什么?"

她大声抽泣着说:"找到一间房。"她抬起一根颤抖的手指,指向走廊那头。

"什么样的房?"

她哭得太凶,根本说不出话来。我无助地看向布伦特。

"能带我们去看看吗?"布伦特说。

她抽泣一声,点点头。布伦特捡起冰镐,把手上的螺丝刀递给希瑟。柯蒂斯通身一僵,但什么也没说。希瑟带着我们往走廊那侧走。柯蒂斯跟着她,用手电照亮前面的路。我跟在他们后面,膝盖很痛,我只能咬紧牙关,布伦特跟在我身后。

我们的影子在墙上移动,四个影子,其中一个拿着冰镐。

我希望手电的电量还够用。希瑟左手拿着手电,穿过我之前找到她的那个卫生间,然后在下一扇门前停了下来。

我发誓,这扇门之前肯定是锁着的。希瑟把门推开,柯蒂斯用手电照进去,我知道我之前肯定没见过这个房间。

"妈的!"柯蒂斯倒吸一口凉气。

50

十年前

 一阵巨大的砸门声把我弄醒,萨斯琪娅躺在我身边,身上什么都没穿,我也几乎没穿什么东西。
 "米拉?"
 哦,妈的!是布伦特的声音。我跌跌撞撞爬起来,找衣服套上。
 这样被抓个正着,我想着萨斯琪娅肯定跟我一样手足无措。但她没有。她一动没动,我把毛衣从地板上捞起来套在头上。
 "穿件衣服!"
 她的眼睛闪亮亮地问:"为什么要穿衣服?"
 "因为我想让你穿衣服。"
 她躺在那里,嘴角挂着我这个冬天经常看见的那种笑。
 "米拉!"布伦特大声喊,"快点!我想尿尿!"
 萨斯琪娅爆出一声大笑。
 "马上!"我把萨斯琪娅的胸罩和内裤扔给她,慌忙去找我的牛仔裤。
 布伦特把门砸得砰砰作响。"快点儿!"
 萨斯琪娅依旧没从床上爬起来。我实在没办法,只能把门打开。布伦特拿着雪板,穿着全套行头。他把板子和双肩包扔在地上冲进来,一眼扫到萨斯琪娅,定在当场。

萨斯琪娅躺在床上,羽绒被勾勒出她双峰形状。她朝着布伦特挥了挥纤细手臂。"嗨,布伦特。"

"穿衣服,"我对她说,"求求你了。"

她伸了个懒腰,又打了个哈欠。"马上。"

厕所响起哗啦啦的冲水声,接下来是水龙头的水流声。直到布伦特从卫生间里出来,萨斯琪娅才起身,又伸了个懒腰,光裸着从床上爬下来。

可怜的布伦特都不知道该把眼睛放在哪儿。萨斯琪娅拿过她的黑色蕾丝文胸和内裤,慢条斯理地穿上。我看到布伦特不由自主地看向她,但我并不怪他。萨斯琪娅确实美得惊人。她不像模特那么瘦弱,但确实比我苗条,体型匀称有力,肌肤是光滑的、小麦色的,而且肯定是特意美黑的。而我的手臂和大腿已经几个月没见太阳了。

布伦特艰难地转头看我,声音干涩:"我们说好,要一起上山的。"

他看着我,好像从来不曾认识我似的。

51

现在

整个屋子在柯蒂斯的手电光下,显出琥珀色。屋子中间摆了张桌子,另一边堆了六七个显示器。

"控制室。"柯蒂斯说。

又有那种味道了,香水味。我看了看柯蒂斯,想看他有没有注意到。他面色苍白,手扶着墙勉强保持平衡。

房间最里面有个床垫,上面摆了个枕头,还有几床被子。我的心跳开始加速,有人睡在这儿。但是谁呢?我扫了一眼门口,布伦特肯定也在想这个,因为他检查了门口两侧。他可能喝了很多酒,但确实在努力保持清醒。

柯蒂斯盯着床垫,面色仓皇。

我转向希瑟问道:"你怎么找到这间屋子的?"

"我跟你说了,我听见一声响。"她又抽泣了一声,"我觉得可能是戴尔,于是就去看了。"

"然后就看见这扇门开了?就大敞四开的?"

她点头。

"你什么时候拿走的冰镐?"

"今天下午你们几个去看那个缆车操作间的时候。我太害怕了。"她的眼神飞快掠过了我,我觉得她的意思是,她害怕柯蒂斯。"我决定要把这东西放在我房间里,万一我需要呢。"

"刀也是你拿走的吗?"柯蒂斯问。

"什么刀?"希瑟说。

柯蒂斯与我对视一眼。所以还不知道那些刀在哪里。

我的膝盖并不想让我弯曲它,我小心翼翼地俯身碰了碰床垫,"是冷的。"真是个好消息。

"可能会有工作人员时不时住在这里。"布伦特说。

我不知道他是想说服我们,还是想说服自己。确实,园区的工作人员可能会住在这——比如搜救队的人。这个床垫本身并不能证明是萨斯琪娅,或是任何其他人也在这儿。

"但是谁开的门呢?"我问。很显然,肯定有人把门打开了。如果不是萨斯琪娅或是别的什么人,就是我们四个之一。甚至还有可能是戴尔。

桌子下面是个吧台冰箱。布伦特打开冰箱,里面有牛奶、奶酪、火腿,还有几个做好的菜。桌子上有个微波炉,边上有个家乐福的塑料袋,里面装着麦片、面包和水果。碗、盘子和餐具就放在边上。

我脊背生凉,轻声说:"隔壁,隔壁就是卫生间。你不会觉得……"

柯蒂斯眨了眨眼,好像刚缓过神来。他走进走廊,我们跟着他走出去。他拿着手电筒照在隔壁房间的门把手上,好像不敢碰似的。我也害怕。里面会有人吗?

里面的人会是萨斯琪娅吗?

布伦特转了转门把手,另一只手依旧攥着冰镐。门开了,柯蒂斯拿着手电筒找了一圈。卫生间是空的,那充满异域风情的香草味比下午淡了很多。我刚想跟着其他人进去，突然想起之前门是怎么卡住的。我不想冒险再经历一次，于是待在门口，一直支着门。

我们又回到控制室，布伦特走过去看那排显示器，挨个儿动了动鼠标，但这些显示器上什么都没有出现。"没电。"

我的大脑飞速运转。是有人故意没锁门就离开这里，想让我们找到，还是个意外呢？

"希瑟说她听到了声音，"我说，"可能是有人在下面走动，希瑟打扰了他们，所以他们不得不匆忙离开。"

"然后他们把电断了，这样我们就用不了电脑。"布伦特接下去，"可能是这样。"

"所以他们现在在哪里？"我说。

"有很多屋子可以藏——"柯蒂斯突然停住，"搞什么鬼！"

有模模糊糊的音乐声传来。哪儿来的？

柯蒂斯转向布伦特。"把冰镐给我。"

布伦特顿了一顿，还是递给了他。

柯蒂斯冲了出去。他拿着手电筒，我们几个别无他法，只能匆忙跟上他。转过拐角，音乐声更大了些。哦，天哪，我知道这首歌。这是萨斯琪娅喜欢的歌：杀手乐队的 Somebody Told Me。希瑟倒吸了一口凉气，显然也听了出来。

我们走到通向多功能厅的楼梯下面，我又闻到了香水味。我心里害怕极了，音乐声是从上面传来的。

柯蒂斯三步并作两步跳上楼梯，布伦特跟在他后面。我口干舌燥地跟在希瑟后面。我们会找到什么呢——真的会是她吗？如果真的是，柯蒂斯又打算拿她怎么办呢？他一把拉开门，门在他身后哐当关上，我们几个陷入一片黑暗里。但布伦特又把门踢开,等着我和希瑟追上他。

多功能厅里的乐声震耳欲聋,香水味越发浓烈。柯蒂斯站在矮桌前,手电筒的光柱下,有个小小的音响。音响快没电了,肯定快没电了,因为它没插电源。

我扫视一周,看向那些黑暗的角落。屋里除了我们,没有其他人。

希瑟用手捂住耳朵大叫:"快让它停下!"

柯蒂斯举起冰镐。

"别!"我大喊。

柯蒂斯看向我,手电光柱的映射下,他的脸有些扭曲,像魔鬼一样。我一瘸一拐走上前,按下停止键。乐声戛然而止。我揭开盖子,拿出CD,希望我们能从中看出些什么,但这只是张没有标记的光盘而已。我把CD塞回去,想听听有没有什么其他声音,但只有这一首歌。

我有好几年没看见音响了。这东西还在卖吗?我想起我们缺电池,于是查看了音响的电池盒,但音响的电池和手电筒不匹配。

柯蒂斯推开希瑟和布伦特,冲到门口。我们跟着他走进走廊。一路上,他见门就推——厕所、布草间——直到来到一扇推不开的门前。

"拿着。"他把手电筒递给我。

我还没反应过来他要做些什么,他就双手抓着冰镐,朝门砸去。他砸了六七下,才凿出一个能往里看的小洞。他一把夺过手电筒往里面照去,骂了一句,又把手电筒递给了我。手电的光柱黯淡了,但我不敢说。

柯蒂斯的肩头一起一伏,额头上布满细汗。我伸出手拍了拍他，又想了想现在的情形。他又开始拧下一扇门的把手，没打开，就拿冰镐砸。他一路砸过去，我们几个跟在他身后。

手电筒就要没电了，我的腿要疼死了。我太累了，几乎站着就能睡着。而如果我都累了……柯蒂斯挥起冰镐，跟跄了一下，冰镐砸在了门口，没砸在门上。

我小心翼翼地碰了碰他肩膀说："可以了。"

他把额头抵在门板上，手里的冰镐滑落在地上。

"你看，"我说，"要是想砸开这里的每扇门，得要一晚上。我们现在除了回去睡觉，没有其他选择。明天天一亮，我们就离开这儿。"

柯蒂斯一言未发，沿着漆黑的走廊走下楼梯。我想去拿那个冰镐，但布伦特抢了先。于是我一瘸一拐地跟着柯蒂斯，照着路。

柯蒂斯走到自己房间推开门："米拉，你就待在这儿。"

这不是问题。我走进门，回头去看希瑟。"我觉得希瑟也不应该一个人待着。"

"我跟她一起。"布伦特说。

我瞥了柯蒂斯一眼，想象着如果戴尔晚上出现了，看见他们在一起会怎么样。

又或者布伦特已经完全确定戴尔不会出现了？我扫了一眼布伦特手里的冰镐。

"可以。"柯蒂斯关上门，又锁上，靠着门站着。他眼里满是内疚、挫败和悲伤。他把这些都扛在肩上，责怪自己把我们带到这里来，尤其是把我带来。我想去碰碰他，让他放下一些心结，但他下巴咬得死紧，我不太敢动。给他些时间冷静冷静吧。

过了一会儿，他终于抬眼。"你想睡在哪儿？"他指了指那边的板床,"睡那边床上,还是跟我一起?"

霎时间,外面的世界都不存在了。只有我和他。他的背叛带来的伤痛又悄悄爬上心头,但我的答案却很简单:"跟你一起。"

柯蒂斯盯着床铺想了一会儿,然后把两个窄床垫从床上搬到地上。两张床垫并排,铺满整个房间。

他看了看我说:"我们得睡一会儿。"

我走过去。"你的意思是,让我别碰你吗?"

他终于笑了笑。"可能吧。"

"你现在应该知道,我不会听你命令的。"

他又笑了笑:"对,我知道。"他从我手里拿过手电,放在一边,没关上。"躺下吧。"

我脱下滑雪外套,躺在床垫上,放松下来。

柯蒂斯也脱了外套,躺在我身边。他把被子盖在我们俩身上,然后关了手电。"省点电。"

我伸手,在黑暗里碰了碰他的脸。

"米拉。"

"怎么了?"

他的声音丝毫不加掩饰:"你不会想让我这样做的。"

我一路摸索下去,直到找到他的手。我一根根拉起他的手指握住,牵着他的手举过头顶,按住他,就好像他之前按住我那样。我要激怒他,很明显,这是现在接近他内心的唯一方式了。柯蒂斯才不是那种会被人压住的人。我只希望我能应对他的回应。

"米拉,我警告你。"

我没理他,一只手依然压住他,另一只手从他胸前滑到他的腰带上,悄悄钻进他的衣服,在他光滑、赤裸的腹部轻轻摩挲。

黑暗里，他呼吸粗重。有那么几十秒，他没有任何反应。随后，就像我期待的那样，他扭开我的手，翻身将我压在身下。
"吻我。"我轻声说。
他没说话，一会儿才说："我头都要炸了。"
"我知道，我也是。"我用指尖描摹着他的唇形，"那也得吻我。"

52

十年前

萨斯琪娅温软的唇划过我的嘴唇。我瞥到布伦特一脸惊恐,一步退开。

"昨晚,很感谢你。"她说。

"我不明白,"布伦特说,"你们俩在一起了吗?"

"没有。"我说。

"是的。"萨斯琪娅说。

布伦特抓起雪板。"米拉,我在上面等你。"

"等等!"我大喊。

布伦特头也不回地走了。

萨斯琪娅得意地笑了一声。"哎呀。"

昨天晚上我可能确实爱过她,但现在,我又开始恨她了。布伦特发现我俩睡过,这事本来就很糟糕,但她刚刚把事态变得更糟了,而且她是故意的,她心知肚明。

我也得给她好看才行,不能让她这样自鸣得意下去。"我要告诉奥黛特你昨晚跟我做了什么。"

我看着她,等着她的反应。但我在她脸上只看见了好奇。她想知道昨晚对我来说到底是什么,或者我到底会不会告诉奥黛特。

不，不止这些。

她想让我告诉奥黛特。

最好是在比赛之前，好影响奥黛特比赛，这样萨斯琪娅就有机会打败她了。有那么一刻，我得扶着墙才能稳住平衡。昨晚对她来说什么也不是，她在耍我，就好像她耍其他所有人一样。

"希瑟和朱利安是对的，"我说，"你确实是个浅薄、以自我为中心的婊子。除了你自己，你谁也不关心。"

萨斯琪娅笑得意，扭着屁股穿上牛仔裤。

我转过身背对着她。希瑟和戴尔，柯蒂斯和布伦特，还有杰西塔，她伤害了每一个人。我不能就这样放过她。可我也拿她没办法，对吧？她总是这样。

我几乎不知道我在做些什么，不过我还是冲了咖啡。她在我身后，依然在穿衣服。我不应该这么做的，但我还是下定了决心。

我把咖啡递给她，等着她喝完，拿回杯子。

"我希望你摔断脖子。"我说。

她的笑容消失了，蓝眼睛里闪过一丝我看不懂的光。她拉上外套拉链，走出门。

我刺痛她了吗？我不知道。就算我俩昨晚亲密无间，我依然丝毫无法理解她。

上缆车的时候，我的心依旧怦怦跳。我不应该那么做的，不应该在这么大的比赛前那样做。我太过分了。

哦，妈的！现在我最不想看到的人就是奥黛特了。她过来吻我面颊，我尴尬极了。她能在我身上闻到她女朋友的味道吗？

"你看见萨斯琪娅了吗？"她问。

我深深呼吸，然后才回答道："没有。"

"她本应该在我那里吃早饭的。"奥黛特看起来很担心，我还记得她昨晚冲出光影酒吧的样子。直到现在，我依然不知道他们俩到底因为什么吵架。

她身后是等着上缆车的人，排成一排。萨斯琪娅在那里吗？无论如何，我得在奥黛特之前找到萨斯琪娅，告诉她我早上说的话不是真心的。不能让奥黛特知道我俩昨晚的事，否则她会疯的。

"你看起来很紧张。"奥黛特说。

我的面颊火烧一般。奥黛特灰色的眼睛似乎能看出那些其他人都看不出的事情。

她把我转向窗边。"别说话了。看看大山，专注一点儿。我比赛前总是这样缓解紧张的。"

昨天那事我真是大错特错。奥黛特和萨斯琪娅不一样。我能感觉到，她自己也不想这样闯进英国的比赛。就像她说的，她只不过是需要积分，没办法才来的。

我们在中转站下了缆车，走向场地。萨斯琪娅不在这儿，其他人也不在。这有点奇怪。我们签了到，拿了号码布。英国国旗迎空飘扬，旁边是法国国旗。

"咱们热身吧。"奥黛特说。

我集中不了注意力。大家都去哪儿了？他们都没来热身。布伦特要是迟到了，他的赞助商可饶不了他。他那些女粉丝已经穿着亮橙色的外套聚在这儿了，正给过往的行人发饮料呢。奥黛特一直在看缆车操作间边上挂着的钟，我能看出来她跟我一样困惑。

就在第一次热身要结束的时候,柯蒂斯出现在池顶。他拿着雪板,肯定是从山上滑下来的。奥黛特和我赶忙过去找他。

"他们几个人呢?"我问。

柯蒂斯四处看着问:"布伦特没来?"

"没有。"

他看起来心事重重。"他刚才在山上来着,说很快就过来。还有希瑟。"

"希瑟?"我问。

"萨斯琪娅在吗?"奥黛特问。

"当然,"柯蒂斯四处看着,"但我没看见她。"

我又开始内疚。萨斯琪娅没来,只有一个原因——在上面练翻转结合。因为我昨天对她说了谎,她今天要在比赛前最后试试。

不过布伦特怎么跟她走到一起了?她贿赂布伦特让他帮忙看动作了,就跟她当初贿赂戴尔一样?今天早上那事之后,我觉得就算萨斯琪娅花钱请布伦特帮忙,他都不会接受的。除非布伦特帮她是为了接近我,但布伦特不会这样做的,是吧?

不过希瑟为什么会在上面?她从来不上山的。

"戴尔呢?"我问。

"他在医院。"柯蒂斯说。

"什么?"

"昨晚打架的时候手腕骨折了。希瑟说挺严重的,今天早上等着看专科大夫呢。"

"怎么会这样?"这么说,戴尔这个赛季结束了——可能某些赞助商的赞助也结束了。

"呼叫布伦特·巴克希!"现场解说的声音响起,"布伦特如果在的话，请来签到，领取号码布。"

我四处看着，下面的人们安静下来，想看看布伦特在哪里。他到底去哪儿了？

"还有柯蒂斯·斯巴克斯和戴尔·哈恩。"

我捅了捅柯蒂斯说："你最好去签到。"

柯蒂斯好像没听见我说话，一直在望着远方。我这个角度看不见钟，所以我四处看着，想找个人问问时间。啊，克莱尔·多娜荷来了，手里的雪板和头上的头盔上都贴着卡西欧贴纸。

"你知道现在几点了吗？"我问。

她把手套边翻起来，露出一块BABY-G。"九点半。"

"谢谢。"离我的热身时间还有半小时，我转向柯蒂斯，"你还是会比赛的，是吧？"

他把外套拉链拉开一半，手伸进去按摩肩膀，龇牙咧嘴地去找签到处的人了。

回来的时候，他手里没拿号码布。

"你不比了？"我问。

"不比了。"

我震惊地看着他。"昨晚那些保镖伤到你了？"

"疼了很久了，他们算是最后一根稻草。"

我想起昨天下山的时候他使劲拉了我一把，又内疚起来。"天哪，我太抱歉了。"

"没事，又不是世界末日。"

但他脸上的表情告诉我，这就是世界末日。

他妹妹一定做了些什么，因为他明显躁动不安，一直盯着山上看。风吹云动，阴影笼在我们身上，眼前的山峦显出紫罗兰色。山上，到底发生了什么？

53

现在

我拍了拍身边的床垫。柯蒂斯已经起来了。我坐起身,膝盖上热辣辣地疼。我咽下这声痛呼。

"早啊。"

柯蒂斯站在窗边。谢天谢地。

但他看起来很担忧。"云压下来了。"

"下雪了?"

"我觉得会有一场大暴雪。"

我站起身,跌跌撞撞往前走,膝盖越来越疼。

柯蒂斯立刻过来扶我,问:"你还好吧?"

"还好。"

他把嘴唇凑在我边上。"要是我们不在这儿,我肯定跟你上床了。"他的吻很轻柔,但昨晚可不是。我身体的每一寸都记得他的强势。

他推开我,眼里满是懊悔。"膝盖怎么样?"

我卷起保暖裤的裤腿查看。

"天哪。"

膝盖肿了足足一倍多。

"能弯曲吗？"

我小心翼翼尝试了一下，但实在太疼了。"把布洛芬给我，好吗？哦，妈的，只有两粒了。你还有吗？"

"没了，"他心疼地说，"抱歉。"

"布伦特可能会有。"

柯蒂斯抬了抬眼眉。确实，布伦特不是那种会在身上带药的人。我喝水吞下药丸。六小时之后，布洛芬带来的些许缓解就会失效。

柯蒂斯已经穿上了滑雪装备。

我蹒跚地走到窗边，柯蒂斯说得对。铅灰色的云沉沉压下来。"我得回去拿衣服。"

"我和你一起去。"柯蒂斯说。

他手里拿着螺丝刀，开了门，我们鼓起勇气走向走廊。我的房间与我离开时别无二致。我把滑雪外套和滑雪裤套在保暖服外面，还穿了滑雪袜，故意没去看脚上的水泡。肚子咕噜噜响起来。

"要能有杯咖啡就好了。"我说。

"来电了。"

"真的？"

柯蒂斯打开灯。

"为什么……"

"要么是他们也要用电，要么就是在耍我们。"

我们对视一眼，他妹妹就爱耍人玩。

对抗膝盖的疼痛几乎花掉了我所有的精力。"所以现在怎么办？"

柯蒂斯有一点好，我知道他永远有办法。

"我们先去找戴尔,但动作得快。他已经在外面待了一晚上了……"

"啊,是。"

"然后看看你能不能走下山。你要是不行我们就得分头行动。两个人下山,两个人在这等,等着缆车运行起来。"

这个计划有个非常明显的问题。他和布伦特肯定是下山的那两个,也就是说,我跟希瑟要待在山上。但我们并不确定希瑟和戴尔究竟与这事有没有关系。

"又或者我可以自己下去。"柯蒂斯说。

"不,没门。"在这样的地方滑雪下山一定得有伴,路上实在太危险了。冰缝、冰川、峭壁,尖利岩石上的雪层厚度不一,要是再遇上暴雪,他什么都看不见。再说我们又不知道外面还有谁,他要是出了什么事,都没人会知道。

我在雪裤外面夹了个夹板说:"我能下山。"

"那至少让我跟布伦特出去找人。"

"不,我要跟你待在一起。"

"好吧,"柯蒂斯看起来松了口气,"我们现在就得走了,一会儿要是风雪真的起来,我们会被困在半路的。"

我把脚塞进雪靴里,尽量弯曲摔坏的膝盖。鞋垫又湿又冷——昨晚就应该在壁炉边烤烤——但至少寒冷能让我忽略脚上的水泡。我系好安全带,把护目镜拉到额头上,收发器还在外衣口袋里。

我们俩出了门,柯蒂斯敲响希瑟的门。"嘿,是我们。"

布伦特开了门,头发支得到处都是,眼周都是黑眼圈。

"你睡觉了吗?"柯蒂斯问。

布伦特拉着张脸。"这么说吧,现在要是有瓶Smash,我肯定一口干了。"

"Smash 几年前不是破产了吗?"我问。

"是啊,"布伦特说,"应该开发新口味的。"

"希瑟怎么样?"柯蒂斯说。

布伦特把门开大了一点。他们也像柯蒂斯一样把床垫并排摆在地上。希瑟在离我们最近的床垫上缩成一团,满脸泪痕,满面痛苦,双手紧紧抓着被子。布伦特这么摆床垫是为了抱着她吗?我很感动,也不意外。布伦特真的是个很好很好的人。他对希瑟的感情,可能比戴尔都深。

希瑟睁开了眼睛,看见只有我们,又闭上了,脸转了过去。

柯蒂斯示意布伦特到走廊里来。"她昨天睡了吗?"

布伦特压低声音。"没,她真快崩溃了。"他揉了揉眼睛,"所以接下来怎么办?"

"很快就要下大雪了。我们赶快出去找戴尔,然后离开这里。"柯蒂斯扫了我一眼,"如果米拉觉得她膝盖能行的话。"

"能行。"我说。

布伦特看起来不太相信。"要走很久的。而且希瑟怎么办?"

柯蒂斯和我对视一眼。妈的!又回到这里了。我觉得她现在可以用戴尔的滑雪板,但她肯定很难跨过这个坎儿。

布伦特按了按电灯开关。"来电了。我去看看那些电脑怎么样了,可以吗?"

"肯定要密码的。"柯蒂斯说。

"那也值得试试,"布伦特说,"要是能登录,就能给景区发邮件,让他们把缆车打开。"

"你自己去太冒险了,"我说,"我们得待在一起,而且也不能把希瑟自己扔在这儿。"

"我带着她，"布伦特说，"冰镐给我。"

柯蒂斯点头。"行。那我们一会儿去找你。小心点，好吧？"

柯蒂斯和我拿起雪板。他一手拿着螺丝刀，一手拿着雪板，扶着我走下走廊。

"我们得吃点东西，"柯蒂斯把我带进餐厅，"坐这里。你想吃什么？"

我张口本想拒绝，却只叹了句"行吧"。我站了都不到五分钟，膝盖已经又肿了一圈。我得悠着点，待会儿还有很长的路要走呢。"什么快就吃点什么吧。"

牡鹿瞪着双令人毛骨悚然的眼睛，不怀好意地盯着我们。我实在受不了，跛着脚走到壁炉边，暗自祈祷这东西不是钉在墙上的。离近看，它的两只眼睛甚至都不太一样，一只是黑棕色的，闪着光，另一只是黑色的，就好像摔坏过，后来被人重新换过一样。我抓着它脸边的木框，好极了，可以动。牡鹿头后面绕着个东西，是条线缆，基本和它的左眼持平。

脚下的地板又一次颤动起来。我透过它闪光的黑眼睛往里看。那是什么？跟我想的是一样的吗？

54

十年前

奥黛特的手指在她青灰色的手套里扭来绞去。"她练了整个冬天，就为了这场比赛。她到底去哪儿了？"

她看起来对萨斯琪娅没来这件事超级焦虑，她现在的状态很难让人相信她刚刚最后一跳跳了9.4分。她好像已经感觉出我隐瞒了什么。我一定不能让她发现我做的那些事。

我不能相信萨斯琪娅根本没来。今天早上我太过分了，我想象她离开我家之后可能会是什么状态。柯蒂斯坐在一边的雪墙上，奥黛特又去问他了。

布伦特也没来。为什么？别告诉我是因为我。

我看了男子的半决赛，但却谁也没看见。奥黛特匆匆忙忙回来，摇着头。

"女子运动员，请到场地顶部集合！"现场解说听起来像喝了好几瓶Smash似的，激情四射——要么就是在赛马节目中学的解说技巧。

"克莱尔·多娜荷是红色，奥黛特·戈兰是绿色，米拉·安德森是蓝色——"

我不知道我是怎么一路走到决赛的。一路上，我只是凭直觉跳动作。

"你要做翻转结合吗?"奥黛特问。

其他四个女孩都看向我。

"可能吧。"我说。

奥黛特往坡下看,想看萨斯琪娅在不在下面。"她应该来的。米拉,你知道些什么吗?如果你知道,请告诉我。"

我能相信布伦特和萨斯琪娅会三缄其口吗?布伦特可能会,但萨斯琪娅应该不会。我应该告诉奥黛特我今天早上看见她了吗?我觉得我至少应该告诉她这个,因为如果待会儿她发现了,我就解释不清楚了。我张开嘴:"昨晚——"

"奥黛特·戈兰!"现场解说大喊。

哦,妈的!这真不是个好时候,又或者说是个好时候,因为我不用再说下去了。

"什么?"奥黛特说。

"待会儿告诉你。"我说。

"告诉我什么?"

她看起来很担心,我什么都不应该说的。"去吧。"

她不情不愿地转过身,检查她的绑带。她摇着头,好像想把杂念从脑海中赶出去,然后入了池。

"非常好的抓板尾!"第一个动作结束,现场解说员大吼,"落地也很稳!"

她加速冲向对墙,腾空,翻转动作。

然后她挂在了池壁上,脸朝着池壁。

我倒吸了一口冷气,观众席上也是一片抽气声。但糟糕的还在后头。她的身体仍然在她头颈上面,朝着错误的方向。

只是看着这一幕就让人作呕。我知道发生了什么,但除了坐在那里，我什么也不能做。我的手紧握成拳，看着她苍白脖颈向后弯折成一个难以置信的角度，看着她的身体被拖下池壁，拖到池底，触目惊心。

"哦天哪！奥黛特·戈兰这下可摔得不轻！"现场解说员大喊。

55

现在

柯蒂斯一手拿了一只香蕉走进餐厅问:"吃这个行吗?"

我把手指竖在嘴唇上。他看到牡鹿头,皱起眉。我一言不发,带着他去看那根在木板之间的细细线缆,线缆顺着墙向下,穿过壁炉架,汇进踢脚线上面的一个电源插座里。

"是监控吗?"我轻声问,又觉得自己压低声音这件事实在可笑。如果真的有人在监视我们,他们肯定已经看到这幕了。

"很可能。"

"能听到我们的声音吗?"

"应该能。"柯蒂斯抓住木框,显然是想把这东西从墙上摘下来,但最后他还是把它留在墙上,把我拽进走廊里。

我靠近他耳边说:"正常的监控摄像头不会藏在那里的。"

"确实不会。"

"你觉得,还会不会有其他的?"

他闭上眼睛。"很可能到处都有。他们可以从笔记本电脑上看,或者从手机上,要么随便哪个设备都可以。"

"但为什么呢?"

"我也不知道,但我猜这就是他们为什么要恢复供电。电池很可能只能挺几小时。"他拿起雪板,"来吧,我们越快搜完,就能越早离开这里。"

"不告诉布伦特吗?"

柯蒂斯咬着下唇。

"他需要知道。"就算柯蒂斯不相信布伦特,但我相信。我觉得我信他。

柯蒂斯把香蕉递给我。"在这等我,很快就回来。"他把雪板夹在腋下,跑走了。

我顺着走廊往前走,走过储物柜,走到大门口,一边走一边剥开香蕉。我想看看天气怎么样,酒店这侧的雪有没有堆得很高?

玻璃已经从里面冻住了。我把雪板和香蕉都放下,从兜里掏出手套。

柯蒂斯从后面跑过来。"我说让你等着。你怎么就不能听我的话呢?"

"我知道你会追上我的。"我说。

他的脸涨红起来。"我努力想把我们都活着带出去。我得知道你能按照我说的做。"

"你说'跳',我就跳下去。你是想这样吗?"现在不是说这话的时候,但我忍不住。

他的下巴紧了紧。"对,有时候我希望你这样。"

"那要是我说'跳'呢?你会跳下去吗?"

我能从他脸上的表情看出,他从来就没想过还有这个选项。"好吧。"他的声音听起来柔和了很多。

我把香蕉扔给他。"我只相信我看见的东西。"

我们咬着香蕉,看着彼此。吃完之后,我把香蕉皮扔在储物柜顶上,在裤子上擦了擦手,亲吻了他的脸颊。他抓住我的手,深深吻了回来。我们分开时,脸都红了。第一次吵架。

我们打开收发器,戴上手套。戴尔的收发器就在地板上,边上是他的护目镜。我努力不去看。

柯蒂斯一手拿着螺丝刀,推开了门。寒风呼啸着进来,直把我们吹得倒退几步,好像不想让我们出去似的。我们猫着腰,顶着风,一步步走出去。

广袤的魔鬼山在我们眼前一望无际。柯蒂斯和我是这一片黑白之中唯一的颜色。我觉得自己渺小极了,而柯蒂斯紧紧握着螺丝刀,显然也这么觉得。

在平地上,雪板没什么用,所以我们把雪板留在这里,立在我们能看见的墙边。

"咱们快速搜一圈,"柯蒂斯呼出的白气让他的脸变得模糊起来,"靠近点,别走散了。"

我跟在他身后,一瘸一拐地走出去,脚下的雪吱嘎作响。外面冷极了。我把兜帽戴上,下巴在衣领里缩紧。搜了一圈,我们俩一无所获。要是戴尔真的在外面待了一整晚,他肯定好几个小时之前就冻死了。

"风越来越大了。"柯蒂斯说,又一阵寒风吹来,差点儿把我俩吹了个跟头。

天空阴云密布,太阳变成一个白色的火球,努力散发着自己的光芒。肯定找不到了——黑云已经从东边一点点过来,马上要下雪了,我能感受到吹过脸颊的水汽变得湿冷。

我们走过他们存放雪地履带车的车库,一个个门试过去,但都锁了,没有一个开着。小亭子也都锁上了。我内心刺痛起来。戴尔在外面吗?还有别人在外面吗?我回头看,但一个人

341

都没有。

膝盖刺痛起来。寒风把顶层浮雪掀起来,雪散在风里,遮蔽了视线。

柯蒂斯放慢脚步。

"你怎么不说话?"我说。

他停下脚步,回头问:"你昨晚为什么来找我?十年前,你怎么不来找我?"

哦天哪。但他确实有权问。我搜肠刮肚地寻找回答。"我当时对你有点意思……"妈的,说这话真难。

"我知道你对我有意思,我也有意思。"

我深吸口气:"但我不想把跟你谈恋爱和利用你提升技巧混在一起。"

他居然理解了。"说得过去。"

"你呢?"

有那么一会儿,只有风声呼啸在耳边。"我不知道。我没机会知道。"

我的喉咙哽住了,哽得发紧。

"那现在呢?"他问,"现在你能把我跟你的生活连在一起了吗?"

我咽了咽唾沫。"我希望可以。你能吗?"

他摘下护目镜,看向我的目光让我吃惊。"当然。"

要不是天真的太冷,我肯定脸红了。我忍不住笑了,他也是。

他又戴上护目镜。"咱们快搜吧。"他粗声粗气地说。

我们沿坡向上。我应该告诉他我跟萨斯琪娅之间的事,但我能说些什么呢?说我怎么从一开始就想方设法要攻击她?那我就得接着解释,至少得解释我是怎么让这事变成最后那样的。这些年我想了很多种解释方法，但没有一种说得通。

我之前从来没遇见过萨斯琪娅这样的人，之后也很可能不会再遇到。确实，她做了很多错事，但她也有很多值得人敬佩的地方。她性格坚韧勇敢，她不在乎别人的眼光——我尤其喜欢她这点，甚至在某些程度上，有些爱上她了。

我是因为这些才会跟她上床的吗？还是说，那仅仅是肉体欲望而已？运动员喜欢把体能推到极限，去检测我们做新动作的时候是什么感受。如果感觉好，就继续做。而跟她做，感觉很好。我能跟她哥哥说这些吗？

"冰缝。"柯蒂斯的声音惊醒了我，让我从这些思绪中抽离出来。

我们小心翼翼探过去。上面山峰的黑色岩石俯视着我们，好像它们知道些什么我们不知道的东西。我做好了心理准备才探头过去，看向第一个透明的裂缝。什么都没有，我松了口气，我听到柯蒂斯也松了口气。

我们回到坡上，向右边走去，沿着峭壁顶部，走向那边通向山谷的黑色赛道。我怀疑戴尔可能压根儿不会走这么远，但柯蒂斯指了指前面另一条冰缝。寒风猎猎，吹得我站都站不住了。

柯蒂斯凑近冰缝，放慢了脚步。然后目瞪口呆地站在那里。

我心头一紧。不，可千万别。

56

十年前

奥黛特躺在 U 型池底部,毫无知觉,一动不动。人们都拥过去。我盯着她,希望她下一秒能动一动。

"下面要出场的是米拉·安德森,"现场解说的声音传来,情绪比刚才低沉了很多,"但比赛会暂时停止,我们得看看奥黛特的情况。"

我想下去看她,但场地一旦清理出来,接下来上场的就是我。

一个官员在广播里说了些什么,很快两个男的就从中转站上来,中间拖着个雪橇——他们管这东西叫救护板车。我看着他们检查奥黛特的情况。这都是我的错。我要是不跟她说那些蠢话,她可能根本不会摔。这么重要的时候,是我让她分心了。

他们把奥黛特拉下来,准备把她放到雪橇上。我感到一阵恶心。如果我昨晚没跟她女朋友在一起,她可能就不会摔了。我得跟她一起去。我滑入池中,奔着 U 型池底冲去。

血从奥黛特的鼻子里流出来,我觉得她鼻子可能摔断了。那两个人正忙着干别的,于是我摘下手套,从衣兜里摸出张纸巾捂在她脸上,想止住血。

奥黛特努力睁开灰色的眼睛。"我动不了。"她的声音很恐慌，说话的方式却很滑稽——有点模糊。

"哪里疼吗？"我问。

"不疼。我什么也感觉不到，腿也动不了。"

"别担心。他们把腿绑住了。"

我退后一步，让他们给她上脖套。我得回去了，但她一直在看我，好像是我让她落入无底深渊一样。

那两个人在对她说些什么，但她好像没听见似的。"胳膊也动不了。"

"胳膊也绑上了，"我说，"没事的。"

那两个人对着对讲机说些什么。

她的眼睫毛簌簌闪动，像只被困的鸟儿。"我的手指，手指也被绑住了吗？"

我低头看过去，她绿色的手套垂在身侧。

没有绑住。

57

现在

那是戴尔,就在那里,在冰面之下。他仰面躺着,面色青灰,眼眸紧闭。他静静躺着,好像一尊大理石雕像。

柯蒂斯轻声骂了一句。

戴尔所在的地方至少有二十米深。他是掉下去就死了,还是躺在那里,动也动不了?他是不是一直在呼救却没人应答,在寒风中慢慢痛苦地走向死亡?但这些现在都无从知晓。

柯蒂斯重重坐在地上。"我们本来能找到他的。"

我碰了碰他的袖子。就算他和布伦特昨晚找到了戴尔,而戴尔也奇迹般地还活着,我觉得他们也没办法把他弄出来。"你已经尽力了。"

他把头埋进手里。"我们确实不怎么对付,但……天哪。"

我缓缓地吐出一口长长的浊气,回头去看帕罗拉玛酒店。"我们得告诉希瑟。"

我怎么跟她开这个口呢?她会崩溃的。

"米拉,"柯蒂斯突然说,"别动。"

我刚迈出半步,又收回来,一动不敢动。"怎么了?"

"你别动。"

我的心脏怦怦跳动。我慢慢回头。

柯蒂斯蹲在冰缝边上的雪面上，一手拿着螺丝刀，一手拿着块又薄又白的东西。

"那是什么？"我问。

"泡沫条。"他把这块扔在一边，又伸手去掏另一条锯齿边的东西。

脖子后面的头发扎得我生疼。我眨了眨眼睛，努力想要理解现在的情况。我只能想出一种解释，但我不想接受这种解释。

柯蒂斯把我想的事情说了出来。"这是个陷阱。有人把这东西放在了冰缝上，上面又盖了薄薄一层雪。"

透心凉意穿透全身。"人造雪桥，"我说，"要是有人踩上，肯定会掉下去。"

戴尔的死不是意外。

"就在这里和雪道之间，"柯蒂斯的声音冷得像冰，"有人想他妈的确保我们下不了——"

事情发生得太快，我根本来不及反应。柯蒂斯周围的雪地骤然崩塌，他陷了进去，雪没到他的膝盖。他一下子歪到一边，挥手想要抓住些什么。

我朝他走去。

"别！"他大口喘着气，"别过来！"

于是我停下脚步，无助地看着他努力爬出来。

他小心翼翼地站起身。"妈的！螺丝刀丢了。"

我们唯一的武器已经掉进冰缝，化作老远之外的一个小点。不过，螺丝刀掉下去总好过柯蒂斯掉下去。他小心翼翼走向我，一步一步踩得谨慎至极。

走到我身边时，他的呼吸依然很粗重。"我们得踩着来时的

347

印记回酒店。跟在我身后，可能还有其他陷阱。"

"等等，"我说，"我可以打头的。我更轻些。"

"听我的。"他的话听起来很严厉。

我想起我们之前那场争论。好吧，我就跟在他身后吧，这样他要是踩空掉下去了，我还能抓住他。我紧了紧护膝，好让自己能承受住他的体重。

我们小心翼翼往前走。每迈下一步，我都要尝试再三，担心脚下的雪会瞬间崩塌。

"谁他妈的会干这事呢？"他嘟囔道。

"至少希瑟现在摆脱嫌疑了吧？"

"我不知道。她和布伦特之间肯定有什么事。"

我突然想起。"昨晚在厨房，"我犹豫着说，"希瑟跟布伦特说了些什么，布伦特不让她说，好像不想让我们听见似的。"

柯蒂斯也突然回头说："我没看见。不过我注意到他们俩之间的眼神，不太对劲。这句话听起来可能有点扯，但希瑟和布伦特之间，会不会有些什么情况？他俩有一腿，所以想摆脱戴尔？"

"不是的，"我并不想承认昨天我也有过同样的想法，"十年前那件事，不过是一夜情而已。"

"也就是说，他们俩回英国之后，并没继续私下见面？又或者希瑟结婚之后，他俩碰巧遇见，然后勾搭上了。可能她知道，如果她离开戴尔去找布伦特，戴尔会做些什么。戴尔可不是那么好惹的。"

应该说"曾经不是"，我想，但我没说出来。

"我不是说布伦特和希瑟搞了那个什么破冰游戏，"柯蒂斯说，"但他们很可能把这事看成一次可以让戴尔发生意外的机会。"

"不可能。布伦特绝不会做这样的事情。"

"那没准是希瑟的主意。"

"但设这样的圈套……还是有些让人难以想象。"柯蒂斯这么说,倒显得他有点不大正常了。我还记得他昨晚闻到他妹妹香水味时崩溃的表情。他正在努力让自己振作起来,但很明显,他的压力太大了。

随后我记起戴尔昨天早上对我的威胁。他真的太容易诉诸暴力了。但昨天下午戴尔失踪的时候,布伦特也不知道在哪里。柯蒂斯说的也不是没有可能。

"妈的。"柯蒂斯嘟囔一句。

"怎么了?"

"冰镐在他们手里。"

我们继续往酒店方向走,走到近处,柯蒂斯压低声音:"如果我是对的,我们就得装作什么也不知道,不然我们俩就危险了。如果我说得不对,他们需要知道我俩刚刚发现的事情。"

"所以你怎么打算的?"

"得试试布伦特。"

"怎么试?"

柯蒂斯看向陷阱。"我能想到的只有把他带到这边来,看他会怎么办。他是看到这里有什么,就不走了,还是继续往前走。"

"那也太冒险了吧。"

"但我们得确定这一点。"

我目带悲伤地望着他。我已经给布伦特造成了太多的伤害,这样做又会重新伤害他一次。

柯蒂斯指了指天空。已经下雪了——小雪花飘飘洒洒落下,在灰白色的背景中几乎看不见。云层比我上次看的时候还要黑。这里的天气变得太快。

"我们现在就得开始,"柯蒂斯说,"暴雪就要来了。"

58

十年前

　　所有运动员都知道自己所从事运动的危险所在。我们会尽可能采取预防措施，然后把对危险的恐惧赶出脑海，不去想它。总想着危险会影响比赛表现。

　　我看着奥黛特躺在医院窄窄的床上，身上盖着被单，被单下伸出各种各样的管子连到周围机器上。这时我才真正意识到单板U型池究竟会对我们造成什么伤害。

　　只需那么一秒，一个强壮健康的人就只能躺在床上，连动都动不了。胳膊上、腿上的肌肉依然紧实，但就是动不了。

　　我跟她一起坐缆车下了山。他们不让我上救护车，于是我自己开车下山。我很高兴自己退了赛，不然她身边谁也没有。她的两个哥哥都是双板滑雪运动员，正在奥地利比赛，院方还联系不上他们；她父母正开车横穿整个法国，努力赶来，但阿尔卑斯山麓地区的雪太大了，他们肯定赶不及。

　　我低头看着这具无法行动的躯体。鼻子已经肿胀不堪，两只黑眼睛显得越发的大。但这不算什么，最让我担心的是她身上其他部位的伤势，那些我看不见的伤势。

　　医生认为，她摔断了脖子。

而我脑海里全都是：这是我造成的。

我离开医院，外面天已经黑了，雪下得很大。现在开车回勒罗切得开很长时间。半路上汽车轮胎打滑，我不得不靠边停车去装防滑链。

终于到家了，家里又湿又冷。我从桌子上拿起手机，上面有十个柯蒂斯的未接来电。我手机欠费了，于是只能又穿上外套，匆匆忙忙出门。主干道上的车都被一辆扫雪车堵住了，踩油门的声音此起彼伏，到处都是雨刷器的唰唰声。

远处有个修长身影朝着另一个方向走去。无论在哪儿，我都能认出那个身影。"布伦特！"我大喊。

他没回头。没听见，还是根本不想理我？我不知道。我只能继续往前走，希望柯蒂斯还没睡。

柯蒂斯一把拉开门，气喘吁吁。看见外面是我，他的面色一下子沉了下来。"你看见我妹妹了吗？"

"没有。"

"你去哪儿了？"

"跟奥黛特一起去医院了。"我的鞋已经湿了。我重重跺了几脚把鞋上的雪弄掉，跟着他走进去。

"她怎么样？"他问。

我哽住了，半天没说话。"不怎么样。"

柯蒂斯闭了闭眼。"萨斯琪娅是不是没去医院？"

"没有。"

柯蒂斯骂了一句："我觉得她可能出事了。"

"你打她手机了吗？"

这句话其实没什么意义。萨斯琪娅跟我一样，从来不带手机上山。

"没人接。"柯蒂斯说。

"我走之后她也没来?"

"没有。"

我快要内疚死了。今天早上我还想伤害她来着。我希望你摔断脖子。而现在看来,我确实伤害了她。我就不应该那么做。

柯蒂斯好奇地看着我问:"你知道她在哪儿吗?"

"不知道。"

"你最后一次见她是什么时候?"

我的脸颊又热了些。"早上。她昨晚在我那边睡的。"

"啊?"

我能看出他的惊讶。"我们俩算是昨晚最晚离开光影酒吧的那拨人了。"我谨慎地措辞,因为我不想说谎,"我们昨晚处得不错,所以我们一起离开酒吧。朱利安在她家门口,在她邮箱上写东西。"

柯蒂斯的面色沉了下来。"那是他写的?"

"对,反正不管怎么样吧,最后我邀请她去我那里,她后来就睡在我那儿了。早上差不多八点的时候走的。"

"如果朱利安对她做了些什么——"柯蒂斯一边骂着一边去拿外套,"我去找他。"

我抓住他的胳膊。"这不是什么好主意。"我能看出来他有多疯狂。

他眯了眯眼。

"真的,"我说,"你俩要是打起来,你就完了。报警吧。"

"也行。"他甩开我的手,掏出手机。

我坐在沙发上等。他在说法语,所以我不知道他在说些什么，但听起来像是在争论些什么。

最后，他骂骂咧咧地挂了电话。"他们告诉我等两天。"

"没有人看见她吗？"

"每次我给希瑟和戴尔打电话，戴尔都会在那边咆哮，说她是怎么毁了他和希瑟的生活，然后挂断。而且布伦特也很奇怪。"

"是的，布伦特怎么也没来比赛？"

"他说他扭了脚。"

柯蒂斯看起来很怀疑他的说法，我也很怀疑。这个赛季过了这么久，截至目前，布伦特已经得过脑震荡，胫骨也上了夹板，还有其他好几处伤病，但依然没有阻止他训练。而且，我刚才看见他的时候，他走路明明没问题。

所以他为什么没参加比赛呢？

我们训练了好几个月，我从未想过会是这样的结局。奥黛特会成为我们中唯一踏上了赛场的人，至少她还跳了几个动作——不过看看她现在的样子。

柯蒂斯在房间里走来走去。

"你给山地搜救队打电话了吗？"我问。

"打了，但当时天都快黑了，"他说，"他们联系了景区办公室，发现她的缆车卡记录有些古怪。景区电脑上就没有她上山的记录。"

"但你看见她了。"我说。

"布伦特和希瑟看见了她。我看见了她的东西。"

他避开我的眼神，我知道，他肯定有什么事没告诉我。

他又开始在屋里走来走去。"我该怎么办？我也不想让别人这么晚上山找她，这太危险了，更别说她可能根本不在山上。"

他长叹出声,摇了摇头,"也许她生气了,到什么其他地方去了。你知道我妹妹这个人,没人知道她在想什么。"

59

现在

柯蒂斯抓住酒店大门。

"等等,"我说,"我不想这么做,我信任布伦特。"

"但我不信,"柯蒂斯说,"他不再是十年前的那个他了。他跟我原来是好朋友,但他现在都不敢看我的眼睛。"

我不想承认我也有疑心。"但还可能有其他陷阱。要是你想错了,然后他死了,怎么办?"

"要是我想的是对的呢?"

门玻璃后面晃过一个人影,我一眼瞥见,擦掉玻璃上的雾气,看见希瑟在走廊里。

拿着那个冰镐。

我蹲下身免得被她看见,同时拉着柯蒂斯跟我一起蹲下。哦我的膝盖!我死死抓着膝盖,咬紧牙关。

"怎么了?"柯蒂斯说。

"我刚看见希瑟拿着冰镐在里面。"

柯蒂斯微微抬头看了一眼。"你确定吗?"

我小心翼翼地透过窗户往里看。刚才那一幕还在我脑海里栩栩如生,但走廊上却已经没有人了。我不禁怀疑自己,我刚才真的看见她了,还是这个地方已经把我逼疯了?"确实看到了。"

"好吧。那我们这么办。我偷偷下去看看是什么情况,你在这儿等着。如果希瑟和布伦特从走廊过来,你就藏在这儿别动,"他指了指大楼边上一个地方,"但愿他们不会看见你。"

"不,"我说,"我要跟你一起去。"

"哦!你别这样!"

"我不需要你的保护。昨晚是我把希瑟劝下来的。但愿这次我也能行。"

柯蒂斯喘着粗气,一边嘟囔着,一边打开门。我刚要摘下手套就听见他轻声说:"别摘,一直戴着吧。"

他说得对。我吸了一口凉气,想象着我们在冰天雪地里被一个拿着冰镐的疯女人追着跑的样子。我们俩的雪板还靠在门边的墙上。我扫了一眼我的,暗暗想着如果需要的话,出来的时候我得带上它。膝盖疼成这样,我可跑不动,但要是有雪板,我可能还有机会从她手里逃出来。只要我能跑过前面那片空地,躲过那个陷阱——或者说所有的陷阱——跑到下坡那里就行。

在那之后,就得看布伦特在这件事中扮演什么角色了。十年前我就滑不过布伦特,而现在肯定也不可能。

我们俩偷偷摸摸地走进走廊,我听见说话的声音。

"我觉得他俩在控制室里,"柯蒂斯轻声说,"我从另一边过去,从后面接近他们。他们可能想不到我们会走那条路。你别跟来,好吧?"

我点头,我也根本不想跟着他过去。柯蒂斯走向右手边那条走廊。我轻手轻脚地向前走,走过那些储物柜。

"我们得找到戴尔,"希瑟的声音十分尖锐,"为什么你不出去找他?"

"我跟你说过了,"布伦特说,"柯蒂斯和米拉出去找了。"

"我不信,你根本不在乎他,就是你害了他。"

"天哪,希瑟。你把那东西放下来。你吓到我了。"

"我敢说他俩肯定下山了,"她提高了声音,"你们要把戴尔自己扔在这儿。"

布伦特的声音始终低沉而平静:"没必要这样。柯蒂斯和米拉出去找了,我发誓。我也会去帮他们找戴尔。你是想要这样吗?"

有人走进了走廊。我推了下右手边最近的门——谢天谢地它开了。我以最快的速度钻了进去。这是个储物间,里面放的是绳子和安全带。我从门缝里偷偷看出去。

布伦特和希瑟往这边走来。布伦特在前面,希瑟紧跟在他身后,拿着冰镐。我偷偷把门又推开了一点,布伦特看见了我,眼睛瞪得老大。他挥挥手让我回去,还回头紧张地看了希瑟一眼。希瑟过来的时候,我退回门里,然后又偷偷看出去,他们已经走了过去。

布伦特打开大门,寒风呼啸着进来。

"我看不见他们。"希瑟挥舞着冰镐,不知要指向哪里,好像她也不知道自己要做什么似的。

布伦特退后几步。我为他捏了把汗。

"他们可能在车库后面。"他说。

希瑟往外走了几步,穿着高跟鞋在雪地里走得歪歪扭扭。

"你戴个围巾和手套吧,"布伦特说,"我快点跑回去给你拿过来。"

她没争辩,布伦特关上大门快步跑向我。"她疯了,"他说,

"你听见她说的那些话了吗？"

柯蒂斯也跑过来。

"没关系。"我说。

他气喘吁吁跑过来，我告诉他发生了什么。

"她觉得是我害了戴尔，"布伦特说，"我做了什么？她在外面待着根本不安全。"

我刻意去看柯蒂斯。布伦特是我们这边的，我们得告诉他陷阱的事。

柯蒂斯犹豫了一下，才说："戴尔死了。"

布伦特瞪大眼睛。"什么？怎么会？"

"掉进冰缝里了。"柯蒂斯看着布伦特的脸，显然还不确定能不能信他。

"妈的！"布伦特说。

我看了看走廊那边，确保希瑟还在外面。"电脑那边找到什么了吗？"

布伦特一脸担忧。"没有，但有个东西你们俩得看看。"他又往大门口看了一眼，好像不知道先处理哪件事，但还是把我们带进了控制室。

他指向那些屏幕，我立刻愣住。按理说，这些屏幕里大部分都应该显示山上摄像头拍摄的影像，但其实只有几个拍的是山上，大部分都是酒店房间——多功能厅、厨房，还有卧室。

我盯着柯蒂斯床上乱七八糟的床单，胃里一阵翻涌。"那是你的房间。"

"我知道。"柯蒂斯沉着脸说。

他们会看到我俩……当时我们关灯了，但这些摄像头能在夜间拍摄吗？我努力把这个想法挤出脑海。"谁干的？"

"我不知道。"布伦特说。

我想起他还不知道是柯蒂斯邀请了我们,心里更加内疚。

"除了我妹妹,还有可能是别人吗?"柯蒂斯的声音非常疲倦。

"我觉得是朱利安。"布伦特说。

我想了一下,但我最后跟萨斯琪娅一起看到朱利安的时候,他对萨斯琪娅冷淡的态度很生气,我看不出他有什么动机能做这件事。柯蒂斯张大了嘴。

我注意到布伦特手腕上的血迹。"天哪,"我说,"你在流血。"

希瑟那些狂挥乱舞肯定不小心伤到了他。

布伦特扫了一眼,向旁边倒下去。

柯蒂斯及时扶住他。"他晕血,一会儿就好了。"柯蒂斯把他扶到椅子上坐下,"布伦特,醒醒。"

突然,柯蒂斯面色一变。我意识到他看到了什么。一块屏幕上显示出希瑟的身影,她正往那个冰缝走过去。

我冲向门口,膝盖火辣辣的疼。

"等等!"柯蒂斯大喊。

屏幕左下角有个东西在动。那是另一个人,穿着件白衣服,几乎与雪山融为一体。我惊在原地。

"那他妈的是谁?"柯蒂斯说。

布伦特缓了过来,抬起头。

那人背对着我们,穿了件带帽子的外套。他,要么是她,个子不高——比希瑟高不了多少。希瑟退了几步,手里的冰镐掉在地上。从画面上看,他们应该是看见了彼此,随后激烈争吵起来。希瑟惊得连连后退,两只手都高高举起想保护自己。

那个人抬起一只手臂,好像在指明某个方向。

哦天哪！是那个陷阱的方向。而希瑟很显然什么也不知道，因为她直直向那边走去。

不，希瑟！别再往前走了！

我提醒柯蒂斯："我们得阻止她。"

"没时间了。"他看着希瑟往前走，语气很低沉。

希瑟又往前走了一步，下一秒就落了下去。

消失在世间，就像现在这样。

我眨巴着眼睛，很难接受这个事实。

布伦特挣扎着站起身来。

柯蒂斯拉住他叫："别去。"

"你什么意思？"布伦特一边说，一边挣扎着往门口走去，"我们得去帮她。"

"对不起，"柯蒂斯说，"但她要是掉下去了，就不可能生还。"

布伦特奋力挣脱。"让我去，你这个浑蛋！我们不能就这么坐着看着！"

柯蒂斯和布伦特争论的时候，希瑟掉下去那个瞬间在我脑海里不停地回放。我攥紧拳头，努力忍住抽泣。柯蒂斯说得对，我们知道那个缝隙有多深。我们得把可怜的希瑟暂时忘掉，专注于眼下的情况，不然我们就会去陪她了。

"那个人到底是谁？"柯蒂斯站在布伦特身后说。

"就是朱利安那个浑蛋，"布伦特把头埋在柯蒂斯肩膀上，声音闷闷的，"肯定是。"

"朱利安死了。"柯蒂斯盯着屏幕说，"去年车祸死的。我之前读到过相关消息，就在——"话没说完，他突然倒吸了一口冷气。

我看向屏幕,立刻明白了原因。那个带着兜帽的人转过身来,面对着我们。
　　兜帽里飘出一缕浅金色的头发。

60

十年前

奥黛特的事已经过去了四天。看着她身上插满各种管子并不是件容易的事，这事也没有随着时间的流逝让我更容易接受，但我依然每天开车下山去看她。这是我唯一能做的事情。是我让她沦落到这地步的。如果不是我，萨斯琪娅就会来比赛，奥黛特也不会摔成这样。

她的胳膊和腿还是不能动。她摔断了第二节颈椎，是最糟糕的那种伤势。医生正在等检查结果，看看脊髓有多大程度的损伤。

我摩挲着她的手背，尽管我知道她根本感觉不到。

"萨斯琪娅在哪儿？"她问。每次醒来她第一句话就是问这个。

"对不起，"我说，"我不知道。"

今天下午搜救队停止了搜救，但我不敢告诉她。萨斯琪娅的失踪案现在归警方管了。

"柯蒂斯说他们的父母会飞过来？"奥黛特说。

"哦，他来看过你了吗？对，他们昨天下午来的，跟搜救队一起上山来着。"

我今天下午去柯蒂斯那里看有没有新消息时见过他们。我一点都不想在这种场合下见她的父母。

一位医生走到奥黛特床边。他脸上表情肃穆,把病例板放在我们之间,好像那是个什么盾牌似的。从他的动作中,我感觉到不会有什么好消息。

医生用法语跟奥黛特说了些什么。我听到了"父母"两个字。他在问她父母在哪里。她的爸爸妈妈去餐厅吃东西了。奥黛特对他说的可能就是这个,因为他转头走出病房。等他父母回来,他会再来一次。

奥黛特大喊,医生在门口停住脚步。她想知道医生要说些什么,如果是我躺在这儿,我也会跟她一样,急切地想要知道自己的情况。

医生回到她床边。

"要我出去吗?"我说。

奥黛特看向我说:"不,留下来吧。"

医生扫了一眼他手里的病例板,好像在拖延时间。但最后,他还是开口了,声音低沉严肃。

奥黛特的面色瞬间垮了下来,就好像今天下午柯蒂斯和他父母听到搜救队停止搜救的消息一样。医生拍了拍她的胳膊,又说了句什么。

奥黛特的双唇中蹦出一个字,随后就紧紧闭上,眼睛也合上了。医生点了点头,绕过我,径直走出了门。

奥黛特的双唇抖得厉害,好像哪个可怕的声音要从嘴里逃出来一样。一行泪顺着她肿胀瘀青的脸颊流下。我站在那儿,不知道该说些什么。问她还好吗什么的实在没什么必要,因为她很显然不好。

她咬紧牙关,只说了两个字:"你走。"

"好，"我说，"我明天再来。"

"不，别来了。"

"你认真的吗？"

奥黛特又把眼睛闭上了。

我追上医生，问："你刚才跟她说了什么？"

医生转身，犹豫了一下，很显然被我的问题弄蒙了。把刚才跟奥黛特说的预后情况翻译成英文告诉我违反什么病人保密条例吗？

他身上的寻呼机响了。他扫了一眼，说："我很抱歉。"留下一句话，然后走了。

"多花些时间，她的四肢还能恢复些功能，但她永远也不可能站起来走路了。"

61

现在

"他妈的！"柯蒂斯坐在控制室的地上,"真他妈的！"

"那不是你妹妹。"布伦特说。

我脑海里响起一串警铃。他怎么知道？

柯蒂斯面色苍白，眼睛盯着屏幕上的人影。"十年了。她为什么要这么对我们？这么对我妈？"

"听着，兄弟，"布伦特急切地说，"无论那是谁，都不是萨斯琪娅。"

他为什么如此确定？

"她一次都没想过要联系我们，"柯蒂斯嘟囔着，"这么长时间，她都去哪儿了？"

"你没听到我说话吗？！"布伦特大吼，"我跟你说，那不是萨斯琪娅！"

他歇斯底里地吼道，我们俩瞬间沉默。我突然有种不好的预感，不知怎么，我觉得我知道他接下来想要说些什么。就是两天前那个晚上，我在他眼睛里读到的东西。

接下来，他说："因为是我杀了她。"

柯蒂斯本来看着布伦特，但听他说完又猛地把头转向屏幕。

"你说什么呢？不可能，那就是她。"

我盯着屏幕，屏幕上的人确实很像萨斯琪娅。不过……

布伦特跪在柯蒂斯前面，声音破碎。"兄弟，我很抱歉。"

柯蒂斯看看布伦特，又看看屏幕。我能理解他内心的纠结。他心中有一半想消化布伦特刚才说的东西，但另一半又想相信外面那个就是她妹妹，全须全尾地活着，尽管他已经快被她的所作所为吓个半死。

而这又是什么意思呢。消失了十年，然后回来对我们做这些事？如果有人真的会这么做，肯定是个神经病吧。

不过，萨斯琪娅不就是这样的吗？

布伦特低下了头说："我实在是……实在是太抱歉了。"他哭了起来。

屏幕上的人影向前走了几步，从我们的视线里消失。那个人在朝我们的方向走来。我想听布伦特讲下去，但她——无论她是谁——很可能下一秒就会进入这里。

"我们得走了。"我说。

但走去哪儿呢？

滑下山吗？这肯定是现在的最佳选择。但愿我们比她快。但膝盖一阵疼痛让我意识到了问题。我拉住柯蒂斯的胳膊。"我需要那卷运动胶带。现在就要。"

柯蒂斯一动没动，我不知道他到底有没有听见我说话。"说下去。"他对布伦特说。

布伦特看着他，眼里满是痛苦。他的声音颤抖着，手也颤抖着。"比赛当天早上，我去米拉那儿了。然后发现她和你妹妹睡在一起。"

柯蒂斯震惊地望向我。

哦，天哪。这可能是所有他发现这事的方式中，最糟糕的一种了。

"我昏头昏脑地走上街，"布伦特说，"走了几个街区之后，萨斯琪娅追上了我，一直在笑。你知道她说什么吗？"他的呼吸都颤抖了，"昨晚是这整个冬天，米拉唯一被满足的一次。"

"这不是真的。"我说。

我完全能想象出来萨斯琪娅说这句话的样子。布伦特曾经说过她一次，她就发誓一定要报复回去。布伦特的失魂落魄一定会让她十分开心的。她一定会追出去，就想看看到底能不能再伤他伤得更深些。

布伦特紧攥双拳，继续说下去："被女生因为另一个女生甩了，是什么感受？"

"我没有。"我辩解说。但我们现在不能再争论这个了。我看了一眼走廊里，什么人都没有。我关上了门，但锁不上。该死的。

"我其实并不是因为你为了个女孩离开我，"布伦特说，"而杀她。在她对你做了那些事之后，对我们所有人做了那些事之后，居然……我那么在乎你，但你却选了你最大的对手。我会怎么想？而且她居然还幸灾乐祸。"他低头摆弄着手指，好像手不是他的一样。"我能想起来的下一件事就是，我推了她。"他的话戛然而止，把手指塞进了自己的嘴里。

我突然意识到，布伦特微驼的双肩，并不仅仅因为搬砖。

有那么一瞬间，房间里只有他努力控制自己而发出的呜呜声。"我没想过要伤害她，但我确实伤害她了。但我没想过要杀她。只是地太滑了，她脚下一滑，摔了下去，头摔在铺路的鹅卵石上。"他又把手指塞进嘴里狠狠咬了下去，闭上眼睛。

我内心十分痛苦,但与此同时,我也能理解为什么他想要推她。萨斯琪娅就是这样的人,她似乎能激起我们所有人的愤怒。

布伦特睁开眼睛,盯着柯蒂斯。"你怎么不说话?"

但柯蒂斯只是坐在那儿,好像信息太多了,他消化不了一样。

我凝神听着门外的动静。她来了吗?

布伦特来回摇晃着,惊恐地看着柯蒂斯的眼睛,哽咽着说:"她不动了。我吓坏了。才早上八点,缆车还得半小时才能开,街上一个人都没有。我没带手机,但我们在她和希瑟住的地方附近,于是我把她拖回那里。我觉得那时候她还有呼吸。我让希瑟叫救护车。"他又停了下来,看看柯蒂斯,又看看我,"希瑟说,警察会把我关起来的。"

柯蒂斯的脸色阴沉,目光炯炯盯着布伦特。

"我们……吵了起来。"布伦特咽了口唾沫。"希瑟从那晚在光影酒吧跟戴尔吵架之后,就没睡觉。我们吵得挺厉害。我走出去冷静了一下,回来的时候,希瑟正弯腰看她,"他的声音又变了,"在她脸上压了个垫子。"

我扶住墙。所以他们俩都有份,希瑟和布伦特,都有份。

"我抓住垫子问她到底在干什么。希瑟说:'她是个魔鬼!看看她对我们都做了什么!'"布伦特抬起头,目视前方,眼神没有焦点,眼前仿似复现了什么可怕的景象,然后声音颤抖着说:"就算她之前没死,那时估计也死了。"

他又垂下了头。柯蒂斯和我都没说话。

最后,他终于又开口了:"我们得把她弄走。我能想到的唯一办法就是把她带上山,找个冰缝扔进去。你还记得她那个超级大的滑雪包吗?"

我听到柯蒂斯抽了一口气。

她那个蓝色的滚轮包。我还能在脑海中准确无误地描绘出它的形象。萨斯琪娅有时候会带不止一块板子上山，这时候就会带着这个包。总有人带滑雪包上山，就算比赛也一样。多带一块板子还是有好处的，万一比赛的时候把雪板弄坏了呢。我们之前就把东西扔得到处都是，从来没丢过。

"我们把她塞了进去。"布伦特说。

柯蒂斯哽咽了一声。

布伦特继续说："那个包有轮子，但很沉。要是出门上山什么的，我一个人弄不了。于是我让希瑟跟我一起。我俩坐在缆车里时，希瑟受不了，她非说她看到包在动。"

柯蒂斯又哽咽了一声，弯下腰，脸埋在手里。

布伦特机关枪似的继续说了下去，好像要在彻底崩溃之前赶紧把这个故事讲完。"缆车里还有一个滑手。我让希瑟闭嘴，说她不过是看错了而已。山上几乎没有什么人，大家都在场地那边准备比赛，于是我们把包拖到一个安静的地方。我打算拉开看看她是不是还活着，但没机会，因为柯蒂斯，你从后面跑上来找她了。"

柯蒂斯咕哝了一声，紧紧抓着脑袋。他戴着手套的手指深深插入头发，使劲抓着，我都怕他把头发抓下来。他说过他看见萨斯琪娅的东西了。他肯定是在想，当时他就差那么一点，就能找到她。

就差那么一点，他就能救下自己的妹妹。

"我们不想让你看见那个包，于是就朝你跑过去，"布伦特犹豫了一下，"你当时非常生气。"

截至目前，这故事跟希瑟和我讲的对得上号。可能她确实没有说谎。等我找到她，我他妈杀了她。柯蒂斯真的说了这句话吗?

"希瑟吓坏了,"布伦特说,"她那时告诉你萨斯琪娅刚才去大楼那边了,所以我们跟你一起过去,假装帮你找。我们只离开了十分钟,我发誓,只有十分钟。但我回去的时候,包就不见了。"

布伦特颓然坐下,好像失去了浑身的力气和希望。

我的心都快跳到嗓子眼了。萨斯琪娅到底死没死?他们把她带上缆车的时候,她很可能还活着,只是失去了意识。等上了山,她就慢慢缓了过来。我想象着她拉开拉链,爬出那个大包,然后偷偷离开,去了……去了哪里呢?

"是我。"柯蒂斯闷声闷气地说。

"什么?"我说。

"是我。是我杀了她。"

我震惊地看向他,极力希望这不是真的。

柯蒂斯把手从脸上拿下来。"光影酒吧的那个晚上真是太乱了。她毁了一切。戴尔和我不能比赛,奥黛特也很沮丧。还有你,米拉,你已经想好就算摔断脖子也要打败她了。一切都不应该这样。我想报复她,就像她曾经伤害我们一样。"

我盯着他,努力把面前这个人跟昨天和我上床的人想象成一个人……

"但是……"我的嗓音也哽住了。

"我先去了场地,看她没签到,觉得我应该能在缆车出入口抓到她,让她意识到她犯的那些错误。我过去了之后,就看见她的滑雪包在上面一个轿厢里,于是我也跟着上了缆车,然后看见了布伦特和希瑟。我们分散开在大楼里找她,我走到晒太阳的露台那里,看到她的包在雪地上。我就朝那边走过去,但依然没找到她。她的包就放在一个冰缝旁边,"他看了我一眼,"这是我当时唯一能报复她的方式。我想起她是怎么把你的板子弄掉的……"他紧紧闭起眼睛,"然后我把包推下去了。"

哦,天哪!

"我要是知道她就在里面——"柯蒂斯没再说下去。他坐在那儿,一动不动,沉默不语,好像被自己的举动吓到了。

我看向布伦特说:"她当时已经死了。"

布伦特明白了我的意思。"对,她当时已经死了。肯定死了。我没看见她动。希瑟只是怀疑罢了。"

但我依然能听出他语气中的不确定。柯蒂斯坐在那儿,指节深深按进眼眶。他永远不会原谅自己。

但如果萨斯琪娅真的掉进了冰缝里,是谁在外面捣鬼呢?可能她真从那个包里逃出来了,躲在附近看着柯蒂斯把空包踢下冰缝,然后偷偷溜走,想着以后回来复仇……

门突然开了,重重撞在我背上,我摔进柯蒂斯怀里。膝盖火辣辣地疼。我回头,浑身的血液似乎都在那一瞬被抽干了。

门口站着个女孩,一头淡金色长发。

62

现在

就是她。是她从坟墓里爬出来,回来复仇了。

我深吸一口气,大脑飞速运转,处理面前的景象。这张脸,这些体貌特征——

不是萨斯琪娅。

是奥黛特。

她手里还拿了支枪——某种来复枪——指着我们,我觉得她刚才肯定也用这杆枪指着希瑟来着。不是用手指,是用枪。

"别动。"她声音冰冷,眼神也冰冷。

天哪,她的脸配上这个发色,真是要吓死我了。她之前的头发是浅棕色的,但现在是金色的。就是萨斯琪娅当年的发色,浅金色,只是这个发色不适合奥黛特这么浅的肤色。看起来很奇怪。

"但你的伤,"我弱弱地说,"他们说你不能走了。"

我扫了布伦特和柯蒂斯一眼,想看看他们是不是跟我一样惊讶。

"医生告诉你的总是最坏的情况,"布伦特说,"但他们说的又不总是对的。颈部和脊背这些地方总是会出其不意。"

来复枪扫过他那边,他立马闭上嘴。"我在医院躺了一年才能动动胳膊,"唾沫星子从奥黛特嘴里飞出来,"带了两年的腿部矫正器,复健了五年。没什么可出其不意的。"

布伦特退到角落里,柯蒂斯依然坐在地板上。

突然,我又开始怀疑柯蒂斯。"柯蒂斯之前不是跟你打过视频电话吗?"我说,"他好像也不知道你恢复了?"

"呸!他看见什么了?绑带、颈托、轮椅。仅此而已。"

我跟布伦特一样,在枪口下瑟瑟退缩,但柯蒂斯依然没动。他真的崩溃了。

奥黛特穿了一身白,在冰天雪地里很容易隐藏。她之前就在山上监视我们吗?我们从来没见过她。

"但你怎么能做到这些呢?"我说。

她晃了晃手指。"我两个哥哥现在就在这儿操作缆车,所以这很简单。他们什么都愿意为我做。只有我们知道你们在这里。"

是山脚下操控缆车的工作人员,我说怎么看他有点眼熟呢。我只在医院见过她哥哥几面,这么说,她另一个哥哥肯定是操控缆车轿厢的工作人员。我甚至都没注意他。

"但你为什么要这么做呢?"我说。

"你杀了她!我之前觉得是你们其中的一个,没想到你们三个都有份。"奥黛特朝着雪山的方向摇了摇头,"他还抢了她的信用卡。"

她一只手拿着来复枪指着我们,另一只手从兜里掏出一个电话。"我听见你们说话了,全都听见了。我还录了音。"

她按下按键,我听到布伦特的声音。

我没想过要伤害她,但我确实……

她又按了一下,声音戛然而止。"每个房间都装了窃听器,有声音检测器,听到声音的时候就会录下来。"

她喷着萨斯琪娅的香水,画着紫罗兰色的眼线,好像要把自己变成她已经去世的女朋友一样,看起来非常诡异。在她眼里,我看到了类似萨斯琪娅当年的神情。又或者,我看到的只是单纯的恨意?

"住院那些天,我始终在责怪我自己。为什么萨斯琪娅会在比赛之前上山呢?我觉得是因为我。我在光影酒吧跟她生气来着,说的话让她不开心了,所以她上山去做傻事。她太脆弱了,可能你们都没发现,但我发现了。"

她用枪用得太熟练,让我一动都不敢动。每次她一动,我就紧张,害怕她会扣动扳机。不过她没有。她甚至都没到我跟前来——怕我们抢她的枪。

"最后我出院了。刚回家我就在床头柜上看见了萨斯琪娅的缆车卡。肯定是在光影酒吧那天之前她来我家的时候落下的。没有缆车卡她不可能上山。勒罗切对这方面管得还挺严的。所以她没上山,那么她怎么就失踪了呢?这不正常。我对自己说:很可能有人伤害了她。"

我捏了捏柯蒂斯戴着手套的手指,但他没有任何反应,好像已经石化了一样,胸口的起伏是他还活着的唯一标志。

"我把缆车卡给了警方,"奥黛特扬起声音,"他们说这什么都证明不了。我非常生气。我问我自己,谁还可能伤害她呢?我列了个单子。"

角落里的布伦特动了动腿,但奥黛特把来复枪往他那边一指,他就不动了。

"我觉得你们几个中肯定有一个人得对这事负责。"奥黛特嘶声说,"但我能做什么呢?我没有证据。于是我决定化愤怒为力量,我要复仇。我两个哥哥不滑雪了,过来跟我住在一起,因为我需要很多帮助。在这里找个工作并不容易,而他们俩只能当缆车操作员。但总能过去。"

来复枪又指向柯蒂斯。

"然后你就来电话了。十一月这里只有几个员工守着,接到你电话的是我哥罗米恩,因为他的主管不在。我哥哥立刻给我打了电话。那天早上,我看到了新闻。萨斯琪娅被宣告死亡,而你居然想庆祝一下!"她眼里只有怨恨。

柯蒂斯眨了眨眼。"不,我……"他没再说下去。

"你不能这样做,"奥黛特说,"于是我有了个计划。"

"那个破冰游戏?"我问。

来复枪又指向了我。"我想……用英文应该怎么说?哦对了,激怒你们。让你们想到萨斯琪娅,只能想到萨斯琪娅,直到你们崩溃,承认你们犯下的罪行。我偷了你们的手机,在枕头下面放头发,喷了她喜欢的香水。我还在窗户和镜子上留了言,但这件事比我想象的还要难。我得随机应变。"

"是你时不时断电,还放了那首歌,"我说,"还把卫生间的门弄成只能从外面打开的样子。"

她点头。

"你还袭击了布伦特。"我说。

"我只是推了他一下,"她纠正了我,"我当时在他身后的楼梯上,钥匙掉在地上了。我觉得他听见了,但我不能让他看见我。"

"你还在雪地里布置了那个陷阱?"

这是她第一次露出窘迫的神情。"我必须保证,在我得到真相之前,你们都不能离开。"

"但我们谁都可能掉进去。"

她又变得挑衅起来。"现在看，那都无所谓了，因为你们几个都有罪。"

"戴尔是自己不小心掉进去的吗？"我问，但却不确定我是不是想知道答案。

奥黛特犹豫了一下。"我喊了他一声。看见我他很吃惊，非常非常吃惊。但我告诉他希瑟掉进去了，于是他就去看。"她双眼燃着怒火，"我那么爱萨斯琪娅，他居然偷她的东西。希瑟也是。我用枪指着她，因为我想让她当面告诉我，她花了萨斯琪娅的钱。但她告诉我的可不止这些。她说了那天早上的事，说她怎么拿的垫子……"她的愤怒中夹杂着一丝痛苦，"我发誓我要伤害那些伤害过萨斯琪娅的人。戴尔和希瑟就伤害了她。"她顿了一顿，看向我们几个，确保我们几个都在看她。"还有朱利安。朱利安也伤害了她。"

我心内一沉。"那场车祸是你干的？"

她挑了挑唇角，笑容转瞬即逝。

我扫了一眼柯蒂斯，但他看起来已经呆滞了。

来复枪又重新指向我。"还有你，米拉。你是我最喜欢的人。把你扯进来，我觉得很抱歉。我几乎能确定她不是你杀的。这些年来，我都很想念你。"

我还记得我房间窗子上的那几个字，现在我明白它们为什么会出现在那里了。

奥黛特眯了眯眼。"不过我看错你了。你确实没有伤害萨斯琪娅，但你伤害了我。"

"我知道，"我说，"关于告诉你跳翻转结合那件事，我十分抱歉。"

"什么？"

"比赛那天，你就是因为这个摔下来的。是我告诉你我打算跳这个，你才去试的。"

她皱起眉。"我当时跳的是哈肯翻，我总是跳这个动作。"

"哦，但我还是在你入池之前让你分了心。"

她看着我，好像并不知道我在说些什么。"我没有因为英国锦标赛的事责怪你。我怪你，是因为萨斯琪娅。她是我的，你知道的，你……"她换了种说法，"玷污了我跟她之间的所有。"

我努力去理解她说的话。这么多年来，我都以为是我造成了她的悲剧。当然，我不是在弱化自己在这一连串悲剧中扮演的角色，如果我没跟萨斯琪娅在一起，布伦特就不会推她，她就会去参加比赛，而奥黛特很可能就不会摔。

奥黛特的神情凝固了。"我以为萨斯琪娅跟戴尔睡过，希瑟在光影酒吧里是这么说的。就是因为这事，她才会去找布伦特。"

我回想着那天晚上奥黛特跑出酒吧时的表情。所以破冰游戏里的秘密指向的是戴尔。我在脑海里回想着其他纸条上的信息。她知道希瑟和我都跟布伦特睡过，于是最后那两句——"我知道萨斯琪娅在哪儿"和"我杀了萨斯琪娅"，一定是在钓鱼，是她猜的，就像我一样，觉得能干这事的人不可能单独行动。

"但我错了。"奥黛特又把枪向我指了指，"萨斯琪娅没跟戴尔睡过，跟她睡过的人是你。我们是朋友，你和我。你怎么能做这样的事情？"

她似乎还在气头上。因为她几分钟前才从布伦特口中听到这事啊。

不过这枪是什么型号的？我对枪一窍不通，可能仅仅是杆猎枪？

她看出了我的疑惑。"我最近在练冬季两项。你知道吧？野外山地滑雪，加上射击。我们得从五十米外击中五个直径为四十毫米的目标。"她的笑容悄悄爬上唇角，"过去两年我都在跟我两个哥哥一起秘密训练。我全部的注意力都在这上面，这是我活下去的理由。"

我理解她要秘密训练的原因。她出事之后，法国媒体的报道肯定铺天盖地，她的自尊岌岌可危。她不想让全世界都看着她努力挣扎的样子。如果我是她，我也会这样做。

"我的脊背还不能承受太大的压力，我年龄太大，不能再滑单板了，但冬季两项女运动员的顶峰是三十二岁。"

她今年三十二岁，比我小一岁。

她笑得更开心了些："我射击很准，有希望进法国国家队的。"

我盯着她。她居然能从那样一场改变命运的事故中恢复，真是让人太难以置信，但我还记得她在滑 U 型池时展示出来的决心和专注力。如果真有人能做成，那肯定是她。

"所以现在呢，你打算怎么办？"布伦特站在角落，平静地问。

奥黛特盯着我们的脸，好像也在思考同样的问题。最后她似乎终于下定了决心，而她紧抿的嘴唇告诉我，这肯定是个灾难性的决定。她指了指门口说："都出去。"

我们几个都没动。她用枪指着我的膝盖——好的那个。光想想这个膝盖会挨一枪我就受不了。我慌忙起身，如果她真开了枪，我肯定就困在这儿了。

柯蒂斯坐在那儿，毫无反应，几近崩溃。布伦特伸手环住他，拉着他起身。我们走出房间，奥黛特退到走廊里，与我们保持着距离。我注意她一条腿有些跛——是左腿——那是那场意外给她留下的唯一印记。

她指向大门口,说:"过去。"

我瞥了眼柯蒂斯和布伦特。我们要拿下她吗?杀了我们只需要一颗子弹,但我们冲向她的时候,她能开出几枪?作为一个冬季两项运动员,她肯定经历了很多在压力下依然能保持冷静的训练。这太冒险了。

布伦特走在最前面。

"她要带我们去哪儿?"我轻声说。

"别说话!"奥黛特大吼。

透过门上的玻璃我能看到,外面一片银白。我想去看柯蒂斯的眼睛,但他已经完全呆滞,还在思考他对萨斯琪娅做的事情,而我并不想因为我让他挨上一枪。无论如何,相比困在这里,还是从奥黛特手里逃脱的概率比较大。一定是这样。

"脱掉外套。"奥黛特说。

她很聪明。我们越冷,就可能越顺从。我把戴着手套的手从外套袖子里掏出来,外套掉在地上。但愿她不会让我把护目镜和手套也摘掉。

布伦特过去拿他的滑板靴。

"不,"奥黛特说,"走出去。"

我暗骂了一句——他还穿着那双破洞的鞋呢。布伦特推开门,风卷着雪花飘进来。我放下护目镜,跟着他走出去。外面雪下得很大,风里夹杂着雪花呼啸而过,云层压得很低,到处白茫茫一片。我甚至看不见那些小峭壁。路边的路障绳被雪埋了一半,只能让人知道那里有点东西。

不过,我们倒是也可以利用这种天气。如果她看不见我们,她就没办法开枪。

一对长而窄的滑雪板和雪仗靠在外墙上。奥黛特伸手去拿，眼睛却还盯着我们。她把脚压进雪板的时候，我们挤在一起。牙齿已经开始打战了。我看向柯蒂斯和布伦特。我们该跑吗？但能跑到哪里去呢？膝盖疼成这样，我又能跑多远呢？

柯蒂斯凝视着外面白茫茫的世界。不行，我需要他暂时跳出自己的思绪。我抓住他的手肘，但他没有任何回应。他跟我一样，也戴上了护目镜和手套。

但可怜的布伦特什么样没有。他把衣服上的帽子扣在头上，手插在牛仔裤的兜里。在这冰天雪地里，就算一英里开外也能清楚地看到他的黑色外套，柯蒂斯的紫色羊毛衫也一样。我穿了件湖蓝色的上衣，也没好到哪儿去。

奥黛特指向山里："过去。"

我们一个接一个迈动脚步。布伦特在最前头，一只手在脸前挡着呼啸而来的雪花，他身后是我，然后是柯蒂斯。我一边跟跟跄跄地走，一边观察周围还有没有其他陷阱——倒不是因为我想看见陷阱。雪太厚了，一脚踩下去都能到膝盖，所以我们走得很慢。每踩一脚，膝盖的疼痛就会蹿上来。

我回头看了看奥黛特。她踩着双板，比之前灵活多了。她的动作流畅顺滑，就好像脚下的双板长在腿上一样。

"你要带我们去哪儿？"我大喊。

她只是笑。如果她想让我们死，为什么不直接开枪呢？

哦，天哪。我觉得我好像知道她什么意思了。如果她开枪杀了我们，我们身上就会有子弹孔，就可能追溯到她身上。但如果我们是在哪个冰缝里被发现的，不过就是一场意外而已。

我把双臂抱在胸前。狂风已经打透了我的帽衫。我又回头看了看。奥黛特跟在我们后面，小心翼翼与我们保持着距离。我们应该回击的,但我又怕她手里那把枪。她可能确实不想开枪,但如果需要,她也不会犹豫。而如果她真像她说的射得那么准,就根本不需要离我们太近。

我往前走着,一边走一边觉得奇怪。脚下的每一步都让我离死神更近一些。为什么我不能回击呢?但我又能做些什么?跑,就有可能被从背后射杀;不跑,就有可能冻死在冰缝里。人们都说,如果你冻的时间够长,你就感觉不到冷了,你会觉得温暖。而到时候,我们几个肯定都已经在冰缝里了。

寒风在耳边不停呼啸,她现在听不见我们讲话。布伦特就在我前面,我抓住他的袖子,"她要让我们去那个冰缝。"我轻声说。

有那么一会儿,布伦特看起来忧思重重,然后露出了个悲伤的笑容,回头对后面喊道:"我能带你去看萨斯琪娅在哪儿。"

他在干什么?雪山每年会移动一百米左右——我知道,因为我查过。

"你是觉得我傻吗?"奥黛特大吼,"已经十年了。那条冰缝很可能已经不在了。"

但我还是在她的语气中捕捉到一丝犹疑。

"你怎么知道?"布伦特吼回去。

"你想干什么?"我轻声问。

他没理我,指着上面的斜坡说:"就在上面。"

"闭嘴!"奥黛特大吼。

"她最后的安息之所,"布伦特说,"你不想去看看吗?"

奥黛特停下来,想了想:"好吧。带我去。"

我们换了方向,朝着昨天堆的跳台走过去。

我依然不知道布伦特葫芦里卖的什么药,十分紧张。

布伦特抓紧我的手，压低声音说："我要冲过去了，引她到那边去，远离你们两个。她想杀的是我，是我造成了这一切。你们俩脚上穿着靴子，走回酒店拿上雪板，走吧。"

"不，布伦特。"

他捏了捏我戴着手套的手指。"我跑得快，她追不上我的。"

但他是穿着滑板鞋，在冰缝遍布的雪山上往错误的方向跑呀！而且要是想下山，他必须得折回来，肯定能遇见奥黛特。

"别，你别这样做。"我说。

但他已经望向上面的陡坡，准备好起跑了。

我可以跟他一起去，但如果跟他去，就得把柯蒂斯自己留下。

"我给你创造了机会，米拉。别浪费这个机会。"布伦特把他的手从我的手中抽出来。

而我没有拦他。

63

现在

我假装摔倒，重重摔在雪里。我的痛呼不是假的，膝盖是真的疼。我觉得这一下可能扭得更重了些。

"起来。"奥黛特冷声说。

我回头，看到她用枪指着我。布伦特给了我机会，现在我要报答他，给他多争取点宝贵的时间好能让他早起跑。

他需要这几秒。

"快！"她大吼。

我的计策生效了。她没意识到布伦特离开。我想象着他大步穿过皑皑白雪的样子。

"起不来了。"我说。

"那就把你另一个膝盖也废了。"

我抓住膝盖，希望布伦特已经跑上去了，"我走不动了，太疼了。"又过了几秒，我只能做到这了。

"嘿！"她注意到布伦特已经走了。

她做决定的时候，我屏住了呼吸。她会开枪打死我们，然后再去追他吗？

"别动！"她把手臂穿过来复枪的带子，把枪背在背上。看起来布伦特猜对了,她最想要的是布伦特,所以不想让他跑了。又或者她想得很简单。她知道我膝盖这个样子,肯定走不远,所以她要先拿下布伦特,然后再回来处理我和柯蒂斯。

她一手抓着一只雪杖,快速上山,手脚并用。她的速度太快,我看得心惊。就这一会儿工夫,她已经消失在风雪中了。我浑身发毛,布伦特肯定没机会了。

我努力闭上眼睛,等着随之而来的那声枪响。柯蒂斯双眼空洞,直直盯着雪地。

布伦特最后那句话响在耳畔。别浪费这个机会。

我抓住柯蒂斯的胳膊叫道:"柯蒂斯,快跑!"

他没理我。我使劲摇晃他。"柯蒂斯,我需要你。"

他慢慢把头转过来,我能看出来,他也在努力让自己走出来。

"我们得回去拿雪板。"我说。

"你还能滑吗?"柯蒂斯问。

"必须得滑。"

他拉着我的胳膊,我们赶紧走下坡。我紧抿着嘴,努力把疼痛赶出脑海。现在,我随时都可能会听到那支步枪的声音。我加快了步伐。

帕罗拉玛全景酒店的轮廓已经在远处若隐若现。

"在这儿等着,"柯蒂斯说,"我去拿雪板。"

不过几秒钟,他就回来了,拿着雪板和外套。我们穿上外套,但现在还没必要上板。我们得穿过这片平地,到那边坡地才行。柯蒂斯把手臂环在我腰间支撑我,我们沿着峭壁顶部,以最快的速度穿过齐膝深的雪。

我气喘吁吁,大口呼吸。"那个冰缝。"我上气不接下气地说。

"咱们绕过去。"

希望前面没有其他冰缝。

我依旧等着那声枪响。"我总觉得她并不想开枪杀我们。"

"为什么?"柯蒂斯说。

我每次张嘴说话都会有雪花飘进来。"她更想让我们……掉进冰缝里。"我大口大口地呼吸,"这样看起来就是个意外了。"

"再跑快点儿。"柯蒂斯说。

银白的雪地染上一层灰色。我都快昏过去了,但柯蒂斯半抱着我,我把一半的重量都压在他身上。他还在跑,我也不能停下来。

我不知道我之前有没有把自己逼到过这份上。在我的记忆里,我们已经快穿过这片平地了。

一声枪响。紧接着又是一声,再一声。我的胃里一阵抽搐,双腿一软,险些跪在地上。

柯蒂斯的手臂紧紧环着我的背说:"快跑,别停下。"

双眼涌出泪水,在护目镜里积成水洼。我没办法不关心你,米拉。

他真的做到了。他依然在关心我,他刚刚还证明给我看。

而且,我真的觉得你也关心我来着。

为什么我现在才发现我有多关心他呢?而他永远不会知道了,因为我从来没表现出来。我太抱歉了,布伦特,我实在是对不起你。

但现在,我得把这些想法都抛出去,努力先活下来。但我瘸了,还哭得上气不接下气。我之前伤害过他那么多次,我实在太恨我自己。他不应该是这样的结局,而我也配不上他。他是因为我才推萨斯琪娅的,接下来的十年——他生命的最后十年——他都生活在痛苦之中。

可能奥黛特没打中他,又或者只是打伤了他。

柯蒂斯指向那边。"看！"

前面出现一抹黑色——那是赛道的标志。那就是滑下山的坡道了。

这一下子将我拉回了现实。奥黛特随时都可能过来。如果她解决了布伦特，那下一个就是我们。我们没机会了。冬季两项的运动员怎么可能不是个好猎手呢？

我会拖慢柯蒂斯的速度。他如果自己下去，还是有机会逃脱的。

"你去吧，"我说，"踩上雪板，快走吧。"

"我不可能把你自己扔在这里。"他说。

"我膝盖太疼了。我需要你滑下山，去找人帮忙。"

"不。"

没有时间再争论下去了。"你还记得我之前说过什么吗，"我歇斯底里地喊，"我说跳，你就会跳下去的！"

"那你记得我说过什么吗？你还记得我说，终于有机会让你走进我的生活了吗？"

"柯蒂斯。"我终于忍不住哭了出来。

"你呢？如果我走了，你怎么办？"

"我就躲起来。"是风声，还是滑雪板的沙沙声？我使劲捏着柯蒂斯的手。"快走吧！我求你了。"

他看着我，也使劲捏了捏我的手。"我去找人帮忙。"

他消失在风雪中，我被雪地里的什么东西绊倒在地。是那个冰镐。我把它拿在手里，四处看着有没有什么能藏身的地方。我现在只有一个选择，是我再也不想尝试第二遍的选择。我抓着冰镐，跳进了附近最大的一个雪堆里，用雪把我自己埋了起来。

我把雪堆在腿上，堆在身上。雪的重量把我压倒在地。我又把雪堆在胳膊上和头上。恐慌一阵阵涌上心头。我不能呼吸了。

加油，你可以的。你必须可以。

哦天哪，我听到雪板的声音了。奥黛特依旧比我强，无论是体力上还是心理上，就算她摔断了脖子，也依然比我强。我深吸最后一口气，挖了一把雪推在脸上，然后把胳膊也藏了进来。又湿又冷的雪贴在我脸颊上。我突然想到一件可怕的事，落下的雪应该会覆盖掉的痕迹。

把我永远钉死在这里。

身体里的每一丝本能都叫嚣着让我起来，但透过一个小缝，我能看见奥黛特正在逼近。我的心脏怦怦乱跳，我不敢用鼻子呼吸，怕吸进来雪呛到自己，只能张开嘴，小口小口地呼吸。

她四处看着。其实我不用把自己埋得这么好的，她分分钟就能发现我。

山下某处传来尖厉的口哨声。奥黛特大吼一声，把枪从背后拿下来。柯蒂斯为什么要这么做？我惊恐地看着她举枪瞄准。

她压低枪口，嘴里好像骂了一句。雪盲症。她看不见了。我想象着柯蒂斯风驰电掣地滑下陡峭长坡，到达山脚的高原。他成功了。

奥黛特从包里掏出了个东西——砖块那么大的一个黑色物体。那是什么？她把那东西拿在手上摆弄了一会儿，然后猛地把它扔了出去。

她捂住耳朵，几秒之后，爆炸声响彻天际。随后是彻底的安静，紧接着传来轰隆隆的声音。那声音越来越大，好像整个山体都要崩塌似的。我惊恐极了，这才反应过来那究竟是什么。她看不见柯蒂斯，于是宁可来一场雪崩。

而根据刚才的声音判断，整个坡道应该都已经掉下去了。

64

现在

雪崩就好像缓慢移动的混凝土,雪崩的力量把雪堆里所有的空气都挤出来,让它在停止那一刻变得无比坚硬。

一想到柯蒂斯翻滚着落下山崖,我的胃里就一阵翻涌。

别慌。他知道怎么办。要是可以,他就能顺着雪崩的方向游上去,尽可能贴近雪浪的顶端。等到势头缓下来,他就能在脑袋边上扒出个呼吸孔来。

前提是,如果他没有失去意识的话。

他知道要保持冷静,要保证供氧量。他能做的只有等待救援。他还带着收发器呢,我也带着我的。如果能在事发后十五分钟内把人找到,雪崩有百分之九十的生还率呢。

一个小时之后,生还率就会掉到百分之三十五。

我得找到他。但前提是我能避开奥黛特。

她显然觉得我们俩都在下面,因为她始终看着那个方向。她抬起护目镜,看向眼前一片白茫茫。我抓着冰镐,一点点把自己挪出雪堆。现在,分秒必争。

我的护目镜都上雾了,我把它摘下来放在额头上。奥黛特又把枪背在了背上,左脚踩进雪板里。她要滑下山看看我们有没有从这次雪崩中生还。我踉跄着走向她，心中祈祷她听不见我的声音。

事情就是这么讽刺。我花了那么多年勤练不辍，就是为了有一天能狠狠打败她。但我没有，没有真正打败她。但现在，我必须打败她。我应该瞄准哪里？她上身穿了好几层，这么看腿应该是个不错的选择。那就她的右腿吧，她右腿不瘸。

我蹑手蹑脚往前走，戴着手套的手指抓住冰镐的木柄，一点点接近她。她依旧没看见我。我挥起冰镐，但心神不宁。我觉得我干不了这事。她另一只脚也踩上了雪板。

我眼前浮现出一系列景象。柯蒂斯，摔得七零八落，埋在雪下。布伦特，在上面的某个地方，子弹打在他身上。戴尔和希瑟，一起躺在冰下。我用尽最大力气砍向奥黛特的右侧大腿。她凄厉地尖叫起来，倒向一侧。现在，我们打平了。

"柯蒂斯！"我大吼。

奥黛特在雪地上扭来扭去，紧紧抓着她的腿。我又举起冰镐。现在，她倒在地上，脚上的雪板就是个累赘了。她奋力解着绑带想把雪板拿下来，我又挥起冰镐朝她腿上砍去。我得让她起不了身，这样我才能去找柯蒂斯。

她滚身避过，一只雪板已经解了下来。我又挥起冰镐，一镐砍在她屁股上。从那令人作呕的嘎吱声来看，我砍到骨头了。她尖叫起来。

另一只雪板也被她解下来了。她摸向背后。她有枪！我把冰镐一扔，奋力去抢。

我们扭打了好几秒，珍贵的几秒钟。我还得去找柯蒂斯呢！我从她手里硬把枪抢过来，连滚带爬地起身。天哪，这枪真重！

我用尽全身力气大吼："柯蒂斯——"

四面群山回荡着我的吼声。如果他在下面,肯定能听到。我努力去听他的回音,但没人回答。他肯定已经被埋在雪下了。

奥黛特挣扎着站起来,白色裤子已经浸得血红,周边的雪也被染红了。冰镐!

我没时间瞄准了,我也不知道如何开枪——这玩意儿有保险栓吗?我把枪使劲往边上一扔,扑向冰镐。膝盖的刺痛直冲上来。奥黛特的手摸到冰镐木把的时候,我用那条好腿使劲踢了它一脚。冰镐飞向空中,消失不见。

我们僵持不下,枪在这边,冰镐在那边。她跑向冰镐。我们俩的距离很近,冰镐很显然更趁手,但我离冰镐太远了,于是只能向来复枪跑去,把枪一把抓在手里。她还在摸索着找那个冰镐,身侧的雪被染成粉色。

我端枪瞄准,叫道:"别动!"

她回头,头上的护目镜和帽子都在打斗中不知所踪,头发上都是雪。我还没等反应过来,她就空着手,踉跄着冲进一片白茫之中,沿着峭壁顶端往酒店走去。她还能自由活动,我就不可能去找柯蒂斯。她肯定还在哪儿藏了其他武器——至少还有厨房那些不知所踪的刀,可能还有几把来复枪。于是我追着她往那边走去。

雪地上鲜血的印记让我很容易就找到她的踪迹。她失了这么多血,居然还能跑,真是让我惊讶,果然,要参加奥运会的选手不会轻易放弃。膝盖的疼痛已经提升了一级,但我也曾是个想参加奥运会的选手,所以我把疼痛从大脑中屏蔽掉,瘸着腿走得更快些。

酒店的轮廓若隐若现。奥黛特几乎要走到门口了。一旦她跑进去拿了武器,下一秒就会出来伤害我了。

"别动！不然我就开枪了！"我大吼。

我实在是没什么用枪的经验，打中的机会其实很小。很显然，她也知道这点，因为她一步没停，继续往前跑。

我要怎么才能让她停下来呢？

走投无路之下，我只能大吼："她从来没爱过你！"这么说太危险了，很可能会让她更生气。

奥黛特停下脚步。

"她骗了你。"

奥黛特转身面对我。"肯定是你撩拨的。"她冷声道。

"是她撩拨我的，就跟她撩拨你一样。"

奥黛特没回答，但慢慢向我走来。

"你知道我们睡过那天晚上，她跟我说什么吗？说那不过是她想在锦标赛前让你不高兴而已。"

"我不信。"

"这是她打败你的唯一机会。"

"你说谎。"

我摘下手套。"我们睡过之后，她把这个给了我。"我从外套衣兜里拿出那个银蓝相间的手链。

她认出了这条手链，又往前走了几步。

我回头，在脑海中回想着左边某个峭壁的方位。"举起手来！"

她慢慢地把手举起来，走过来，我一直举着枪对准她。

差不多离我五米远的时候，她停下脚步，盯着那条手链。"萨斯琪娅不会这么做的。她爱我。"但她的声音抖得厉害，好像已经知道，我说的是真的。

"你爱她，你现在依然爱她。我能看出来。但她只是在利用你，和她利用其他所有人一样。"

"不。"她的反驳已经没什么底气。

"你为她做了这么多，但她并配不上你这样忠诚。"

"闭嘴。"她又往前走了几步。

我不信她。我又退后几步，努力在一片白茫之中去找峭壁边上那条红绳标志。"其他人都救不回来了，但至少让我去找找柯蒂斯。"

她扫视四周，好像在权衡她的选择。我的手指放在扳机上，我不知道她在想些什么。她跑不了了，但她会想跟我同归于尽吗？

我可以朝着她的腿打上一枪，这样会让她失去行动力，给我足够的时间去找柯蒂斯。只是我不相信我能瞄得准，而且我也不想杀她。我可以——

她又朝着边上看了一眼。等我意识到她想做什么的时候，已经太晚了。

她朝着悬崖走了一步，又走了一步。她要跳下去！

"别！"我大喊。这里太高了。

但她已经走到峭壁边，一跃而下。

浓雾在她身侧闭合，她消失在天地之间。

我小心翼翼挪到峭壁边往下看。下面深不见底，但很显然，她不可能活下来。

我目瞪口呆，神色都木了，但我还是一瘸一拐地走回赛道边。现在，我还没办法消化这些事情。柯蒂斯肯定已经在冰雪下面待了十分钟了，我还没开始找他。会不会太晚了？

我走到标记处的时候，膝盖都要废了。于是我把枪扔下，坐下来顺着斜坡滑下去。赛道上到处都是冰砾，坑洼不平。我把手套摘下来,把手伸进帽衫里。我的手抖得太厉害了,几乎摸不到收发器。但愿我能弄明白怎么用这个东西。我打开开关,调到搜索模式。

我高高举着收发器。快啊!快找到他。

什么都没有。雪崩肯定没有伤到他。他可能已经滑下山,逃出去了。我在自然纪录片中看过雪崩的录像,那种力量,那种速度。更可能的情况是,柯蒂斯就深埋在这下面的某个地方,超出了搜索范围。

我摇摇晃晃下了斜坡。他在哪儿?我刚刚已经失去了布伦特,不能再失去柯蒂斯了。时间一分一秒地流逝,肯定已经过去半小时了。我把他冻僵的平静面容赶出脑海。

突然,屏幕上闪出一个箭头,还有一个数字——四十五。我心头一喜,柯蒂斯就在这下面,离我还有四十五米远。

这里的雾更大。我跌跌撞撞在雪地里搜寻,深一脚浅一脚地走着,摔倒了就再爬起来,努力想要找到他。数字一点点变小。三十九米,二十五米。时间太长了。最后,整个屏幕都开始闪烁。我找到他了。

我跪在地上,徒手去挖雪地,但雪地一动不动。我爬起来,用那条好腿不断地踢,也没有用。雪地坚硬如钢。

柯蒂斯肯定在我脚下。

但我找不到他。

后记

九个月之后

又到了一年中的这个日子。

冰川融化露出尸体的日子。

最近天气迅速转暖，冰比之前化得快了，于是有预测说今年会发现更多的尸体。我一天要在网上查好几遍。

只是现在，我等的尸体从一具变成了两具。

但就像等着要开的水壶永远不会开一样，等着的冰山也永远不会露出尸体来，至少不是我期待的那两具。截至这个月，已经有三位登山者被拉下山，其中两具被认为是一九九九年失踪的那对奥地利夫妇。

我心中祈祷着好运，向下滑动着鼠标。什么都没有。没有新尸体。这样的等待真的快让我发疯了。

"米拉！"

柯蒂斯的声音从卧室里传来。

"马上！"我删掉了搜索记录。没必要让柯蒂斯知道我在看些什么。知道你女朋友正在找你妹妹的尸体可没什么浪漫可言。

不过，我需要知道她真的死了。

我不知道柯蒂斯有没有搜过。我猜如果她真被挖出来了，他家里肯定会第一时间知道。我关了笔记本电脑，起身去卧室。

柯蒂斯仰面躺在床上，双手交叠枕在脑后，被单在他腰上纠结成一团。窗子开着，阳光洒进来，落在他赤裸的胸膛上。现在才早上七点，但已经很暖和了。一缕微风吹起我的头发，带来青草的香气，远方传来母牛颈铃的叮当声。我可太爱八月的瑞士了。

"过来。"柯蒂斯说。

我站在门口问："这是命令吗？"

他笑了。"对，是个命令。"

"我要是不遵守呢？"

"那我可就得用点强的了。"

我走向床边，打算站在他够不到的地方。但他长臂一伸，一只大手抓住我的腰，另一只手还拉着身上的被单，把我拉得摔在他身上。他胸前紧实的肌肉给了我很好的缓冲，他强壮有力的臂膀环在我背上，紧紧抱着我。在我身下，他的身体很温暖又坚实。

如果他身体没有这么好，可能现在就不会跟我一起在这儿。他的体力让他挺过了被埋在冰雪之下那漫长的十几分钟，直到我一瘸一拐地上到坡顶，找到那个染血的冰镐，把他挖出来。

我把他拉出来的时候，他已经没有了呼吸。我给他做了心肺复苏——很幸运健身房让我学了整套急救课程。他又开始呼吸了，但体温实在太低，摔落的时候肩膀又脱臼了。

我的膝盖几乎已经完全废掉，但我们居然在肆虐的狂风暴雪之中走了十五公里，回到了景区，花了六个小时。下来之后，我们俩直奔医院。警方来调查情况，带走了奥黛特的两个哥哥——因为他们做的那些事。他们不承认自己知道奥黛特之前的那些积怨，最后只是丢了工作，而没有坐牢。

第二天早上，医生同意我出院。我的腿已经上了绑带，他们告诉我，我一回家就得做膝盖手术。我把柯蒂斯自己留在了医院，跟搜救队一起坐缆车上了山，看着他们把希瑟和戴尔的尸体从冰缝里带出来。

我们回到帕罗拉玛全景酒店的时候，第二批搜救员也回来了，后面拖着个雪橇。在那之前，我都抱着布伦特能逃过一劫的希望。我觉得他肯定躲开了子弹，或者只是受了伤。我觉得他能回到酒店，在这里躲上一晚。但我看到雪橇上躺着个人。一动不动，一句话都不说，一张被单从头盖到脚。这一刻，希望破灭了。

至于奥黛特，当天的落雪足有半米深，可能这就是找不到她的尸体的原因吧。

一个小时之后，柯蒂斯跟我一起登上缆车，手拉着手。

他问我，离开勒罗切之后能不能跟他一起回伦敦，这样我们就可以一起做手术，一起复健。我不确定我想不想。作为一个失败了的前运动员，跟我一起生活是件很难的事情。生病的我更是难缠一百倍，而且我能感受到，他跟我伤得一样重，这段时光肯定也不会好过。但最后，我又觉得如果我们能熬过这段时光……

不管怎么样吧，我们熬过去了。然后他请我到他的自由式滑雪夏令营教青少年滑雪。

缆车晃动的时候，他环住了我的腰。轿厢里的座位只有一半有人，比正常冬天的时候安静了很多。有几个专业双板滑手，单板滑手，还有几个当地人。我在人群中搜寻，看看有没有我们营的孩子，但现在还很早，他们昨天晚上又出去玩来着。我现在又开始练单板了，可能还会试试后空翻呢。

缆车穿过矮小的树木，路过木质的缆车操作室和停着没动的缆椅。脚下的河流是融水形成的，呈现出不透明的蓝灰色。我想起另一条河——一条冰冻的河流，流速太缓，肉眼都不可见。而其中的尸体可能跟着它一起流动，也可能沉在下面。

不，别想了。

很快，我们就到了雪线之上。亮紫色的小花星星点点散落在阿尔卑斯山的苔原之上。

"我爱这里。"我说。

"我也是，"柯蒂斯说，"我之前总跟我妹妹一起来这里滑雪。"

我挤出一丝微笑。他最近不怎么提到萨斯琪娅了，而我始终不知道他到底有没有经常想起她。

另一辆缆车把我们送到山上的夏季滑雪区。这里比我们出发的地方低了整整二十度。路过操作间的时候，我扫了一眼里面，一双蓝色的眼睛在看着我。吓得我浑身起鸡皮疙瘩。

但那不过是柯蒂斯在玻璃上的倒影而已。

笨死了。我应该很习惯了，因为我们在山上这几天，每天我都会看到萨斯琪娅，或者奥黛特一次。这就是我良心尚在，还感到内疚的代价。

柯蒂斯没有告诉他妈妈萨斯琪娅的死因。他怎么可能说得出口？而经过数次争吵之后，他把萨斯琪娅的缆车卡给了她。他说是最近一个勒罗切当地人上山徒步时发现的，证明她出事当天确实上山训练来着。于是证明她的死，尽管有些突然，但确实是一场意外，一场为自己热爱的事业献身的意外。

这张缆车卡现在被工工整整地裱了起来，挂在他父母家的墙上，在一墙萨斯琪娅的照片之间。每次我们过去吃晚饭，就会有几十双蓝眼睛看着我们。

我们走过冰原，走到滑雪场的路上，柯蒂斯抓住我的手。他对着山顶的雪况摇头道："要是再化，就不剩什么了。"

这几年，由于全球变暖，阿尔卑斯山脉的雪山已经化了好多。

训练要到上午十点才开始，但有两个姑娘已经来了，正在热身。

"她们真是积极。"柯蒂斯说。

我笑了。"是啊。"

教练让我找到了人生的新方向，帮其他人实现我自己从未实现的梦想。而这两个姑娘——我的姑娘——已经万事俱备。她们年轻，身体条件好，还有必胜的决心——赢得比赛的想法压倒一切。

看着她们，我不禁有些怀念旧日时光。我的比赛生涯结束了，但她们的才刚刚开始。

朱迪正在路障绳上压腿，拉伸后腿肌腱。而苏泽特在……苏泽特在做什么？她蹲在雪板边上，在底座上用力擦着什么东西，动作有些鬼鬼祟祟。她看到我在看她，就把不知道什么东西塞回了口袋里。不过我可以肯定，那肯定不是给雪板上的蜡。

随后，她把雪板跟另一块雪板一起靠在边上，跟朱迪一起拉伸去了。

我突然发现，那不是她的雪板。

训练时间结束后，我把这件事告诉了柯蒂斯。"我猜她手里的应该是给冲浪板打蜡的工具。好在并没有对朱迪的板子造成太大影响。我跟朱迪说了一下。"

"她怎么说？"柯蒂斯问。

"她脸红了，说她昨天往苏泽特的板子上贴胶带来着。"

他笑了。"想起谁来了？"

"我不知道我是应该说说她们，还是就让她们自己解决。"

"别问我，"柯蒂斯转头，严肃地说，"有时候我觉得，在你和萨斯琪娅这件事上，我是不是做错了。好几次我拦着你，不让你反击，我可能不应该这样做。"

"谁知道呢，"我轻声说，"过去的事改变不了。"

"所以这两个姑娘，哪个是你，哪个是萨斯琪娅？"

"我还没看出来。可能她们俩，其实一样。"

你跟她，其实一样。我还记得那天，他对我说出这句话。他都没意识到，这句话说得很对。

这么多年来，我一直保守着这个秘密。但等到萨斯琪娅的尸体浮出冰面的那一天，他们会尸检吗？我知道我不应该那么做，但我只是想消耗她的精力而已。只是为了影响她在英国滑雪锦标赛上的表现，就好像她在勒罗切公开赛前影响我的状态一样。

这么长时间过去了，能检测出来那天早上我放进她咖啡里的那几片安眠药吗？

那几片安眠药是处方药，而处方上是我的名字。我努力劝说自己，说这几片药与那天发生在她身上的其他事情相比根本不算什么。但药片的效力很强，而我给她放了四片。如果我没给她下药，她可能就能跟希瑟打上一架，或者更快恢复意识。布伦特和希瑟把滑雪包搬上山的时候，希瑟觉得包在动，可能就是她还没死，但只是药片让她失去了行动能力，又或者——不，别想了。过往已无法改变。

柯蒂斯望向上面刀刻斧凿似的山脊。我眯着眼睛看向太阳，看到两个人影。我震惊地喊出声来。

"怎么了?"柯蒂斯问。

我眨了眨眼,那不是她们,只是岩石的轮廓罢了。那是两根细长的石柱,一点都不像人形。柯蒂斯把我拉进怀里,我在他臂弯之间隔着阿尔卑斯山遥望法国,又想起那条冰冻的河流。我想知道,在那些晶莹剔透之下,萨斯琪娅和奥黛特是否找到了彼此。我希望她们能够找到。

又一个念头浮现在脑海。我努力把它赶出去,就像每次它浮现出来一样,但它似乎并不能安生地躺在我思绪的最下面。

我赢了。

致谢

感谢我父亲。你永远无法读到这本书，但很大程度上是你激发了我写这本书的灵感。同时也要感谢我的母亲，她是我认识的最强大的女人。感谢你给了我在山川之间的童年。感谢你给我的一切。

感谢我的经纪人凯特·伯克，她真的太棒了。感谢你无与伦比的修改建议及写作指导，感谢你专家级的点评，感谢你同时处理十家出版商的拍卖活动。有你做我的经纪人，我真是太幸运了。感谢朱利安·弗里德曼，感谢他在出售电视版权上的专业和热情。感谢詹姆斯·佩西和汉娜·默雷尔，感谢你们把《破冰游戏》出售到其他那么多不同的国家，感谢布雷克·弗里德曼团队的其他成员。

感谢我的两位出色的编辑，英国头条出版社的詹妮弗·道尔和美国企鹅普特南出版社的玛戈·利普舒尔茨。感谢你们对这个项目的热情，感谢你们出色的编辑协助，感谢你们对细节的细致关注，感谢你们在工作中带来的极致愉悦体验。我十分感谢你们两位把大量时间和精力投入这本书籍当中。同时，也非常感谢头条出版社和普特南出版社的其他工作人员，也同时感谢澳大利亚阿歇特图书集团。

感谢苏·坎宁安，她是这本书和我所有其他项目的第一个读者，为我提供了很多美妙的想法。还要感谢盖尔·理查兹，她绝对是语法大师、剧情女王，能够给我极其精准的反馈，在道德上支持我的想法，同时也是一位出色的作家。如果没有你，这本书不可能完成。

感谢惊悚小说作家安吉拉·克拉克，她十分慷慨地花费她自己的时间，在我之前的项目中给了我很多中肯建议。还要感谢惊悚小说作家安·高斯林，感谢你的智慧和慷慨的支持。感谢我其他的作家朋友：茱莉亚·安德森、保罗·弗朗西斯、丹妮尔·海斯蒂、朱迪·梅尔顿、琳达·米德尔顿，以及通过柯蒂斯·布朗创意在线课程认识的所有作家，包括香农·考恩、贾斯汀·波杜尔、斯图尔特·布莱克、阿德里安·希金斯、威兹·沃顿、梅林·沃德和珍妮·范·拉杰等。你们教导我，鼓励我，激发我的灵感。感谢你们。

感谢我的两个儿子，卢卡斯和丹尼尔：我非常爱你们。

感谢我所有的朋友。感谢安妮塔·费兰，她在过去的一年中像个天使一样。感谢我最好的冲浪伙伴席琳·罗特格斯和阿曼达·汤森。她们从墨尔本一路支持我到现在。感谢史蒂夫·怀特，他包揽了所有存疑信息的搜索工作。感谢全方位鼓舞我的塔米·伊森，他来自敏特滑雪学校。感谢弗雷德叔叔：很抱歉总是跟你倒苦水。

感谢黄金海岸市政府和图书馆工作人员，他们提供了一个真正的世界级的图书馆系统。这个时代，总有些地方的政府关闭图书馆，削减图书馆预算，但我想说明的是，作为一个低收入的，带着两个男孩的母亲，如果没有图书馆，这本书将不会存在。

我也非常感谢昆士兰作家中心、布里斯班和拜伦湾的写作节，以及我参加过的研讨会上结识的所有作家和出版专业人士。

感谢马丁和斯科特：你们是我冬日里浓墨重彩的一笔。米卡、戴夫和戴夫，以及所有其他我遇到，一起滑过雪的滑板运动员：谢谢你们为我带来的回忆。

如果有任何一个一起滑过雪的老朋友记得我们一起度过的那些冬日，请联系我，我们重聚一下（邪恶地笑）。不，说真的，我经常搬家，在脸书出现之前的那些年里和很多人失去了联系。我真的很想收到你们的来信。

感谢所有滑雪运动员，无论是退役运动员，还是现役运动员。他们已经把这项运动带到了今天这样令人难以置信的水平。我对他们的雪上技巧、身心力量和纯粹的勇气深感敬畏。你们是最鼓舞人心的。感谢世界各地的滑雪爱好者：滑雪快乐，保持安全。请一定珍惜这些记忆。

感谢我的读者，无论你在哪里。非常感谢你冒险选择一个初出茅庐的作家，选择读她这本作品。希望你能喜欢。

Shiver
Copyright © 2021 Allie Reynolds
This edition is arranged with Blake Friedmann Literary Agency Ltd through Andrew Nurnberg Associates International Limited.
Simplified Chinese edition copyright © 2024 New Star Press Co., Ltd.
All rights reserved.

图书在版编目（CIP）数据

破冰游戏 /（英）艾莉·雷诺兹著；乔迪译 . -- 北京：新星出版社，2024.3
ISBN 978-7-5133-5574-2

Ⅰ . ①破… Ⅱ . ①艾… ②乔… Ⅲ . ①长篇小说 – 英国 – 现代 Ⅳ . ① I561.45

中国国家版本馆 CIP 数据核字 (2024) 第 021615 号

午夜文库
谢刚 主持

破冰游戏

[英] 艾莉·雷诺兹 著；乔迪 译

责任编辑　刘　琦
策划编辑　曹晓雅
责任校对　刘　义
责任印制　李珊珊
装帧设计　hanagin

出 版 人　马汝军
出版发行　新星出版社
　　　　　（北京市西城区车公庄大街丙 3 号楼 8001　100044）
网　　址　www.newstarpress.com
法律顾问　北京市岳成律师事务所
印　　刷　北京天恒嘉业印刷有限公司
开　　本　910mm×1230mm　1/32
印　　张　13
字　　数　184 千字
版　　次　2024 年 3 月第 1 版　　2024 年 3 月第 1 次印刷
书　　号　ISBN 978-7-5133-5574-2
定　　价　59.00 元

版权专有，侵权必究。如有印装错误，请与出版社联系。
总机：010-88310888　传真：010-65270449　销售中心：010-88310811